घुसपैठिये

घुसपैठिये

(व्यंग्यात्मक उपन्यास)

हरि जोशी

ISBN : 978-93-5064-323-5

GHUSPAITHIYE (Novel) by Hari Joshi

राजपाल एण्ड सन्ज़

1590, मदरसा रोड, कश्मीरी गेट-दिल्ली-110006

फोनः 011-23869812, 23865483, फैक्सः 011-23867791

website : www.rajpalpublishing.com

e-mail : sales@rajpalpublishing.com

1

वसीयतनामा कैसा भी हो एक मुसीबतनामा होता है, स्पष्ट है प्रत्येक घर झगड़े की जड़ है। यदि घर न हो तो कोई नकचढ़ी यह ताव नहीं बता सकती कि 'मान न मान मैं दूल्हे की चाची'। जिनके घर होते हैं वही पाजामे से बाहर होते हैं किन्तु घर की खांड किरकिरी चोरी का गुड़ मीठा होता है। इसीलिए समझदार लोग किराये के याने पराये घर में ही दादागिरी तथा मौज मस्ती से जीवन गुजार लेते हैं। यदि हड़पने को मिल जाये तो सोने में सुहागा।

जैसे ही पानी बरसना शुरू हुआ, पंडित बाहर के बरामदे में जाकर खड़ा हो गया। वह हमेशा बरसते पानी को टकटकी लगाकर देखना पसंद करता है। वह सोचता रहता आकाश क्यों इतना दुखी रहता है, अपनी आँख से एक साथ इतने आँसू टपकाता रहता है। अवश्य ही उसके पिता ने वसीयतनामे में उसे कुछ न दिया होगा। उसके परिवार में भी तो बंधु-बांधवों में पैतृक संपत्ति के विवाद चलते रहते हैं। जहां संपत्ति है, वहां विपत्ति है।

पंडित की उम्र अभी छोटी है किंतु परिवेश ने ठोक-पीटकर उसे कुछ-कुछ समझदार बना दिया है। कभी-कभी प्रौढ़जनों की तरह बातें करता है। वसीयत से पैदा हुई मुसीबत की चर्चा घर में ही वह प्रतिदिन सुनता।

माँ उसे हिदायत देती—''पानी बरस रहा है, घर से बाहर मत जाना, गीला हो जाएगा। इस साल गर्मी से भिड़कर या मुठभेड़कर पहली बार पानी भी घर से बाहर निकला है अपने साथ वह भी तन और मन की बहुत सी विकृतियाँ साथ लेकर गिर रहा है। इस पानी में तू नहा लेगा तो तू भी बिस्तर में पड़ जाएगा।

नीचे गिरना किसी को भी अच्छा नहीं लगता।''

''आकाश तो इतना साफ-सुथरा दिखायी देता है पर उसमें भी गंदगी छिपी रहती है? उसके कण-कण भी प्रदूषित हैं? ऐसा भी कहीं होता है?''

''हाँ बेटा, जो वस्तु जैसी दिखायी देती है, वैसी होती नहीं है। बहुधा अपने इरादे उन बुलबुलों के समान ही होते हैं जो पारदर्शी और गोल-मटोल तो दिखते हैं, पर हाथ में आते ही फूट जाते हैं।''

''माँ, बुलबुले आकाश से तो सही सलामत यात्रा शुरू करते हैं पर धरती पर किसी के हाथ लगाते ही क्यों चूर-चूर हो जाते हैं। दुनिया में आते ही सपने हवाई किले क्यों बन जाते हैं?''

''बेटे आकाश पर तो किसी का आधिपत्य नहीं होता, धरती भी किसी की बपौती कभी नहीं रही किंतु यहां के लोग अधिकाधिक ज़मीन को हथिया कर उसके मालिक हो जाना चाहते हैं। प्राचीन काल से राजा महाराजा भी संपत्ति और धरती के लिए लोगों की मार-काट करते रहे हैं। आज तो तथाकथित सभ्यता और बढ़ गई है। वहीं अंधे युग के नियम तेजी से प्रचलन में हैं। ज़मीनों, घरों पर कब्जा करो। किसी को संतोष नहीं। मुझे तो लगता है धरती के इन झगड़े-टंटों को देख-देखकर ही आकाश का दिल फूट-फूट कर रोने लगता है। तेरी सोच सही है। यह पानी और कुछ नहीं आकाश के झरते आंसू ही हैं।''

''बेटे, आकाश भी तेरे बाबा सरीखा ही है। कई बार समस्याओं पर चिंतन करते-करते सिकुड़कर चुपचाप ठण्डा होकर बैठा रहता है, कभी-कभी क्रोध और उद्वेग में गर्म हो जाता है, लू या तपन भरी हवाओं की तरह सांय-सांय करता है और कभी पारिवारिक घटनाओं पर निढाल होकर आंसू बहाता रहता है। उसके जीवन में भी ठंड, गर्मी और बरसात इसी तरह आती-जाती हैं।

''और धरती किसकी तरह है माँ? बिल्कुल तेरी तरह। सहनशील, गंभीर, सबको कुछ न कुछ खाने को देने वाली, स्नेह बांटती हुई। हरियाली और सुगंधित फूल यत्र-तत्र फैलाती हुई, सबको उनकी जगह थमाती हुई, मौन बनी रहती है।''

''लेकिन बेटे! धरती के ही नहीं आकाश के भी एक-एक टुकड़े को हथियाने के लिए मारकाट मची रहती है। प्राचीन काल से राजा-महाराजाओं का चलन रहा है। आज भी बाहुबलियों द्वारा उसी युग की अंधी नकल हो रही है। बल्कि कुछ अधिक ही?''

“माँ! पानी बरसकर बंद हो गया है, अब आंगन में जाकर खेलूं?”

“हां बेटे जा बाहर खेल—पर वहां क्या खेलेगा? खिलौने तो हैं नहीं। गीली मिट्टी के तू ही बना ले और उन्हीं से खेल। कल हम लोग मेले में गए थे। सारी वस्तुएं बड़ी मंहगी थीं, कुछ न ला पाये। अभी सुबह-सुबह कोई गा रहा था।” घर लौट के माँ-बाप भी रोयेंगे अकेले में, मिट्टी के खिलौने भी सस्ते न थे मेले में।”

“हम भी महंगाई के कारण ही रो रहे हैं।”

“कोई बात नहीं माँ, आंगन में मिट्टी तो है, पानी भी है, मैं ही घरौंदा बनाऊंगा। छोटा सा घरौंदा।”

“लेकिन उसमें कौन आकर रहेगा? जब घर बनायेगा तो उसमें रहने वाला भी तो चाहिए वरना सुनसान वीरान घर को लोग तोड़ कर ले जाएंगे।”

“मेरे घर में चिड़िया रह सकती है, मेंढक रह सकता है, चूहा भी रह लेगा। कोई भी नन्हा प्राणी रह सकता है। घर बन जाएगा तो कोई तो रहेगा? किसी का तो भला होगा?”

“बेटे! चिड़िया का घर घोंसला है, मेंढक का घर पानी है और चूहे का अपना बिल होता है, वे तेरे घरौंदे में, क्यों आकर रहेंगे?”

“माँ मेरा नाम आप लोगों ने पंडित रखा है, इसे ही सार्थक करते हुए मेरा घरौंदा उन सबके लिए धर्मशाला होगा। धर्मशाला में आगंतुक आते-जाते हैं, कोई उसपर स्थायी कब्जा तो करता नहीं है। गौरैया भी रह लेगी, मेंढक भी रह लेगा, और चूहा भी विश्राम कर लेगा। कुछ समय के लिए रहेंगे, विश्राम करेंगे और फिर अपनी आगामी जीवन यात्रा पर चल देंगे। किसी भी यात्री को बीच में विश्राम करने को भी सुरक्षित जगह तो चाहिए?”

“लेकिन बेटे तू अभी छोटा है, भले ही वे अपने घरौंदे में शांति से रहना चाहें तो भी मेंढक को सांप चट कर जाएगा, गौरैया को बाज खा जाएगा और बिल्ली चूहे को अपना नाश्ता बना लेगी। वृक्ष पर निरीह पक्षी बया अपनी मेहनत करके घोंसला बनाता है और विघ्न संतोषी, विध्वंसक बंदर उसके घोंसले को छिन्न-भिन्न कर देता है। यही दुनिया है।”

“माँ यह नासमझी तो पक्षी, चूहे आदि को काल के गाल में झोंक देती है किंतु आदमी तो समझदार पढ़ा-लिखा होता है, वह तो अपने हिस्से की रोटी ही खाता होगा, दूसरे की थाली तो नहीं छीनता होगा?”

‘‘दुनिया में शेर, सियार, कौए, साँप आदि के मिले-जुले गुण देखना हो तो आदमी को परख लेना, वह सभी का मिला-जुला रूप होता है। दूसरे को भूखा मार दे और उसी की दाल-रोटी छीन ले। सरल आदमी का घर छीन कर उस पर अपना अधिकार जमाने को अपना बड़प्पन मानता है।’’

‘‘तू घरौंदा बनाकर मेंढक को बैठने देगा पर आसपास ही कहीं से सर्प आ धमकेगा और मेंढक और घरौंदा दोनों को निगल जाएगा। हो सकता है आदमी से प्रेरणा पाकर साँप ने ऐसा करना शुरू कर दिया हो? आदमी तो ऐसे सत्कर्मों में ही लिप्त रहता है। दूसरे को घर से बाहर कर देना और उस घर को स्वयं का बताने लगना। राज्य के राज्य हड़पे गए हैं। यही इतिहास है। भले लोग घर इसलिए बनाकर रखते हैं कि उनके सिर ढंके रहें, जबकि आप घर हड़पने के लिए उनके सिर खोलकर रख देते हैं।’’

‘‘माँ! आदमी और जानवर में कुछ तो अंतर होगा? जानवर तो अनपढ़, असभ्य होते हैं, किसी के प्रति दयाभाव नहीं रखते पर आदमी से तो ऐसी उम्मीद नहीं की जाती?’’

‘‘बेटा, अभी तूने दुनिया नहीं देखी है। जानवर षडयंत्र करना नहीं जानता। जानवर रिश्वत नहीं ले सकता, कुल्हाड़ी से निहत्थों को काट नहीं सकता। ज़हर देकर कई लोगों को एक साथ मौत के घाट उतार नहीं देता। जबकि आदमी ऐसा बद जानवर है जो सब कुछ कर सकता है। जब वह क्रूरता पर आता है तो बहुत खतरनाक हो जाता है। जानवर पीछे छूट जाता है।’’

‘‘इसका अर्थ यह हुआ, कि आदमी बड़ा खूंखार है। इतनी डरावनी कार्यवाही तो खतरनाक से खतरनाक जानवर भी नहीं कर सकता। खैर जो भी हो माँ—मैं तो मिट्टी का घरौंदा बनाऊँगा, किसी के काम का तो होगा, कोई प्राणी तो उसमें रहेगा? अभी मिट्टी गीली है, घरौंदा अच्छी तरह बन जाएगा, जहां मिट्टी सूखने लगी, घरौंदा बन न पायेगा। आप लोग भी तो कहते हैं नर्म मिट्टी को या कोमल बालक को कोई भी आकार दिया जा सकता है।’’

कुछ समय पूर्व जब पानी बरस रहा था तब भी पंडित पानी के हवा में हिलने-डुलने पर आश्चर्य व्यक्त करता, ‘‘देख माँ पानी ज़मीन पर तो (सीधा) गिरने की कोशिश करता है पर हवा के झोंके उसे इधर-उधर ठेल देते हैं। वह भी इधर-उधर डगमगाता है।

बेटे पानी की तो क्या बिसात, हवा के झोंकों के दबाव में आदमी ही नहीं कई भारी-भरकम वस्तुएं भी अपना स्थान छोड़ दूर कहीं फिंक जाती हैं। पानी तो दिख भी जाता है, हवा तो दिखायी भी नहीं देती, फिर भी अपना खेल कर जाती है। विज्ञापनों से हवा बनती है, चुनावों में भी नेताओं की हवा ही तो बनायी जाती है। भले ही कुछ की निकल जाती है?''

''माँ बस्ती की हवा तो थोड़े बंधन में भी रहती है, जंगल की हवा तो पूर्णतः स्वतंत्र रहती है। कहीं भी बेरोकटोक सनसनाती घूमती रहती है।''

''हवा भी कम अवसरवादी नहीं होती, जंगल की हवा जंगली हो जाती है ठंड में ठिठुरन भर देती है तो गर्मी में आग तक लगा देती है। बस्ती के खास लोग याने बॉस आपस में टकराये कि आग लगती है और जंगल में बांस टकराये कि आग लगती है।''

''माँ! भैया की किताब में लिखा है, 'पवन बढ़ावत आग को दीपक देत बुझाय।' इसका क्या अर्थ हुआ?''

यही कि हवा भी अवसरवादी है। तेज हवा आंधी चले तो हवा लगी हुई आग को फैला देती है, जंगल या बस्ती सभी स्वाहा हो सकते हैं, जबकि नन्हें से दीपक को बुझा कर ही मानती है।

पंडित भीतर बाहर होता रहता पानी गिरने लगता तो पंडित घर के भीतर आ जाता और पानी बंद हो जाता तो खुले आसमान में वह घरौंदा बनाने लगता। बीच-बीच में पानी और हवा के बारे में माँ-बेटे की चर्चा चलती रहती। घरौंदा बनाते समय वह गीली मिट्टी में अपने पांव का पंजा रखता और मिट्टी को चारों तरफ रखकर थोड़ी मजबूत परत दे देता और पंजा धीरे से बाहर निकाल लेता बस घरौंदा बन जाता। अथवा कुछ ईटों पत्थरों के ढेले गीली मिट्टी की सहायता से जोड़ देता, तीन दिशाओं में छोटी-छोटी दीवार खड़ी करता और ऊपर पटिये नुमा कोई चपटी वस्तु रख देता, बस नन्हा-सा घर बन जाता। दूर खड़ा रहकर आशा से एकटक देखता रहता कि उस घरौंदे में कोई नन्हा प्राणी आयेगा जो कुछ देर विश्राम कर लेगा। अक्सर कोई न आता, उसकी धर्मशाला खाली ही पड़ी रहती किंतु उस दिन ऐसा न हुआ।

पंडित को थोड़ी ही देर बाद कहीं से कूदता-फांदता एक मेंढक उस घरौंदे में बैठा दिख गया। पंडित को अपनी मेहनत सार्थक लगी। किंतु उसे डर सताने लगा

कि कहीं से सांप न आ धमके? क्योंकि उसका गांव तो जंगल में है, ऐसी घटनाएं होती रहती हैं। उसे राधेश्याम काका की कल कही हुई बात याद आ गई।

माँ! भले ही सांप मेंढक को खा जाता होगा पर बंदर सांप को मालूम है कैसे मारता है?

''नहीं बेटे, मुझे नहीं मालूम'', माँ ने कहा।

माँ! बंदर सांप की मुंडी पकड़ता है फिर धीरे-धीरे उसे पत्थर या लकड़ी पर उसी प्रकार रगड़ता है जैसे तू मूली या भुट्टे को कीसती है। याने सांप मेंढक या चूहे को खाता है तो बंदर सांप को रगड़-रगड़ कर मारता है। किसी को यह नहीं समझना चाहिए कि वही सबको मार सकता है।

बया के घौंसले को बंदर तहस-नहस कर देता है किंतु बंदर कुत्ते को देखकर भाग जाता है। जो बलिष्ठ भी है और अन्याय भी न करे उस बेचारे को सब बैल कहते हैं। अधिक ढीले-ढाले को गधा।

बचपन में घरौंदा-घरौंदा खेलते-खेलते उसके दिन निकल गए। घरौंदा बनाकर उसे हमेशा संतोष मिलता कि किसी नन्हें प्राणी को उसमें प्रश्रय मिल सकेगा। और घरौंदा तो हरेक को चाहिए।

जब पंडित प्राथमिक शाला में पढ़ने के लिए अपने गांव से तीस मील दूर गया तो तीन-चार महीने तो कम से कम अपने घर से दूर हो ही जाता? गांव छोड़ते समय अपने घर के खिड़की दरवाज़ों को अपने माता-पिता से पहले प्रणाम करता। उनसे अब कई महीने पंडित को दूर रहना पड़ेगा। जब वह गांव में था घर की दीवारों, खिड़की-दरवाज़ों को दिन में दस बार हाथ लगाता था, अब तो अपने गांव खूदिया से शहर हरदा जा रहा है गांव की बस्ती ही नहीं, उस घर की दीवारें, खिड़की-दरवाज़े भी दूसरे होंगे, नए होंगे, दोस्ती करने में कुछ समय तो लगेगा? जिस घर में वर्षों रहे हो उससे प्रेम हो ही जाता है। घर का भी एक दिल होता है जिसमें रहते-रहते आदमी बस जाता है। इस पहेली को वह आजतक नहीं समझ पाया कि अपने गाय, बैलों, गांववासियों ही नहीं अपने घर की हर चीज़ से उसका इतना लगाव क्यों हो गया है?

वे लोग कितने क्रूर होते हैं जो एक नहीं कई घरों को बनाते और बेचते जाते हैं। घर भी कोई बेचने की वस्तु होती है? उसके गांव में तो तब दूध बेचने तक की प्रथा नहीं होती थी। जरूरतमंदों को कितना भी दूध मुफ्त में दिया जा

सकता था। किसी दूसरे गांव से यदि गुरूजी का स्थानांतरण अपने गांव में हो जाता तो उन्हें इसी शर्त पर रहने को मकान दिया जाता कि गुरुजी कोई किराया नहीं देंगे। घर तो रहने की वस्तु होती है कमाने की नहीं। न गृहस्वामी किराया लेगा न गुरुजी या पटवारीजी किराया देंगे।

हाँ पर उन दिनों भी भुन्नास गांव के शुक्लजी सरीखे रईस भी होते थे, जिनकी अपेक्षायें विचित्र हुआ करती थीं। उनका घर क्या पहले ही महलनुमा आलीशान हवेली थी। अंग्रेज़ी शासन काल में पास में ही कोर्ट कचहरी लगते थे। सरकारी कर्मचारियों यहां तक कि अंग्रेज़ अधिकारियों तक को उसी बस्ती में रहने के लिए मकान मिलते। शुक्लजी उदारतापूर्वक भारतीय या अंग्रेज कर्मचारियों अधिकारियों को छोटे-बड़े कई कमरे रहने के लिए दे देते, किंतु उनसे यह अपेक्षा अवश्य रखते थे कि कोर्ट कचहरी में यदि उनका कोई प्रकरण आ जाये तो उसे शुक्लजी की मंशानुसार निपटाया जाएगा। केस पर निर्णय शुक्लजी के पक्ष में ही होना चाहिए। जो कर्मचारी विरोध करेगा उसकी खैर नहीं।

शुक्लजी थे तो ग्रामीण और कम पढ़े-लिखे पर इतनी समझदारी उनमें थी कि यदि जमीन और मकानों का बड़ा जखीरा अपने पास रहे तो समाज में दबदबा बना रहता है। इसलिए नियमानुसार या अवैध जैसे भी हाथ लगें, घर और खेती अपने कब्जे में लेने की ललक हमेशा बनाये रखते थे। किसी से लिखा लेते, किसी को डरा धमकाकर गांव से भगा देते।

उनके पास गाय बैलों की पायगा थी, घोड़ों की घुड़साल थी, कुत्ते के पिंजरे थे और सरकारी अधिकारी कर्मचारियों के लिए अनेक आवास जिन्हें अधिकारी, कर्मचारी अनुभव के बाद खुली जेल कहते थे। वस्तुतः सभी मनुष्य अदृश्य रस्सियों, रासों, सांकलों से वे बंधे रहते थे। उस कस्बे की लगभग सारी संपत्ति उनकी थी फिर भी आसपास के क्षेत्र की बहुत सारी प्रॉपर्टी अपने नाम कराने की चिंता में हमेशा डूबे रहते थे। किसी की हिम्मत नहीं जो उनके विरुद्ध अंगुली उठा सके? हां वे जब चाहे किसी की आंख में अंगुली डालकर उसे घुमा सकते थे। उनपर दस बीस मुकदमे चलते ही रहते थे। अधिक से अधिक सुविधा देना, और किराया न लेना उनकी उदारता का उदाहरण था, फिर भी यदि किसी कर्मचारी, अधिकारी का उनके क्षेत्र में तबादला हो जाता तो बलि के बकरे के समान वह अपनी गर्दन तलवार के नीचे होने की अनुभूति पाता? गांव के बड़े-बूढ़े ही नहीं,

छोटे-छोटे समझदार बच्चे भी शुक्लजी के सामने आ फंसने पर प्रणाम की मुद्रा में शरीर को दोहरा करके कुछ समय खड़े रहते। यथासंभव तो उस रास्ते ही नहीं जाते थे जहां पूर्वाभास होता कि शुक्लजी सामने टकरा सकते हैं। दीवार से सिर टकराने के समान उनसे टकरा जाना माना जाता था। उनकी कोई संतान नहीं थी, पर जानी अनजानी जनता को अपने सामने दबाये व झुकाये रखना उनका शौक था। उनका मानना था कि गाय, कुत्ते, घोड़े तो एक दिन मर ही जाएंगे। सरकारी कर्मचारी भी तबादले पर आएंगे चले जाएंगे। उन्हें तो स्थायी रूप से वहीं, याने उसी धरती पर बने रहना है। उनका कभी बाल बांका नहीं हो सकता। फिर एक बाल बांका होता तो दूसरा सीधा तना रहता था। रीछ के शरीर में बालों का क्या टोटा?

शुक्लजी के बच्चे भले ही न थे पर वह अपना घर भरने को हमेशा तत्पर रहते थे। इस काम में दूसरों को भले ही बेघर कर सकते थे। सामने वाला घर फूंककर तमाशा देखता रहे, घर का रहे न घाट का, पर वह घर के अच्छे बने रहने में ही अपना भविष्य देखते थे। अपना घर आबाद रखना, अपना घर बसाना उनके जीवन का परम लक्ष्य था। क्योंकि अधिकांश सरकारी अधिकारी, कर्मचारियों को मुफ्त में घर और सारी सुविधाएं देते थे अतः सभी को घर की मुर्गी से अधिक कुछ भी नहीं मानते थे।

यदि कोई कर्मचारी उनके मुकदमों में जी जान से मदद नहीं करता था, तो उस पर किराया न देने का, घर में तोड़फोड़, गाली-गलौच करने का आरोप लगाकर थाने कचहरी में रिपोर्ट कर देते और पूरे परिवार को वर्षों परेशान किये रहते थे। कुल मिलाकर यह कि भले ही संतान हीन थे पर दूसरों के मकान और जमीन अपने नाम कराने के शौकीन थे, इस तरह संपत्ति प्रेम था?

गांव में बचपन में पंडित ने घरौंदे बनाये। गरीब अमीर सभी के मकान उसने देखे—पायगा, घुड़साल, पक्षियों, कुत्तों के पिंजरे देखे—शुक्लजी का घरों के प्रति अतिशय प्रेम भी देखा किंतु एक निष्कर्ष पर पहुंचा, जीवन को शांति से गुजारने के लिए भले ही छोटा किंतु एक स्वयं का एक मकान तो होना चाहिए।

2

स्वाधीन भारत में मंत्रियों, बड़े अफसरों को स्वयं को ही नहीं उनके परिजनों में भी कुछ सौभाग्यशाली जनों को तकदीर, चांदी के चम्मचों का साथ बचपन से ही मिल जाता है। पंडित को मुश्किल से लकड़ी के चम्मच देखने को मिले। लकड़ी के चम्मचों को 'चाटू' कहा जाता था। वस्तुतः गांव में आसपास वृक्ष, वनस्पति, पानी, जंगल, पालतू या जंगली पशु ही देखने को मिलते। यात्रा के लिए बैलगाड़ी ही उपलब्ध थी, साइकल की सवारी भी उसे तब देखने को मिली जब वह छः सात वर्ष का हो गया। नौकरी भी बाद में मास्टरी की मिली जिसमें आसपास चमचे कभी नहीं होते। वह लगभग ताउम्र चम्मच विहीन ही रहा। वैसे बस्ती कितनी भी छोटी हो भांति-भांति के लोग तो रहते ही हैं? कुछ इतने रोमांचकारी होते हैं कि वे आग खायें और अंगारे मूतें? तो कुछ इतने शांति प्रिय कि दूसरों के घर आग लगाकर मंदिर में निश्चिंत जाकर सो जायें। कुछ कबीर मार्गी भी थे, 'जो घर फूंके अपना चले हमारे साथ' के सोच वाले। वे आग लग जाने पर कुआं खोदने की अमूल्य राय देते थे। गांव में फूस भी बहुतायत से मिलता और आग भी। धान का सूखा पिलाल तुवर की काठी, कपास की सूखी हुई इंडियां आग पकड़ने में देर नहीं करती। फिर मौसम वैशाख या ज्येष्ठ महीनों में आग उगल रहा हो तो कोई भी 'कबीर मार्गी' आगकाड़ी सुलगाकर चुपके से खलिहान में फेंक कर दूर बैठा-बैठा उस ताप का आनंद लेता है। गांव कितना भी छोटा हो आग लगाकर तमाशा देखने वालों की या इधर आग लगाई और उधर पानी के लिए दौड़ने वालों की भी कमी नहीं रहती। राजनीतिज्ञों की कहीं नहीं। माचिस

आसानी से उपलब्ध न होती थी तो पत्थर की गारों में रूई रखकर रगड़कर वे लोग आग सुलगा लेते? आग ही लगाना है तो रास्ते अनेक हैं? पंडित, गौर से बिहारी को देखता। वह चिलम पीने का शौकीन था। गरीब आदमी को कोई चिलम भरकर तो कभी देता नहीं, बेचारा खुद ही अपनी चिलम में तंबाकू भरता फिर चकमक की सहायता से जेब में रखे दो छोटे-छोटे पत्थरों और रूई से आग सुलगा कर चिलम में रूई रख देता फिर सुट्टा खींचता, नाक और मुंह से लोकोमोटिव एंजिन सरीखा भक-भक करता धुआं निकालता, आनंदित रहता। धुआं तो कान और आंख में से भी निकलता होगा किंतु वह दिखायी नहीं देता था। चेहरा और बाल काले, किंतु आसपास धुंए का बड़ा सफेद घेरा, क्या कन्ट्रास्ट खड़ा करता कि पंडित उसे एकटक देखता ही रहता। क्या सीन है?

गांव के लोगों को आग से ही नहीं पानी से खेलना भी आता था। पंडित जिस परिवेश में अपने गांव में रहा, वहां सिर्फ आग से ही नहीं, पानी से भी वह मन भरकर खेला। इस तरह वह बालपन से ही आग और पानी की तस्वीर समझने लगा था। खेत, खलिहान, कुआं, नदी सब उसके घर से एक-एक फर्लांग पर थे। खेत खलिहान उत्तर की ओर थे तो नदी दक्षिण की ओर। गांव तब था ही कितना बड़ा? टेकरी पर बसी हुई छोटी सी बस्ती। थी तो एक हज़ार से भी कम जनसंख्या वाली बस्ती किंतु हर एक इतना पानीदार कि हज़ारों हज़ार सुना दे? नदी का पानी भी सौ सुनार की तो एक लुहार की करके बता दे? किरायेदार की तरह आता। जब तक अनुकूलता रहती टिका रहता थोड़ी सी प्रतिकूल गर्मी के आते ही पाताल में पहुंच जाता।

पंडित अपनी माँ से गांव की नदी के बारे में प्रश्न करता - ''माँ, इस नदी के बारे में लोग कैसी विचित्र कहावत कहते हैं?''

''क्यों, नाम ही उसका सयानी है। खूब समझती है दुनियादारी को।''

''इसलिए सयानेपन में ऐसा व्यवहार करती है?''

''कैसा व्यवहार बेटे पंडित?''

यही कि ''ऊपर पत्थर रेत कई फुट, नीचे पानी, सयानी नदी की यही कहानी।'' इसे मैं ही नहीं यहां के सारे बड़े बूढ़े पहले से कहते रहे हैं। बरसात में खूब पानी, ठंड में थोड़ी ठंडी और गर्मी में सिर्फ तपन देने वाली। पास से निकलें तो हवा की लपट लगे।

बेटे जिसमें ताकत होती है वह पत्थर तोड़कर भी पाताल से पानी निकाल लाता है। वैसे यह सयानी नदी, परिश्रम करने और साहस बनाये रखने की प्रेरक है। साहस रखकर परिश्रम करोगे तो पानी पा जाओगे। पाताल में से भी पानी निकाल लोगे?

''माँ, बरसात में यह इतने वेग से बहती है कि घुटने-घुटने पानी में भी लोग खड़े नहीं रह सकते गिरा देती है? इस नदी में रेत तो है ही नहीं पत्थर ही पत्थर हैं। गीले पत्थर पर आदमी फिसलता भी है।''

''बेटे नदी में ही नहीं यहां के खेतो में तक, मिट्टी कम और पत्थर अधिक होते हैं। यहां के लोग पाषाण युग में रहने का सौभाग्य लिये रहते हैं। सड़कों पर जिधर देखो पत्थर ही पत्थर?''

''माँ, यह पाषाण युग क्या होता है? क्या अंग्रेज़ों ने हमें थमाया है? हाल ही उन्होंने हमें स्वाधीन किया है।''

''बेटे जिसे हम जी रहे हैं वही पाषाण युग याने पत्थर युग है। पत्थरों को बैलगाड़ी में ढोकर घरों की नींव में डाल देते हैं, ये पत्थर यहां के घरों की नींव हैं। पत्थर टकराकर आग तो निकालते ही हैं। ऊपर के पत्थरों को लगातार हटाते हटाते कुआं बन जाता है पानी निकल आता है। कुदाली, फावड़ा न मिले तो पत्थर से काम चला लेते हैं। गोफन और गुलेल में पत्थर हथियार बन जाते हैं। जगह-जगह भीलट देव, हठीला बाबा के चबूतरे बने हुए हैं। किसी भी पत्थर पर सिंदूर पोता और उसे पत्थर से भगवान बना लिया। पत्थर के कितने उपयोग किये जाते हैं?''

''माँ किंतु इसी इलाके के आदिवासी पत्थर का सुबह-सुबह बड़ा विचित्र उपयोग भी करते हैं। पेट साफ करने के लिए पास में पानी नहीं मिलता तो पत्थर से ही काम चला लेते हैं?

''हाँ बेटे अपनी पानीदार सरकार जब पानी ही उपलब्ध नहीं करा सकती तो जो कुछ आसानी से मिलेगा उसीका तो उपयोग होगा? अमेरिका और पश्चिमी देशों में कागज़ खूब उत्पन्न होता है अतः वे कागज़ का उपयोग करते हैं।''

''बेटे तू भी तो चट्टानों पर बैठ जाता है, पत्थरों की गेंद बनाकर वृक्ष की डाल तोड़कर हाकी बनाकर खेलता है। ऐसे मजबूरी में लोग भी छाती पर पत्थर रखकर तुम लोगों को पत्थरों से खेलते देखते हैं, पर क्या कर सकते हैं? वैसे

ऐसा नहीं है कि पत्थर पसीजते नहीं हैं, पत्थर और पत्थर दिल दोनों ही पसीजते देखे गए हैं।"

अपने गांव की नन्हीं सी नदी को ही वह मिसिसिपी से कम नहीं समझता। बचपन से वृद्धावस्था तक की यात्रा पूरी की फिर भी सयानी नदी को उसने अधिक आदर भाव से देखा। बाद में इस लंबी जीवन यात्रा में वह मिसिसिपी और टेम्स नदी के किनारे-किनारे तो घूमा है किंतु न वे पंडित के हृदय में उतरी न यह उनमें कभी उतरा। स्टीमर से ऊपर-ऊपर घूम लेना तो गहरे उतरना नहीं होता? दोनों इतनी ठंडी कि अंगुली ही डालकर देखें तो पूरे शरीर में ठिठुरन भर जाये मित्रता बढ़ाने के लिए एक-दूसरे के हृदय में समाने के लिए, थोड़ी सी गर्मी तो लगती है, उस गर्मी का उन नदियों में अभाव। वैसी हार्दिक और धैर्यपूर्ण गर्मी अपनी सयानी के पास है। इसीलिए उसमें पंडित ने घंटों स्नान किया है। बुढ़ापे में भी यदि उस मौसम में वह जाता जब बह रही हो तो उसमें डुबकी अवश्य लगाता? सबसे पुराना परिचय उसीसे तो है? फिर वह तो अमर है। प्रौढ़ होने पर सयानी में नहाने के समय उसे अपने पुराने दिन याद आ जाते। तब कपड़ों का व्यवधान भी नहीं होता था। तब का सोच कितना शाश्वत था, आदमी दुनिया में जैसा आया है वैसा ही चला जाएगा। क्या कपड़े पहनकर धरती पर उतरा था, क्या सूट-बूट पहनकर दुनिया के बाहर प्रस्थान करेगा? फिर यह आडंबर क्यों? पानी के भीतर सारे जीव उन्मुक्त रहकर आनंद की मुद्रा में रह लेते हैं। पानी हो, हवा या धरती, क्रिया तो एक समान ही रहती है, प्राणी उम्र के अनुसार नीचे से ऊपर उठता है, कभी-कभी किसी टीले पर किसी के संरक्षण में लकड़ी की, पेड़ की, चट्टान की कुर्सी बनाकर बैठ जाता है। कभी तैरता है कभी डूबता है। मछली छोटी हो तो उसका शिकार कर लेता है, सामने बड़ा मगरमच्छ आ जाये तो शिकार हो जाता है। कभी नाक से कभी शरीर के अन्य अंगों से बुलबुले छोड़ता है, कभी स्वयं पानी का बुलबला होकर रह जाता है। ऊपर उठना नीचे गिरना जीवन की नैसर्गिक क्रियाएं हैं। पंडित यही सब अपनी नदी के जल से सीखता रहा है। मछलियों, जलमुर्गियों के पास कुछ भी संपत्ति नहीं है फिर भी कितने आनंद से डूबती उतराती हैं।

दग्गड़ चौथ (चतुर्थी) तो एक सांकेतिक दिवस है जब लोग दूसरों के घरों पर पत्थर फेंकने का शुभ कर्म करते हैं, कई तो बाकी दिनों में भी दगड़ा चौथ

ही अपनाये रहते हैं। हवा में पत्थर फेंका और स्वयं हवा हो गए। किसी को लगे किसी के सिर पर पड़े इससे उन्हें क्या लेना देना। उन्हें तो पत्थर फेंकना है? समाज में ऐसे पत्थर-दिल भी यत्र-तत्र उपस्थित रहते हैं। कुछ लोग जवानी में जूते खाने को अपना सौभाग्य मानते हैं। वैसे कार्यकलाप कर लेते हैं। पिता के आसपास तो गांव के चार छः लोग हमेशा ही बैठे रहते। उनकी बातों को मात्र वह सुन ही सकता था हां प्रश्नों का समाधान करने के लिए माँ हरदम तत्पर रहती। माँ से वह निःसंकोच कोई भी सवाल पूछ सकता था, और माँ के पास प्रत्येक प्रश्न का उत्तर भी होता। जिन प्रश्नों को पूछने पर पिता डांट देते माँ उन्हें हल कर देती।

पिताजी प्रायः गांव की समस्याएं अधिक सुलझाया करते थे घर की कम। उस दिन एक व्यक्ति को पीटते-पीटते तीन चार लोग पंडित के पिता के पास लाये।

''क्यों रामप्यारे इसे क्यों मार रहे हो? इसने क्या गुनाह किया है?''

''भैयाजी, हम लोग कुछ दिन के लिए बाहर क्या गए शैतान सिंह ने हमारे घर पर कब्जा करना शुरू कर दिया?''

''हाँ कुछ दिनों से आप दोनों भाई दिख नहीं रहे थे, कहां चले गए थे?''

''दादाजी! अपने सगे संबंधियों की मौत में भी न जाएं? सुख-दुख में तो सबका साथ देना ही पड़ता है? यह तो परस्पर व्यवहार का मामला है, हम लोग उनके यहां शादी विवाहों में, गमी में नहीं जाएंगे तो हमारे घर कौन फटकेगा? बीसेक दिन से घर में ताला पड़ा था। जब कल हम लौटकर आये तो देखते क्या हैं कि एक कमरे को खोलकर शैतान सिंह ने डेरा डाल रखा है।''

''दादाजी! एक बार मैने रामप्यारे भैया से पूछा था कि मुझे रहने के लिए आपके बड़े मकान में से एक कमरा दे दो। तब उन्होंने कहा था सोचेंगे। मैंने मन में विचार किया ये लोग पता नहीं कहां गए हैं, कब लौटेंगे? मैं रहना शुरू कर देता हूँ जब रामप्यारे भैया लौटेंगे तो बात हो ही जाएगी। पर इन्होने तो आते ही जूता उतारा और दे दनादन दे दनादन? ये अच्छी बात है?''

हाँ और यह अच्छी बात है जो तूने की है? तूने काम ही ऐसा ऊँचा किया है शैतान सिंह। किसी के भी घर पर अनधिकृत रूप से कब्जा जमाओगे तो जूते तो घलेंगे ही। तुझे नेता जबर सिंह की शह जरूर है, पर वह भी कब तक हथेली

लगायेगा? तूने काम ही जूते खाने लायक किया है अब खा? तुझे अपने घर में चैन से रोटी की नहीं, पराये जूते खाने की चाहत बनी रहती है। तो खा। कहता भी तो रहता है जिसने जवानी में नहीं खाये उसकी जवानी बेकाम।

''दादाजी! चोरी और सीनाजोरी। मैने कहा कि मेरे घर में क्यों रहने लगा तो कहता है कि जबरसिंह ने कह दिया था, तू तो रहना शुरू कर दे रामप्यारे आएगा तो उससे निपट लेंगे। सीधी अंगुली से घी नहीं निकलेगा तो टेढ़ी करके निकालेंगे। घी नहीं तो उसे ही निकाल देंगे?''

''बस तो रामप्यारे ने तुझे निपटा दिया। अब उससे निपट।''

''शैतानसिंह फिर भी सिर ऊंचा किये रौद्र रूप लिये सब कुछ सुनता रहा।''

पंडित ने पूरी घटना आकर माँ को सुनायी कि किस तरह रामप्यारे अपने भाई को साथ लेकर लगातार जूते मारते हुए शैतानसिंह को पिता के सामने लाया?

''बेटे ! तू अभी छोटा है, धीरे-धीरे समझ जायेगा कि यह तो दुनिया है, यहां पिटने वाले भी बहुत हैं, और पीटने वाले भी बड़ी संख्या में। जिनका शौक दूसरों को पीटने का होता है उनके हाथ कुलबुलाते ही रहते हैं। अवसर पाते ही हाथ छोड़ने में देर नहीं करते। बस कोई हाथ आ जाए? और कुछ लोगों को पिटने में आनंद आता है। हँसते-हँसते पिटते हैं।

''हाँ माँ कल रामप्यारे भी कह रहा था, हाथ चलाते-चलाते उसका हाथ ही उतर गया था। हाथ पांव तो शैतानसिंह के तोड़ना चाहता था पर हाथ उतरने के बाद उसे अपना हाथ बांध कर खड़ा होना पड़ा। भले ही शैतानसिंह हाथ पांव जोड़ता रहा पटकता भी रहा पर रामप्यारे लगातार हाथ पर हाथ छोड़ता रहा।''

''बेटे जो हाथ चला रहा हो उसका हाथ तो पकड़ा जा सकता है पर हाथ चालाक आदमी का हाथ मंजा हुआ होता है, उसे पकड़ना कठिन होता है। वह कहीं भी हाथ आजमा लेता है पर हाथ नहीं धरने देता। यदि हाथ पत्थर तले दब ही जाये तो हाथ पांव जोड़ना शुरू कर देता है। हाँ चालाक व्यक्ति किसी भी हाथ साफ करने की दुर्लभ प्रक्रिया से गुजरने के बाद भी अपने हाथ झाड़कर खड़ा हो जाता है।'' माँ ने समझाइश दी।

''माँ! सबने देखा शैतानसिंह का कलेजा हाथ भर का है। पहले भी हाथापायी करने से कभी हाथ नहीं खींचा। कुछ न कुछ शैतानी या अपराध करता ही रहता है, हाथ पर हाथ धरकर कभी बैठ ही नहीं सकता?''

माना कि शैतानसिंह का हाथ तंग रहता है पर उसके कर्मों के कारण अपनी इज़्ज़त से उसे हाथ धोना पड़ता है। कई बार तो सामने वाले उसके हाथ पांव ही नहीं, सिर को भी रंग देते हैं। न जाने क्यों लोग उससे हाथ से ही बात करते हैं। कहते हैं वह लातों का भूत है बातों से मानने वाला नहीं।

असल में शैतानसिंह को नेता जबरसिंह की शह है। वह कुछ भी गलत-सलत काम करे, जबरसिंह उसकी तरफदारी करता रहता है। इसीलिए उसकी हिम्मत इतनी बढ़ गई है। कुछ भी ऊला ढाला कर लेता है।

माँ अब जब वह पिट रहा है तो जबरसिंह आ रहा है बचाने? जबरसिंह का सहायता करने वाला हाथ कहां गया? उसने तो शैतानसिंह को मानो कह दिया चढ़ जा बेटा सूली पर भला करेंगे राम?

हाँ बेटा जो जैसा करता है वैसा भरता है। बिना विचारे जो करे, वह पीछे पछताये। वह तो खैर समझो कि सड़क पर लाकर मारा। इसलिए कुछ लोग हाथ पकड़ने भी आ गए वरना वह तो घर में घुसकर धुनाई करता। पीट-पीट कर शैतानसिंह को अधमरा कर देता? कौन आ रहा था देखने कि रूई कैसे पींजी जा रही है?

3

सिर मुंडाते ही ओले पड़े। पहली कक्षा में प्रवेश लेते ही उसे घर द्वार छोड़ना पड़ा जिस दिन से उसने आंख खोली थी अपने गांव के खुले आसमान के नीचे, खेतों खलिहानों में पेड़ों के नीचे खेलता, नदी में कूदता फांदता, उन्मुक्त मृगछौने की जिन्दगी गुजार रहा था, कि कुछ समय बाद ही पिता का फरमान आ गया। पंडित को भी पढ़ने के लिए हरदा में रखना पड़ेगा। वह पांच वर्ष का हो गया है। लाड़ते पंच वर्षाणि दस वर्षाणि ताडियेत प्राप्ति तु षोडषो वर्षाणि पुत्रे मित्रवत आचरेत वर्षाणि दस वर्षाणि। अब उसके लाड़ का समय समाप्त हो गया है। अब ताड़ने की उम्र में उसका प्रवेश हो गया है। ताड़ने का मतलब ताड़ के झाड़ पर चढ़ने का अभ्यास शुरू करना है। अब वृक्ष के नीचे खेलने का, मस्ती करने का समय बीत गया, अब प्रेत बनकर झाड़ों पर चढ़ना उतरना होगा। जीवन की सच्चाई से जूझना होगा। अब ताड़ के खजूर के छायाविहीन झाड़ों के सहारे रहना है। कांटों के बीच भी। पंडित के बेघर होने का प्रथम अनुभव था। बिच्छू का डेरा पीठ पर। बैलगाड़ी में सामान रखकर अपने गांव से बीस मील दूर एक कस्बे में पहुंचे। धूल रबेद से लथ-पथ मुहल्ले-मुहल्ले भटके। आटा, दालें, बर्तन-भांडे, संग में लाद चल दिये पांडे। बैलगाड़ी याने छोटी छकड़ी नहीं भरती की बड़ी गाड़ी। नीचे बैलों का चारा, ऊपर मनुष्यों का। बैलों के चारे पर डोरिया (मोटी दरी) जिसके ऊपर चौके चूल्हे की व्यवस्था। अलग घर तो बसाना है?

किसी मकान मालिक से जब पूछा तो बोला "दो रुपया महीने का घर का किराया होगा? देने की हैसियत है?"

चिंताग्रस्त हो पंडित के पिता भाव ताव करते डेढ़ रुपया नहीं हो सकता?

''डेढ़ रुपया महीने में डेढ़ कमरे का मकान किराये पर लेने चले हैं, कहीं के? जाओ, जाओ कहीं और देखो।'' मकान मालिक ताव बताकर कहता।

बैलगाड़ी आगे बढ़ जाती। फिर पंडित के पिता एक बड़े मकान के घर की कुंडी खटखटाते। क्यों भैया एक दो कमरे किराये से मिलेंगे, बच्चों को पढ़ने के लिये रखना है। बहुत दूर से चलकर आये हैं।

हाँ कमरे तो हैं पर पानी सामने के कुएं से लाना पड़ेगा। अभी घर में नल नहीं लगे हैं। हां दिशा मैदान के लिए जंगल में जाने की जरूरत नहीं है, पर उसके लिए एक सदस्य को एक महीने में चवन्नी अलग से देनी पड़ेगी। साफ-सफाई मुफ्त में तो होती नहीं। हरदा कोई गांव खेड़ा नहीं है शहर है। कितना बड़ा शहर?

एक शरारती भाई बोल पड़ा—लंदन से भी बड़ा? पिता ने इशारे से उसे चुप कराया अरे भाई हर महीने कितना किराया देना पड़ेगा। पिता ने मकान मालिक से पूछा। ''दो रुपये मकान का और एक रुपया ऊपरी। इस तरह तीन रुपया महीना।''

क्यों हमें तीन तेरह करने पर तुले हैं?

भीतर आकर देख लें कमरे कितने बड़े हैं? सुविधा अधिक है तो पैसे भी वैसे ही होंगे।

उसके पिता चाय को अमृत का प्याला कहते थे। वह स्वयं जिसे कभी पीते नहीं थे। घर में बच्चे भी उसके आदी तो नहीं थे फिर भी सुबह कभी-कभी पी लेते थे। ब्रह्म मुहूर्त में भगवान का नाम लेकर अपने गांव खूदिया से बैलगाड़ी लेकर चल दिये। पिता को शंका थी कि यदि बेटे वहीं रह गए तो एक दिन बैल अवश्य बन जाएंगे जो सोहबत में दूसरे के विरुद्ध उकारेंगे सींग मारेंगे। बैलों को आदमी बनाने लिए वे सब हरदा लाये गए थे। चौपायों के संग साथ रहते-रहते दोपाये बनने का अभ्यास करना कितना कठिन होता है? रास्ता भी कच्चा, ऊबड़-खाबड़ और पार करते हुए डगांवां आते डगांवां से सुखरास और अंत में सुखरास से हरदा। पंडित के लिए आने जाने का तब तो यही रास्ता था, चाहे बैलगाड़ी से आता या पैदल। एक ही रास्ता था, बैलगाड़ी से या पैदल चलने का लघुतम मार्ग। साठ साल बाद का पक्का मार्ग तो बस के लिए लंबाई में था लगभग

दुगुना। पानी पीने के लिए मिट्टी या पीतल के घड़े होते थे, हाथ में घड़ी नहीं होती थी। स्टील के बर्तन भी कहीं दिखायी नहीं पड़ते थे। गांव में सूर्योदय से सूर्यास्त तक काम करने के घंटे माने जाते थे। बल्कि कई रावण किस्म के जमींदार नौकरों से अपेक्षा करते थे कि मुंह झांकले (सूर्योदय से पूर्व का अंधेरा) से मुंह झांकले (सूर्यास्त के बाद के अंधेरे) तक वे लगातार काम में जुटे रहें। बिना घड़ी के दिनभर चार पड़ाव माने जाते थे, सुबह, दोपहर, शाम और रात। शहरों में ग्रामोफोन आ गया था, घूमते हुए कुत्ते के चित्र वाला हिज मास्टर्स वायस। पंडित के पिता भी सूर्योदय के पूर्व के मुंह झांकले से उठने के बाद चलकर दोपहर तक हरदा आ लगे थे, और अब किराये की खोली ढूंढ रहे थे। बैलगाड़ी खाएमा खरामा खरामा चल रही थी। भविष्य में आदमी बनाये जाने की आशा में गांव से आये हुए बैल न सही बछड़े भी गाड़ी में बैठे हुए थे। किराये के कई मकान देखे, देखते-देखते शाम होने लगी तब जाकर एक मकान मालिक को तीन रुपये एडवांस जमा कराया और दो छोटे-छोटे कमरों का घर लिया। बैलगाड़ी से सामान उतारा। बैलों को घास डाली और भूखे प्यासे सभी सदस्यों ने खुद भी पेट पूजा की। सोचा था भोजन दो दिन चल जाएगा पर एक दिन में चट कर गए।

ऐसी परिस्थितियों में रात में घोड़े बेचकर सोने की स्थिति न बनेगी तो क्या होगा? भूख न देखे बासा भात, नींद न देखे टूटी खाट। थककर निढाल होकर सब ऐसे सोये कि किसी को कोई सुध-बुध न रही। सुबह-सुबह कौओं की कांव-कांव और चिड़ियों के समूह गान ने जगाया। उन दिनों लिखाई पढ़ाई का ऐसा परिवेश न था जैसे पैंसठ वर्ष बाद निर्मित हुआ है, अन्यथा तब चिंदीचोर आसपास रखी वस्तुएं उठा ले जाते और पीने वाले रात में यत्र-तत्र बर्राये-बर्राये घूमते नजर आते? हां पास के किसी मंदिर से घंटे की ध्वनि अवश्य आ रही थी। पंडित के पिताजी को यह जानकर सुख मिला कि आसपास कहीं मंदिर तो है? चिंतित तो रहे किंतु पिता ने पंडित को बड़े भाई बहिनों के साथ हरदा में उनकी नानी के संरक्षण में छोड़ दिया।

सबका जीवन अलग-अलग ढंग से गुजरता है। हरएक की अपनी कहानी है। किसी की मेवे मिठाई माल टाल खाने की तो किसी की चाटे मुक्कों की प्रारंभिक प्रहारात्मक आरती से शुरू होकर छड़ी जूते और चप्पलों द्वारा उत्तरोत्तर सघन पूजा की जाती है। पंडित की कहानी बाद वाली कथा से अधिक मेल खाती थी।

पंडित को प्राथमिक शाला में पढ़ने के लिए ही इतनी दूर क्यों जाना पड़ा? उसका भी एक कारण था। पांच मील दूर के कस्बे में आठवीं कक्षा तक का स्कूल था। जहां उसके बड़े भाई पढ़ते थे, मिडिल पास करने के बाद सिराली से भी तंबू तो उखड़ना ही था? अब तीन-तीन डेरे रखना तो संभव नहीं था। अतः एक स्थायी डेरा खूदिया रहा और अस्थायी डेरा सिर से उठकर हरदा आ गया। दंड कमंडल उठाया डेरा डंडा समेटा और चल दिया पंडित का परिवार। गांव में तो स्कूल ही नहीं था?

उसने बचपन से राजस्थान की घूमंतु जाति को देखा है। उनके पास भी बैलगाड़ी होती, उसी पर सारा घरेलू सामान लादते और समूह में चल देते? चार-चार छः-छः मील पर पड़ाव बना लेते। किसी भी नीम या पीपल के झाड़ के नीचे डेरा डाल देते? गर्मी के मौसम में आम की अमराई मिल जाती फिर तो क्या कहने? दो-चार कैरियां भी प्राप्त हो जाती जिनकी चटनी या पना बना लिया जाता और वे सभी प्याज सहित भोजन कर लेते?

''सो जाते हैं फुटपाथ पर अखबार बिछाकर, मजदूर कभी नींद की गोली नहीं खाते'' इस बात को पंडित बचपन से ही महसूस करता रहा है। और अखबार तो शहरों में मिलते हैं फुटपाथ भी गांवों में कहां मिलती है? यह शेर भी शहर के निवासियों के लिए कहा गया है।

गांव के परिवेश में यदि लिखा गया होता तो वही शेर कुछ यू होता—('सो जाते हैं') चट्टान पर ले ईंट का तकिया, श्रमिकों को नरम रूई के बिस्तर नहीं भाते।'

वस्तुतः उन दिनों वैद्यजी की पुड़िया खाने की या जड़ी बूटी से इलाज कराने की ही प्रथा थी, गंभीर बीमारी न हो तो कोई गोलियां ही नहीं खाता था। गोलियां खाने वालों को बीमार की श्रेणी में रखा जाता था। आजकल शौक से, शक्ति वर्धन हेतु या विटामिन प्राप्ति हेतु चने चबेने की तरह गोलियां फांकने की परंपरा शुरू हो गई है। पंडित के पिता यदि बुखार आ जाता तभी एक चाय पीते थे। चाय पीते ही पसीने-पसीने हो जाते, बुखार के भी पसीने छूट जाते। चाय को वह दवा ही मानते थे पानी सरीखा पेय नहीं।

कभी-कभी पंडित सोचता है आखिर गांवो से पलायन करके शहरों में लोग भीड़ क्यों बढ़ा रहे हैं? जबकि गांव में प्रकृति से निकटता रहती है, खाने-पीने

की वस्तुएं प्रदूषण से मुक्त हैं। व्यक्ति का स्वास्थ्य शहराती लोगों की तुलना में बेहतर रहता है। अधिक दौड़ भाग नहीं है। मकान भी बड़े-बड़े और खुले-खुले होते हैं।

उसे उत्तर मिल जाता। शहर वाला आदमी गांव वाले को गंवार, टेपा, खापा, बैल आदि विशेषणों से विभूषित कर सकता है। शब्दकोश बनाने वाले बहुधा शहर के पढ़े लिखे लोग होते हैं जो स्वयं को अधिक सभ्य मानते हैं। दिल्ली का निवासी स्वयं को प्रधान मंत्री के निकट मानता है। भोपाल का रहने वाला सत्ता के निकट ही खुद को नहीं पाता मंत्रियों और मुख्यमंत्रियों की सोहबत में उठने बैठने वाला समझता है, इसीलिए तो ग्रामीण लोगों को हिकारत की दृष्टि से देखता है। दिल्ली वाला अपनी नाक हमेशा दो फुट ऊँची रखता है। भोपाल वाले की नाक पर भी नींबू नहीं ठहर सकता। अपनी बात-बात में ये मनीषी कह देते हैं, 'गंवारू काम मत किया करो। अथवा क्यों बे टेपे, ऐसा कैसे किया?' कुल मिलाकर यह कि गांव वाले की इज़्ज़त का भाजी पाला करने को शहर के लोग एक पांव पर खड़े रहते हैं। शायद इसीलिए पंडित के पिता सोचते होंगे अपनी तो जैसे तैसे मानापमान में डूबते उतराते जिन्दगी निकल गई, अपनी संतान को क्यों वैसी अलौकिक अनुभूति होती रहे? शहरों की लौकिकता ही जीवन में प्रगति ला सकती है। इसी श्रेष्ठ चिंतन के कारण यदि ग्रामीण लोगों को कूप मंडूक कहा जाता है तो क्या गलत है? शहर के लोग ही विद्वान मनीषी, सभ्य, पढ़े लिखे और सुख से जीने के अधिकारी हैं। गांव के लोग क्या हैं गंवई जिन्हें अपनी सारी जिन्दगी और पूंजी शहरों के कल्याण के लिए गंवा देना चाहिए। सरकारी कार्यालयों के दरवाज़ों पर वे सिर पटकते रहें, खीसे खाली करते रहें, चप्पल जूते रगड़ते रहें फिर भी उनके काम न हों? उन्हें सर्वश्रेष्ठ रिश्वत दाता के रूप में प्रतिष्ठित और सम्मानित किया जाता रहे। शहरों के लिए सोने के अंडे देने वाली मुर्गी गांव की बस्ती ही तो है? पंडित भी जिस दिन से पहली कक्षा में पढ़ने बैठा उसे कपड़े और मकान की समस्या से जूझते रहना पड़ा। गेहूं दाल तो खेती से मिल जाते थे अतः रोटी की समस्या हल हो जाती थी किंतु खेत में कपास भले ही उगता हो कमीज पायजामे तो नहीं उगते थे? शहर में घर घाट का होना गांव वालों के लिए इतना आसान भी तो नहीं था? घर जंगल में था अतः लकड़ी काठी कंडों की समस्या कभी नहीं रही। थोड़ी दूर पर ही

कुआं था, जब चाहा तब पानीदार हो जाते। जमीन थी तो जमींदार थे, कुआं था तो पानीदार रहे, पर शहर में रहकर यहां का शऊर सीखना पड़ा। सार्वजनिक नल कुएं सरीखा चौबीसों घंटे पानी नहीं देता। उसका भी एक समय होता है। स्कूल में गुरू जी से ऑफिस में बाबू या अफसर से मिलने का भी एक नियत टाइम होता है। हर काम टाइम-टेबिल से होता है, ऐसे थोड़े ही कि मुंह उठाये और चल दिये। टेबिल के ऊपर काम कम, टेबिल के नीचे अधिक होता है। जो कुर्सी पर बैठा है वह जोंक की तरह देश और समाज से चिपका है, ग्रामीण लोग उसे बहुत प्रिय रहते हैं। वह चाहता है कि गांव के लोग गांव में ही बने रहें?

कुछ दिनों बाद जब गेहूं, चना, दाल सब्ज़ी लेकर पिताजी बच्चों की खोज खबर लेने हरदा पहुंचे तो पाया कि बच्चों के चेहरे का पानी उतरने लगा है। उन्होंने पंडित से पूछा—''लगता है खाते पीते नहीं। चेहरे पर वह पानी नहीं है जो गांव में था।''

पंडित ने उत्तर दिया, ''पिताजी अपने गांव में कुआं है, नदी है जिसके किनारे बैठकर लहरें गिनना, पानी पीटना या पानी में तलवार चलाना चलता रहता था। यहां उतनी देर पानी के पास बैठ ही नहीं सकते? पानी का भी समय होता है और अपना भी? कभी-कभी तो कई दिन तक बहता पानी नहीं देख पाते हैं। जब नल आता है तो मैं स्कूल में रहता हूँ और जब मैं घर आता हूँ तो नल नहीं रहता?

''हाँ बेटे, अपने छोटे से गांव की तुलना में हरदा कई गुना बड़ा शहर है। यहां पैसा ही पानी की तरह बहता है। जेब से बाहर आते ही कपूर की तरह उड़ जाता है। कपूर उड़ता है तो सुगंध भी देता है, यह तो गंधहीन तत्व है।'' पिता ने कहा

''पिताजी यहां वस्तुएं भले ही पानी के मोल मिलती हों, किंतु उतना भी तो पास में होना चाहिए? गांव में तो पशुओं को पानी पिलाने मैं ले जाता था, मुफ्त का पानी, फोकट का चारा, किंतु यहां पर महंगा है भोजन, पानी है खारा, अधिक जानलेवा है आवास का भाड़ा।'' पंडित ने कहा।

''बेटे अपने गांव में भले ही जात पूछकर पानी पिलाने की प्रथा थी यहां तो लोग पग-पग पर अपनी जात स्वतः बता देते हैं। शहर के लोग किसी भी गांव वाले को पानी पिला देने में देर नहीं करते।''

''अब हम लोग इन्हें पानी पी पीकर कोसें तो भी क्या होने वाला है? पानी सिर के ऊपर बह ही रहा है उससे निपटना तो पड़ेगा?''

बेटे अपने गांव ही के कई लोग हैं जो पानी के बताशे से अधिक महत्त्व नहीं रखते फिर भी पानी में आग लगाने की कोशिश करते हैं। यह तो बड़ी बस्ती है पानी चढ़ाने वाले और पानी उतारने वाले भी बहुतायत से देखे जाते हैं। दुनिया के लोग कितने-कितने पानी में खड़े हैं यही समझने के लिए तो आप लोगों को हरदा में रखा है? अध्ययन करते रहो। बहुत खोजबीन करने के बाद समझ में आता है कि अपुन कितने पानी में हैं?''

''पिताजी मैं तो थोड़े ही दिनों में एक बात समझा हूँ कि अपना पानी मारकर पानी से भी पतला स्वभाव कर लिया तो किसी भी तरह के पानी में मिल सकते हैं फिर कोई पूछेगा कि पानी तेरा रंग कैसा तो उत्तर दे सकेंगे जैसे में तैसा। ''मझे खुशी है बेटा शहर में आकर समझ में थोड़ी बढ़ोत्तरी तो हुई?''

पिताजी ने अपने घर में खाने की वस्तुओं पर ही घर के सदस्यों के नाम रख दिये गए? मूला, केला, सत्तू आदि ऐसा क्यों?

बेटे मूल नक्षत्र में होने से मूल्लू, पूजन में केला (कदलीफल) उपयोग में आता है अतः केला, सत्य के आचरण करने वाले को सत्या और फिर धीरे से सत्तू कहा जाने लगा। हां स्वास्थ्यवर्धक तो सब होते ही हैं? मूला और केला खेतों में उग जाते हैं, दोनों बहुत गुणकारी होते हैं। जहां तक सत्तू का सवाल है वह तो सर्वश्रेष्ठ भोजन है ही। सुविधाजनक भी। मैं कई बार सत्तू को पोटली में बांधकर गांव से चल देता हूँ और रास्ते में जब भी भूख लगती है कि माचक या धोंधई नदी का पानी लिया, अपने पास रखे लोटे में, सत्तू को छककर सूता और आगे की यात्रा पर चल दिये। गेंहू भी घर में उपजे और चने भी। बस बढ़िया भाड़ में भुंजवाये और मिलाकर सत्तू तैयार। कहते हैं न कि भाड़, में जाएं तुम्हारी योजनाएं हमें तो खाने की दो रोटी चाहिए। इसी तरह भाड़ में डालो गेहूं चने को हमें तो सत्तू चाहिए। अब देखो सड़क बनाने की योजना कितने सालों से बनी हैं पर सब भाड़ में ही जा रही हैं न? अधिकारी मंत्रियों के चारण बनकर लाभान्वित हो रहे हैं। सामान्य ग्रामीण ऊबड़-खाबड़ मार्ग पर चलकर जीवन यापन कर रहे हैं।

पिताजी खूदिया में कितना बड़ा घर है? हरदा में किराये के छोटे से मकान

में रहते हैं वह भी अस्थायी है। पता नहीं कब उसे खाली करना पड़े?

हाँ बेटे जीवन में अनेक खट्टे मीठे अनुभव लेने ही होते हैं। जीवन को बढ़ाने के लिए कोई सुनिश्चित और सुविधाजनक सूत्र नहीं होते। वे भी बदलते रहते हैं। कभी कठिन होते हैं, कभी सरल। कभी सामने अमृत होता है कभी गरल। विवेक रखते हुए यथायोग्य सेवन करो और आगे बढ़ो।

पंडित ने अनुभव किया कि बगल में रहने वाला मकान मालिक सचमुच मालिक होता है और किरायेदार सेवक। या गृहस्वामी अफसर और किरायेदार बाबू या चपरासी। कभी गाड़ी नाव पर कभी नाव गाड़ी पर। अपने गांव का मकान मालिक, हरदा आकर बना किरायेदार। आगे-आगे देखिये होता है क्या?

पांच वर्ष के अध्ययन काल में हरदा में रहकर गढ़ीपुरा, गोलापुरा, खेड़ीपुरा में तीन मकान बदले पर पूरा नहीं पड़ा। अधूरे के अधूरे बने रहे। अभी तक बैलगाड़ी ही एक मात्र सवारी थी। शायद आगे रेलगाड़ी की सवारी मिल जाए? हवाई जहाज़ों को तो आसमान में उड़ते हुए आश्चर्य से देखता है, वहां की उड़ान एक सपने से अधिक नहीं। किंतु सपने उसे देखने चाहिए कभी-कभी वे सत्य में भी बदल जाते हैं।

4

जूते चप्पल विहीन व्यक्ति बछिया का ताऊ माना जाता है। पंडित ने पाया कि समाज में इज़्ज़त उसी की होती है, जिसके पांव में भारी जूते होते हैं। जूते भले ही न हों चप्पल तो हों? नंगे पांव चलने वाला आवश्यकता पड़ने पर जेब में से भी तो कुछ नहीं निकाल सकता? चांदी का जूता ही निकाले? निकालेगा? इज़्ज़तदार वही होता है जो किसी की इज़्ज़त उतार सकता है। जो पराया धन लूटकर अपने पास रखे वह धनवान, और जो परायों की इज़्ज़त लूट सके वह इज़्ज़तदार। पंडित सबसे डरकर इसीलिए रहता था क्योंकि वह जूते चप्पल विहीन रहता था। जिस प्रकार कुत्ते, बस्ती में घूमते सुअरों को रपटा लेते हैं वह सोचता था किरायेदारों को, मकान मालिक इधर-उधर दौड़ाते थकाते क्यों रहते हैं? उनकी क्या जड़ें जम न सकें इसलिए? सफल मकान मालिक वही होता है जो किरायेदार को चैन से रहने, बैठने या सोने न दे। किरायेदार की स्थिति बकरी से अधिक नहीं होती जो भगवान से प्रार्थना करती रहती है कि मैं कैद में हूँ पर मेरी जान बची रहे और मकान मालिक शेर के समान होता है, जिसकी कोशिश रहती है कि बकरी को शीघ्रातिशीघ्र चट कैसे करे?

गृहस्वामी और किरायेदार की नेवले सांप की मनःस्थिति या युद्ध स्थिति देखकर ही किसी विद्धान ने लिखा है कि जब तक व्यक्ति जीवित है उसे सुखी मत कहो पर इनको और न उनको ठौर। सास होगी तो बहू लायेगी ही और उसपर अपना दबदबा जमाकर रखेगी ही। बहू लाने के पीछे अपना वर्चस्व बढ़ाकर रखना भी एक कारण होता है। किरायेदार बेचारा घूंघट में रहने वाली बहू होता

है। और मकान मालिक बहुधा खुर्राट सास। वैसे कभी भले ही कहा जाता हो बेघर के सौ घर किसी भी बस्ती में चले जाइये बेघरों की कोई इज़्ज़त नहीं। किरायेदारों की थोड़ी बहुत हो जाती है गृह स्वामियों की सबसे अधिक रहती है। प्रजातंत्र में अवश्य बेघरों के, किरायेदारों के तथा मकानमालिकों के अलग-अलग संगठन बन चुके हैं। क्योंकि वे एक दूसरों से भयभीत रहते हैं। यह अलग बात है कि सभी संगठनों की तरह, कई बार संग-संग रहकर आपस में इनकी ठन भी जाती है। ठन-ठन गोपाल ही समस्याएं खड़ी करते हैं। वस्तुतः मकानमालिक और किरायेदार कबड्डी की दो टीमें होती हैं, कौन किसे जल्दी आउट करता है। कभी-कभी पराये घर में घुसकर कुछ जांबाज भी ऐसा धोबी पछाड़ दांव लगाते हैं कि मकानमालिक की पूरी टीम ही आउट हो जाती है। कबड्डी खेल में सांस टूटने तक खिलाड़ी दूसरे के पाले में घुसकर अच्छी तरह खेल लेता है, जैसे ही सांस टूटती है कि वह धराशायी हो जाता है। दोनों ओर से दांव लगाने में बहुधा कसर नहीं छोड़ी जाती। इकलंगा लगाना, कैंची लगा देना, टांग मारना, हाथ चलाना इस खेल के महत्त्वपूर्ण हथियार होते हैं। कई बार मकानमालिकों को भी परास्त होते देखा है, बशर्ते वे एकाकी बूढ़े या अशक्त हों?

जब कोई भी किरायेदारी की उम्मीदवारी में गृहस्वामी के पास जाता है तो हाल ही स्वाधीन हुए भारत के पढ़े लिखे मकानमालिक उसे खूब जांचते परखते हैं। कहीं ईस्ट इंडिया कम्पनी की तरह का किरायेदार तो नहीं आ फंसेगा? जो भारत को वैस्ट बनाकर छोड़ेगा। पहले कब्जा करेगा, गृहस्वामी को गुलाम बनायेगा भरपूर लूट-खसोट करेगा और वैस्ट याने कचरा बनाकर छोड़कर चला जाएगा।

यदि ऐसी ऐय्याश, शराबी कबाबी कम्पनी को मकान किराये पर दे दिया तो पास पड़ोस के लोग हँसे बिना नहीं रहते कि इसे और खराब किरायेदार नहीं मिला था? ऐसा किरायेदार ढूंढ़ लेते जो सड़क पर नंगा नाच करता तो कसर और पूरी हो जाती? ऐसा भी क्यों ढूंढ़ा? गृहस्वामी का घर नगर और प्रदेश में चर्चा का विषय तो होता कि कितनी समझदारी का काम किया है? वैसे जिनके पांव न फटी बिवाई वे क्या जानें पीर परायी। गाल तो कोई भी बजा लेता है।

कई बार आम के पेड़ पर एकाध बरबूटिया (लाल चींटा) कहीं से आ जाता है जो घोंसला (फोल्या) बनाकर हज़ारों चींटों को प्रश्रय देता है बुला लेता है फिर कोई पत्तों के उस फोल्या को तोड़कर या एक भी चींटे को बाहर करके दिखाये?

वे एकजुट हो ऐसा काटते आक्रमण करते हैं, कि आक्रमणकारी सोलह बार मुहम्मद गजनवी बन ही जाता है। वे एकाध बार ही पृथ्वीराज चौहान बन पाते हैं?

अब पंडित के अनेक प्रश्नों को हल करने के लिए उसकी नानी पास में थी। माँ और पिता तो गांव खूदिया में रहते हैं, नानी भाई बहिनों की संरक्षक बनी हुई है। एक दिन पंडित ने नानी से पूछा—नानीजी हरदा में खूदिया से अधिक अपराध क्यों होते हैं? गांव में तो कोई पराया आदमी किसी के घर पर कब्जा कभी नहीं करता। यहां तो इधर-उधर होते ही रहते हैं। कल ही इस मुहल्ले में सुखलाल ने मुहल्ले की सभा में अपनी समस्या बतायी थी—"कि किरायेदार बिना भाड़ा चुकाये रुतबे से रह रहा है। शाम को चार-छः लड़कों को घर बुलाता है, दारू की पार्टी करता है और मकानमालिक को धमकाता रहता है, कि तेरे परिवार के किसी सदस्य का अपहरण कर वह अंगभंग कर देगा। यदि उसे छेड़ा गया तो वह सामने वाले को छोड़ेगा नहीं। इसलिए जैसे भी वह रह रहा है, चैन से रहने दें?

बेटे ये शहर है, यहां के लोग सभ्य माने जाते हैं। यहां लोग प्रेरक होते हैं समाचार पत्र पढ़े जाते हैं, पढ़े लिखे लोगों का शहर जो है। कानून के जानकार ही कानून को अच्छी तरह तोड़ सकते हैं। गंवार नहीं। कई बार ये शहराती लोग स्तरीय अपराध कर लेते हैं उधर ऊंची फीस देकर अपराधियों को बचाने वाले नामी वकील कर लेते हैं, और बेदाग बच निकलते हैं। भोली-भाली जनता निर्दोष को ही दोषी मानने पर विवश हो जाती है। जितना बड़ा और शिक्षित शहर, उतने अधिक अपराध।

उसके गांव में जब भी कोई व्यक्ति बाहर से आता तो गांव के कोटवार, पटेल को शाम के समय सूचित करता था। कि अमुक व्यक्ति के निवास पर उनका रिश्तेदार आया है। रिश्तेदार का नाम किस गांव से आया है, उसके साथ कितने लोग हैं, उनकी उम्र क्या है आदि का लेखा-जोखा पटेल के रजिस्टर में शाम को प्रतिदिन कैद हो जाता था। यह इसलिए कि गांव में कोई वारदात हो जाये तो अंदाज लगाया जा सकता था कि किस नवागंतुक वीर ने गांव पर वार किया है। किसी भी नए प्राणी पर लोग निगाह रखते थे। सभी परस्पर परिचित रहते थे।

भले ही लोग कुछ गंवारों को काम के न काज के दुश्मन अनाज के मान

लेते थे पर तथ्य में ऐसा नहीं होता था, ये गंवार भी गंवारफली न होकर चतुर फली रहते थे। लोग उन्हें सोता हुआ, निष्क्रिय, और निठल्ला मानते थे पर वे होते थे बड़े काम के? पड़े-पड़े ही आसपास की सारी जानकारी अपने दिमाग के कम्प्यूटर में एकत्र कर लेते थे। यदि टोपी वाले ने अपराध किये हैं तो धोती वाला नहीं फंसेगा। टोपी वाले को ही टोपी पहनायी जाएगी। क्योंकि जीवन भर वे सीधी सरल रेखा पर ही चलते थे। अनपढ़ थे, इसलिए आज भी छोटे गांवों में सभी लोग एक-दूसरे से परिचित रहते हैं जबकि शहरों में पड़ोसियों को ही खबर नहीं रहती कि पड़ौस में कौन रहता है क्या खेल कर रहा है। जितना बड़ा शहर उतने अधिक कहर। गाय की खाल ओढ़े कई चीते घूमते रहते हैं। पहले लोगों के घर कच्चे होते थे किंतु उनके इरादे पक्के होते थे, वे उदार हुआ करते थे, गांव में गुरुजियों, पटवारियों को मुफ्त में घर रहने को मिल जाते थे। न सिर्फ घर बल्कि दूध और सब्जियां भी बिना पैसे के उपलब्ध करा दी जाती थी। आर्थिक और तंगी के बावजूद अनधिकृत कमाने की ललक कम रहती थी। आजकल मकान बड़े-बड़े और पक्के होने लगे हैं किंतु इरादे कच्चे हो गए। हमेशा उधार रहते हैं। किसकी कितनी संपत्ति पचायी या हज़म की जा सकती है। बहुत कुछ अनधिकृत खाया जा सके इसलिए पाचन शक्ति बढ़ायी जा रही है, कसरत हो रही है, दौड़ प्रतियोगिता चल रही है। राम नाम जपना, पराया माल अपना के सिद्धांत को कार्यरूप में परिणित किया जा रहा है। तब के लोग अनपढ़ और असभ्य थे, आजकल शिक्षित और सभ्य लोग बढ़ गए हैं! अनपढ़ और असभ्य लोग लुटेरे या धोखेबाज़ बनेंगे तो कितने? जो उच्च स्तरीय खेल राजधानियों के पढ़े लिखे खिलाड़ी खेलते हैं, वे गंवार क्या खाकर खेलेंगे? मूर्ख कहीं के? न घूस लेना सीखे, न बाहुबली नेताओं से संबंध बढ़ाना चाहें, तो सफल कैसे होंगे? 'जैसी बहे बयार पीठ पुनि तैसी कीजे' हवा के साथ चलना पड़ता है। तभी तो मेले ठेलों में दूकानदार लुट जाते हैं, तमाशबीन दर्शक दूकानें लगाकर बैठ जाते हैं। किरायेदार पूरे घर पर मौज मस्ती के साथ अधिकार किये रहते हैं और मकानमालिक परिवार सहित सड़क पर बेघर बने पड़े रहते हैं। शहर के पढ़े लिखे, घाघ गांवों के निरक्षरों से अलग होते हैं।

दिन पर दिन शहरों में तंख्वहा कम पर नाम दरोगा की सोच वाले लोगों की संख्या बढ़ती जा रही है।

पंडित का एक बार घर छूटा तो घर बदलता ही रहा है। कोई भी मकानमालिक किरायेदार रोपे की जड़ नहीं जमने देता। जल्दी उखाड़कर पटक देता है, फिर उसे जहां भी जड़ जमानी हो जमाता रहे, वहां से तो उखड़ जाये? पंडित को भी हरदा में रहकर यही दिव्य अनुभव हुआ। सालभर एक मुहल्ले में रहा, कुछ जान पहचान वाले बढ़े, इक्का-दुक्का मित्र मिले, कि फिर अगले साल दूसरे मुहल्ले में नये सिरे से वहां दोस्त बनाओ। पुराने मुहल्ले का रामू कापी किताब की मदद कर देता था, अब नये मुहल्ले के श्यामू से दोस्ती बढ़ाओं। यहां रहकर बार-बार रामू के घर जाना तो संभव नहीं होता। निरर्थक भटकना भी ज़िन्दगी की प्रगति में बार-बार अटकना ही होता है। उसकी नियति रही कि वह चटकता रहे, भले ही मन में उसे रह रहकर खटकता रहे?

प्रजातंत्र तो आ गया था पर राजातंत्र से अभी भी मुक्ति नहीं मिली थी। देश स्वाधीन हो चुका था। वह स्वयं गुलाम के रूप में जन्मा था पर चार पांच साल की उम्र में ही स्वतंत्र देश का नागरिक बन गया था। जिस गांव में उसका जन्म हुआ था वह भी एक छोटी सी रियासत का गांव था। आसपास के लोगों ने तब की सियासत भी देखी थी। राजा को ही नहीं उसके वंशजों को स्वाधीन भारत में भी हुज़ूर, सरकार, मालिक माइ-बाप आदि विशेषणों से संबोधित किया जाता था। इसी रौब-रुतबे को पाने की, हस्तगत करने की ललक जन नेताओं में जड़ें जमा चुकी थी।

गोरे अंग्रेज़ जा चुके थे, अब काले अंग्रेज़ों ने वर्चस्व कायम कर लिया था। काले मुंह के कई बंदर इस ताक में ही बैठे रहते थे कि कब बिल्लियों का झगड़ा हो और बिल्लियां न्याय की आस में बंदर के पास गुहार लगाने पहुंचें। बंदर याने वह जो निर्णायक के रूप में बैठा है अंदर। जो अधिक देगा उसी के पक्ष में फैसला होगा। देश के स्वाधीन होने के बाद भी कोई नागरिक राजा की पत्नी को भौजाई संबोधित करके देखे? हाँ गरीब की लुगाई सबकी भौजाई तो सार्वकालिक सत्य है।

पहली बात तो यह कि किरायेदार, मकानमालिक से बाहर नहीं जा सकता उससे झगड़ा करना तो संभव ही नहीं। यदि दो-दो बातें आपस में हो जाएँ तो किरायेदार को निश्चय ही कोई आकर चार लातें ही लगायेगा? जिसकी लाठी उसकी भैंस तो पंडित भी बचपन से देखता आ रहा है। फिर मुहल्ले के लिए किरायेदार तो एक अस्थायी और दुर्बल जीव माना जाता है, मकानमालिक ही

स्थायी और बलिष्ठ प्राणी होता है। स्वयं के स्थायित्व के लिए आसपास के लोग भी किरायेदार सरीखे चलताऊ या उड़न छू भुनगे से संबंध नहीं बनाते। कभी-कभी मकानमालिकों से किरायेदारों का प्रेम एकतरफा होता है। जो मकानमालिक को बहुत भारी भी पड़ने लगता है। किरायेदार के परिवार में कोई युवक सदस्य रहा और मकान मालिक के परिवार में कोई षोडषी युवती हुई तो आग पर घी पड़ने की संभावनाएं बढ़ जाती हैं। यदि यह प्रेम एकतरफा भी रहा तो भी किरायेदार को कुछ खोना नहीं है, पाना ही पाना है। प्रेम भी और पैसा भी।

यदि वैसी कोई संभावना भी थी तो पंडित से तीन बड़े भाई मोर्चे पर हो सकते थे, पंडित तो अभी बच्चा था। हाँ दुनिया का दीर्घ अनुभव लेने के बाद पंडित के पिता भी किराये के लिए ऐसा मकान खोजते थे जहां आग और घी के संयोग की स्थिति ही न बनें?

देश अभी-अभी स्वाधीन हुआ था, बच्चे भी परिवार की परतंत्रता भोगने के आदी थे, एकदम से आमूलचूल परिवर्तन नहीं हुआ? हाँ धीरे-धीरे बच्चे भी कुछ वर्षों में ही स्वतंत्रता का पूरा सुख प्राप्त करने को लालायित हो गए और थोड़ी संपन्नता पाते ही माँ-बाप को हिकारत से देखने लगे। अब उन्हें गॉड फ़ादर अधिक अनुकूल लगने लगे। संपन्नता आ जाए, युवावस्था साथ में हो तो प्रेम अगन में जल जाने को कोई भी तत्पर रहता है। यद्यपि पंडित का परिवार तो प्रेम अगन से काफी बचता बचाता रहा किंतु समाज में उसे यत्र तत्र अग्निकांड होते दिखायी दिये। जिधर देखो उधर प्रेम अगन लगी हुई है। कुछ लोग झुलस रहे हैं तो अन्य तापते हुए हुलस रहे हैं।

पंडित की उम्र जब दस के लगभग थी। तो दसियों लोगों ने उससे पूछा ‘‘तू नंगे पांव क्यों रहता है?’’

‘‘वह कहता यह महानता की निशानी है। मैं अर्धमहान तो हूँ कि नहीं?’’ प्रश्नकर्त्ता पूछते कैसे?

वह उत्तर देता—दिगंबरों के मुनि कितने महान हैं, न जूते चप्पल पहिनते न वस्त्र। हज़ारों भक्त उनके पीछे-पीछे घूमते हैं कि नहीं? मैं तो सिर्फ जूते चप्पल नहीं पहनता। आर्थिक स्थिति तो मेरी भी दिगंबर मुनि बनने सरीखी ही है पर मैं उस सीमा तक जाने का साहस नहीं कर सकता। थोड़ा डरपोक हूँ।
प्रश्नकर्त्ता पंडित के इस उत्तर के बाद निरुत्तर हो जाते।

वह तो 'एक्यूप्रेशर' की जानकारी उस उम्र में उसे नहीं थी वरना बेझिझक कह देता, जानबूझकर 'एक्यूप्रेशर' की विधि अपना रहा हूँ। कंकरों मुरम खुदरी ज़मीन पर चलने से स्वास्थ्य बेहतर रहता है। और जीवन में पहला सुख निरोगी काया होता है।

पैदल होना और अक्ल से पैदल होना दो विपरीत स्थितियां हैं जिन्हें पंडित बचपन से पैदल चलते-चलते समझ चुका था। जो व्यक्ति पैदल चलता है दुनिया को गहराई से समझते हुए चलता है। छोटी उम्र में ही वह जानने लगा था अपने कार्यकलापों से निर्वस्त्र और नंगे पांव रहकर भी व्यक्ति पूज्य हो जाता है, और महंगे वस्त्र व आधुनिक फैशन वाले जूते पहिनकर भी व्यक्ति जूते खाने योग्य बन जाता है।

यह तो अपनी-अपनी पसंद है? कोई जूते चप्पलों से दूरी बनाकर भी जीवन यात्रा की बड़ी दूरी तय कर लेता है और कोई-कोई संपन्न भी बलपूर्वक खड़ा कर दिया जाता है और फिर सिर पर अनगिन जूते चप्पलों की वर्षा का आनंद पाता रहता है। मजबूरी में कहता है बड़ा मज़ा आ रहा है।

उसे वह बात याद आ गई। एक बार तीन साल की उम्र का जब पंडित था तब की बात है। दौड़ते-दौड़ते वह गांव के गड्ढे में जा गिरा, चोट लग गई। रोते-रोते पंडित अपने दादा के पास पहुंचा कि मुझे चोट लग गई है।

दादा ने पंडित को कहा जा अपनी माँ के पास जा, और कहना कि मुझे चोट तो बहुत जोर से लगी है, पांव भी दर्द कर रहा है पर बड़ा मज़ा आ रहा है।

पंडित भी आंसू पोंछते-पोंछते दौड़कर माँ के पास गया। माँ ने पूछा—"क्या हो गया, क्यों रो रहा है, क्या किसी ने मार पीट कर दी?"

"नहीं-नहीं माँ मैं दौड़ते-दौड़ते गड्ढे में जा गिरा, पांव में मोच आ गई, दर्द भी हो रहा है पर बड़ा मज़ा आ रहा है।"

"जब मज़ा आ रहा है तुझे, तो ऐसा भी रोना सुनने वाले सभी लोग हँस पड़े। तुझे भी हँसना चाहिए" माँ ने कहा।

"पांव में लग गई है, दुख रहा है, और आप लोग हँस रहे हैं?" पंडित ने पूछा—

"तुझे भी तो मज़ा आ रहा है?" माँ ने कहा।

‘‘दादाजी ने मुझसे कहा था कि जा माँ को कह देना कि चोट तो लगी है दर्द भी हो रहा है पर बड़ा मज़ा आ रहा है। अब बताइये दादाजी की आज्ञा कैसे टाल सकता हूँ।

तीन साल की उम्र में घटी वैसी घटना बीच-बीच में साकार हो उठती है, जब हरदा में किसी सूट-बूट धारी युवक को वह जूते खाते देख लेता है। मन ही मन सोचता है सिर पर चोट भी लग रही होगी पर उसे बड़ा मज़ा आ रहा होगा?

ग्यारह वर्ष की उम्र तक वह हरदा में रहा। ऐसे प्रसंग जब-जब आए वह गड्ढे में गिरने वाली घटना को याद कर लेता था।

तब वह जानता नहीं था कि इस युवक को दिल में तो चोट लगी ही है, अब सिर पर भी लग रही है। और यह भी कि युवावस्था में तो जानबूझकर लड़का गड्ढे में गिरता है। कई दिन पहले से प्रेम अगन में झुलसता रहा है फिर गड्ढे में गिरता है फिर मियां की जूती मियां के सिर भी हो जाती है। दिल पर चोट, सिर पर चोट होती रहती है, क्या तब भी उसे मज़ा आता होगा?

कभी इस प्रकार पिट रहे व्यक्ति से पूछूंगा कि पिटने के बाद भी बड़ा मज़ा आ रहा होगा? पंडित सोच रहा था।

लंबे समय से स्वयं वह किरायेदार था। मन में इच्छा थी कि मकानमालिक भी पिटने के बाद मज़े लेने की अनुभूति करता हुआ मिले तो कैसा हो?

5

एक मकानमालिक ने पंडित के पिता को हरदा में कहावत सुना दी—''साबुत नहीं कान, बालियों के अरमान?'' अरे भाई कुछ अधिक खर्च करो तो अच्छा घर मिले? जितना गुड़ डालोगे उतनी ही तो मिठास मिलेगी?

जब गृहस्वामी से कहा गया कि खूदिया में हमारा बहुत बड़ा मकान है, बड़ी खेती है वह तो परिस्थिति का फेर है कि हरदा में घर किराये पर लेने के लिए भटकना पड़ रहा है तो गृहस्वामी बोला—गांव के बड़े घर को और ज़मीन को यहां उठाकर कहीं रख दें फिर शांति से जितने दिन चाहें उसमें रहें। गांव के बराबर बड़ी ज़मीन, बड़ा घर यहां भी हो जाएगा।

गृहस्वामी से निवेदन किया गया इस बार सूखा पड़ गया, फसल नहीं आयी, इसीलिए हाथ थोड़ा तंग है। यदि फसल अच्छी हो गई तो आपके दो और कमरे किराये से ले लेंगे।

''कभी कोर्ट-कचहरी गए हो? वहां भी कोई काम सूखा नहीं होता। आपका अनुभव होगा वहां कभी सूखा पड़ता है? पैसा बहता रहता है। व्यवहार में सूखे हों या खेती में स्थिति सुखकर कभी नहीं होती। यहां भी भले ही अपने दांत तोड़कर कर्ज लो, पैसा तो खर्च करना पड़ेगा।''

पंडित अनुभव कर रहा था कि गांव छूटा तो घर छूटा, अब तो छोटा मकान लेने के लिए दर-दर भटकना पड़ता है। थोड़े से बेहतर मकान को किराये पर लेने की मंशा पर बार-बार पानी फिर जाता। हर जगह मकानमालिक तो पानीदार दिखायी देता किंतु किरायेदार के चेहरे का पानी किराये की राशि सुनकर ही उड़ जाता है।

हरदा में पांच साल रहा और तीन मकान बदले। साल भर होते ही मकानमालिक किराया बढ़ा देता और सुविधायें कम कर लेता। अधिक किराये की आशा में नया किरायेदार ढूंढने लगता। बस्ती के शाश्वत सत्य को अच्छे-अच्छे मनीषी नहीं जान पाये कि मकानमालिक किरायेदार को गोबर का पोयटा क्यों मानते रहे?

क्या इसलिए कि जब भी धरती से उठेगा, कुछ मिटटी तो साथ लेकर ही जाएगा? या उस सोच में थोड़ा परिवर्तन है कि न लीपने के न पोतने के? गोबर कम से कम कच्चे घर में लीपने के काम तो आता है? कंडे या उपले बन जाते हैं जिनपर बाटी अच्छी तरह सिक जाती है?

वैसे पंडित के परिवार को प्रत्येक घर के ऊंचे किराये को सुनकर आंच तो लग ही जाती थी, क्योंकि खेती कभी अकाल, कभी अवर्षा या कभी अतिवृष्टि की भेंट चढ़ जाती। और बिना अतिरिक्त भेंट पूजा के शहर में अच्छा घर मिलना कठिन। अतः दबकर, गरीबी में रहकर अपना समय निकालते रहे। सभी ने भगवान राम का बनवास तो पढ़ा ही था। 'आपातकाले मर्यादा नास्ति' का कथन पंडित के पिता कई बार दोहराते थे।

शहर हरदा में रहकर पंडित ने एक तुकबंदी की थी, "जिसका बड़ा घर वह आदमी जबर, और जो है बेघर वह कांपे थर-थर।" पड़ोसियों में भी उसे तीन तरह के महानुभाव मिले कुछ शांतिप्रिय, कुछ क्रांतिप्रिय और कुछ भ्रांति प्रिय। वह पढ़ाकू तो रहा, लड़ाकू कभी नहीं। बचपन में उसे बड़े लोगों ने दबाया। वह सोचता रहा जब बड़ा होगा तो क्या छोटे लोगों से दबना पड़ेगा। किरायेदार के रूप में गृहस्वामियों ने दबाया, उसे शंका थी कि कभी सौभाग्य से मकानमालिक बन गया तो किरायेदार भी दबाकर ही रखेंगे। वह झगड़े टंटों से दूर शांति से जीवन यापन करना चाहता है किन्तु दुनिया की एक कहावत वह बार-बार सुनता। "रांड़ तो चुप्पी साधकर, एकांत में रहकर रंडापा काटने को तत्पर रहती है पर रंडवे उसका रंडापा चैन से काटने दें तब तो?"

वैसे तो उसी बस्ती में अनेक घटनाएं रोमांसकारी और रोमांचकारी सिद्ध हुई हैं जब गृहस्वामी और किरायेदार अत्यंत अंतरंग हो जाते हैं। कुछ किरायेदारों के पुत्र या वे स्वयं प्रगति करते-करते, उठते-उठते मकानमालिक के जामाता बन जाते हैं। फिर तो किराया गौण, बाद में गौणा ही हो जाता है। समझदार किरायेदारों

के परिवार में से कोई संयोगिता ढूंढ लेता है और पृथ्वीराज चौहान बनकर मकानमालिक चंपत हो जाता है। इतिहास अपने को बार-बार दोहराता है और दामाद विवाह के बाद अपना वास्तविक रूप ससुराल में दिखाते हैं, जिसके परिणामस्वरूप बेटी के बाप कहने को मजबूर हो जाते हैं, कि कुंआरी खाये रोटियां और ब्याही खाये बोटियां। यहां तक कि अपने बेटों से भी ऐसा व्यवहार पाते हैं कि कहने लग जाते हैं कि बेटियां तो पराया धन होती ही हैं, बेटे भी अपने कहां होते हैं?

पंडित ने अनेक किरायेदारों को खो-खो खेल का उत्कृष्ट खिलाड़ी भी पाया है जो मकानमालिक की सेवा कर देते हैं और स्वयं घर पर कब्जा कर लेते हैं। इन्हीं अनुभवों के आधार पर उसने एक शाश्वत सूत्र पाया—''यदि दुनिया में कुछ स्थायी है तो वह है अस्थायित्व।''

गृहस्वामी सोचता है किरायेदार के रहने से चोरों का डर समाप्त हो जाता है, उसे ज्ञात नहीं होता कि चोरों को उसने अपने घर में आमंत्रित कर लिया है। ''स्त्री चरित्रम पुरुषस्य भाग्यम देवो न जानाति कुतो मनुष्यः'' अर्थात स्त्री का चरित्र और पुरुष का भाग्य भगवान भी नहीं जान सकते मनुष्य की तो क्या बिसात? गृहस्वामी और किरायेदार अंतरंगता निभाते-निभाते कब दुश्मनी पर उतर आएं, इस बात को ईश्वर भी नहीं जान पाता। मनीषी किरायेदार मकानमालिक की नाक में दम किये रहते हैं तो कुछ चतुर गृहस्वामी किरायेदार को नकेल डाले रहते हैं। कुछ लाल लंगोटधारी हनुमान भक्त चाहें किरायेदार हों या मकानमालिक, सामने वाले को पछींटते ही रहते हैं। पंडित याने पोंगा पंडित श्रेष्ठ या पोंगा पंडित ग्रेट किरायेदार के रूप में तो अपनी खोली में दुबका पड़ा ही रहता है, जब मकानमालिक बन जाएगा तो भी किरायेदार के सामने नत-मस्तक ही बना रहेगा। संपत्ति या धन चाहिए तो आक्रामक होना पड़ता है।

चाहे पुराने राजे-महाराजे हों, या आधुनिक काल के वैज्ञानिक दृष्टि संपन्न सभ्य देश, अपना सम्राज्य हरदम बढ़ाने की ताक में लगे रहते हैं। शांति से बैठेंगे तो कुछ हाथ लगेगा? पड़ोसी की सीमा का अतिक्रमण ही उन्हें सुख देता है। अपने कर की सीमा उन्हें संतोष नहीं देती। चोर चोरी से जाये, हेराफेरी से न जाये। शरीर में जब तक ताकत है वह दूसरे पड़ोसियों को परेशान बनाये रखने के लिये है। पास-पड़ोस के लोग दुखी हों तो वे राष्ट्र भी अपार सुख की अनुभूति

करते हैं। अपनी सीमा बढ़ाते रहते और यत्र-तत्र खूंटे ठोकते रहते हैं। एक तरह का सीमा निर्धारण।

पंडित भी दूसरी तीसरी क्लास की पुस्तकों में पढ़ता रहा है कि सिकंदर ने पुरू पर आक्रमण किया था। क्यों किया था? निश्चय ही हैसियत बढ़ाने के लिए। याने व्यक्ति की हैसियत उसकी धन संपत्ति से तय होती है। जिसका न जंगल में खेत होता, न गांव में घर उसे कोई पास में बैठाता तक नहीं। पंडित ने गांव के लोगों में भी हैसियत की बीमारी को बढ़ते खूब देखा है। शहर में आने पर उसी कहावत में थोड़ी बढ़ोत्तरी या फेरबदल हो जाता है। ''न बस्ती में व्यापार, न शहर में घर-बार, ऐसा वर यदि वधू को मांगने आए तो उसे बार बार धिक्कार।'' विवाह से पूर्व हैसियत ही देखी जाती है।

धीरे-धीरे और सभ्यता बढ़ी और प्रगति हुई। नगरों-महानगरों में ''जिसका चमकदार व्यापार नहीं, प्रतिदिन जो जाता बार नहीं उसके यहां लड़की क्या ब्याहना। स्पष्ट है लोग घर से चले थे बार तक आ गए। अभी तो पूरी प्रगति हुई नहीं है पता नहीं आगे कहां तक जाते हैं? अब घरबार का अर्थ घर से नहीं बार से हो गया है।''

पंडित गांव से चला था कस्बे में आ गया, अनुभव का बड़ा क्षेत्र पा गया। पास में एक किरायेदार बड़ा आज्ञाकारी था। गृहस्वामी के लिए सब्ज़ी खरीद लाता था, गेहूं पिसा लाता था और भी आवश्यक काम कर दिया करता था। गृहस्वामी वृद्ध थे, अकेले रहते थे। उस दिन उन वृद्ध सज्जन का कष्ट उससे देखते न बना, इधर गेहूँ को चक्की पर पिसाने के लिए छोड़ा और पास में दवाई की दुकान से सल्फास की गोली लाने के लिए दौड़ा। चक्की में जो कुछ साथ डालते हैं पिस ही जाता है?

दूकानदार ने प्रश्न किया सल्फास क्यों चाहिए?

उत्तर दिया गया—मैं बहुत कष्ट में हूँ मुझे दुखों से मुक्त होना है।

''तू कष्टों से मुक्त स्वयं खाकर होगा या किसी को खिलाकर होगा?''

मेरी ज़िन्दगी तो अभी कई दशकों की बची है जिनकी स्थिति मरणासन्न है उन्हें ही सेवन करा दूंगा। दो गोली में दोनों के दुख दूर हो जाएंगे।

इतना सुनने के बाद दूकानदार ने गोलियां तो दी नहीं, यह अवश्य मालूम कर लिया कि यह लड़का गेहूं पिसाने आया था और गोलियां खरीदने। और उन एकाकी बुजुर्ग सज्जन का किरायेदार है।

दो चार दिन बाद वह बात बुजुर्ग सज्जन तक पहुंचाने की कोशिश की गई कि आपका किरायेदार आपके लिए गेहूं पिसाने गया था, इतना तो ठीक पर सल्फास की गोली तत्काल लेने क्यों गया? बुजुर्ग सज्जन ने कोई प्रतिक्रिया नहीं दी।

उस लड़के से मुहल्ले की प्रतिनिधि सभा ने बुलाकर वही प्रश्न पूछा–तू सल्फास का क्या करेगा?

उसने उत्तर दिया–मैंने पढ़ा है जो व्यक्ति जीवन में पुण्य के काम करता है वही अपने घर की छत के नीचे अंतिम सांस लेता है। हमारे मकानमालिक ने कई काम पुण्य के किये हैं, मैं सिर्फ वही बात सिद्ध करना चाहता था। अभी तो वह पुण्य लाभ ले सकते हैं उनके पास अपनी छत है।

''और तू स्वयं पाप कर्म करना चाहता था? उनको पुण्य दिलाने के लिए?''

''बिल्कुल नहीं। किसी को कष्टों से मुक्ति दिलाना भी पुण्य कार्यकलापों का ही हिस्सा है। वह अस्वस्थ चल रहे हैं, उनके लिए गोलियां ला रहा था।''

''गेहूं में सल्फास मिलाने की बात तो पता चल ही जाती? फिर तू जेल में चक्की पीस रहा होता?''

देखिये साहब यह तो समय-समय की बात है कोई पहले चक्की में पिसता है कोई बाद में। आप लोगों ने कबीर वाणी तो पढ़ी ही है उसका विचार कितना सही है–''चलती चक्की देखकर दिया कबीरा रोय, दोपाटन के बीच में साबुत बचा न कोय।'' बताइये आप बच जाएंगे या मैं बचा रहूंगा? सभी को आगे पीछे जाना है। चक्की में पिसना है।

''तुझे तो वह पुत्र सरीखा मानते हैं। तुझपर इतना विश्वास करते हैं और तू ही धोखेबाज सिद्ध हो रहा है?''

''जो सौभाग्यशाली होते हैं उन्हें ही पुत्र मुखाग्नि देते और अंतिम संस्कार करते हैं। मैं भी उनके सौभाग्यशाली होने को इस प्रकार सिद्ध ही करता? मैं क्या गलत करता? बुड्ढा बेचारा स्वर्ग सिधार जाता फिर उसे क्या पता रहता कि उसके साथ क्या हुआ है?''

''आप लोग तो साक्षी बने रहते कि कितने धूमधाम से मुंह बोला पुत्र उनका तेरहवां करता है? तेरा तुझको अर्पण क्या लागे मेरा, की तर्ज़ पर उनकी संपत्ति उनके तेरहवें में लगा देता।''

''तुम सिर्फ किरायेदार हो, और किरायेदार होकर वृद्ध के लिए ऐसी सोच रखते हो?''

''किरायेदार हूँ पर उनका निकटतम पड़ोसी ही नहीं सेवक, सलाहकार और पुत्रवत हूँ इसीलिए उनके हित में सोचता हूँ। उन्हें कष्टों से उबारना चाहता हूँ।''

''वे भले ही न उबरें तू अवश्य कष्टों से उबर जाएगा।''

''यदि ऐसा भी होता है तो जाते-जाते भी वे परमार्थ का काम ही कर जाएंगे? ऐसे कितने पुण्यात्मा होते हैं जो स्वयं के प्राण न्यौछावर करके किसी और का जीवन बना दें? आज लोग इतनी बहस कर रहे हैं, आप लोगों में से एक भी है जो ऐसी कल्याणकारी सोच रखता हो? वह तो महान विभूति है।''

सचमुच ऐसे किरायेदार हमने कम ही देखे हैं जो गृहस्वामी का कल्याण कर देने पर तुले रहते हैं। चाहते तो सभी हैं पर कार्यरूप में परिणित करने वाला सौ में एक होता है। कई सभासद ऐसा सोचते हुए अपने-अपने घर प्रस्थान कर रहे थे।

मुहल्ले के सदस्य आपस में चर्चा कर रहे थे—एक न एक दिन यह किरायेदार गृहस्वामी को मुखाग्नि देकर ही मानेगा।

पास वाले ने पूछा—क्यों?

तुझे मालूम नहीं है जो मुखाग्नि देता है, वही स्वर्गवासी व्यक्ति का उत्तराधिकारी माना जाता है। और उत्तराधिकारी हुए याने सारी संपत्ति के स्वामी।

''पर उसका कोई रिश्तेदार, दूरदराज़ का एकाध संबंधी भी तो होगा?''

''अब तो वह किसी को भी नहीं पहचानते। कुछ दिन पहले तो बातचीत भी कर लेते थे? धीरे-धीरे दवाइयों का ऐसा गहरा असर हुआ है।''

''विश्वसनीय किरायेदार होने का यही तो सुख है? दवा-दारू के पैसे भी मकानमालिक के और दवा कम दारू अधिक भी उन्ही पैसों से? छककर दवा के नाम पर पिलाते रहो, होश में ही न रहने दो। कोई दूर पास का संबंधी आता है तो यह कह देता है उनका किसीसे भी मिलना ठीक नहीं है। डॉक्टरों ने कह रखा है उन्हें आराम की सख्त आवश्यकता है। वे बेचारे अपना सा मुंह लेकर चले जाते हैं। कड़ा पहरा है।''

''क्यों न हम ऐसे किरायेदार की पुलिस में रिपोर्ट कर दें?'' एक ने राय दी।

''रिपोर्ट लिखाने के लिये तू पैसे देगा? और किसी तरह रिपोर्ट लिख भी गई तो थाने कोर्ट-कचहरी के चक्कर तू लगायेगा?'' दूसरे ने उत्तर दिया।

''हाँ यार जिन्दा रहने में तो खर्च लगता ही है, मरना भी, कहां का सस्ता सौदा है? रिपोर्ट लिखने वाले पैसों के लिए मुंह फाड़ते हैं, कोर्ट-कचहरी में वकील भी तगड़ी फीस लेते हैं, कहां से लायेगा। इतना धन?''

''मकानमालिक मरा कि स्वर्ग किरायेदार को मिला?''

''यह बात सच है गृहस्वामी भले ही स्वर्गवासी कहलाये, वास्तव में किरायेदार ही स्वर्ग भोगेगा।''

''कोई रिश्तेदार अधिकार मांगने आएगा तो उत्तर देगा जब वह गंभीर रूप से बीमार थे तब कोई हथेली लगाने आया था? मैंने ही तो मर खप कर उनकी सेवा सुश्रूषा की है। अब जब उनकी सुधर गई है तो कह रहे हैं हम उनके भाई भतीजे हैं?''

''सही है कोर्ट में नेतागिरी या भाई भतीजावाद नहीं चलता। एक अनार सौ बीमार वाली बात को क्या न्यायाधीश नहीं पकड़ लेगा? मर गया तो चले आए मुंह उठाकर, हमारे वह रिश्तेदार थे? और गंभीर बीमारी की हालत में कभी उनकी एकाध बार पूछ परख की थी?''

''बिल्कुल पते की बात कह दी है सौ बात की एक बात कि बुड्ढा मकानमालिक घर की देहरी से बाहर गया कि किरायेदार घर में घुसा।''

''क्या उखाड़ लोगे किरायेदार का? बाद मैं तो उसे उखाड़ना असंभव होगा।''

''किरायेदार के कार्यकलापों पर उखड़ते रहो, वह तो जम गया।''

''जम ही नहीं गया मकानमालिक के लिए जमदूत भी बन गया। अपने कंधे पर लादकर ले जाएगा।''

''चलो किसी नेता से बात की जाए? एक किरायेदार बैठे बिठाये मकानमालिक बन रहा है, यह अन्यायी सोच खत्म होना चाहिए।''

''नेता से बात करने पर तुझे क्या मिलेगा? संपत्ति किरायेदार के हाथ से निकल जाएगी और नेता के हाथ में चली जाएगी, बस इतना सा काम होगा?''

''नेता से संबंध तो प्रगाढ़ होंगे? वह कुछ लाभ तो कभी दे ही देगा? किरायेदार तो किसी काम का नहीं होगा।''

''देख भाई एक ओर कुआं है दूसरी ओर खाई है, तुझे चुपचाप बिना इधर-

उधर देखे अपने रास्ते निकल जाना है थोड़ा भी इधर-उधर गया कि पाताल में चला जाएगा, तेरा अता-पता भी न चलेगा?''

''सीधी सच्ची राह पर चलेगा तो कुछ भी न कर पायेगा। मकानमालिक है न सीधा सच्चा?

क्या हो रहा है बेचारे का? पड़ा-पड़ा सल्फास की गोली की प्रतीक्षा कर रहा है? इधर खायी और उधर बाहर निकला?''

''तू जागता रहेगा चौबीसों घंटे, कि कब किरायेदार सल्फास लाकर खिलाता है? और तू उसे चोर की तरह पकड़ लेगा। क्यों किसी के फटे में अपना पांव फंसाता है। दुनिया जैसी चल रही है चलती रहने दे? धरती तो अपनी गति से घूम रही है, कभी पहले भी तूने धक्का लगाया है?''

''मैं बहुत संवेदनशील व्यक्ति हूँ। रात-रात भर मुझे इसी बात के लिए नींद नहीं आती कि हरदा सरीखी बस्ती में यह सब हो रहा है तो दिल्ली मुंबई में क्या होता होगा? बड़े शहरों में किरायेदार और ऊंचे पाये के होंगे?''

''अरे भाई सूत न पूनी जुलाहों में लट्टम लट्ठा। न तेरी संपत्ति है, न मेरी, व्यर्थ की बहस हम किये जा रहे हैं। एक कहावत है न काज़ीजी दुबले क्यों? शहर के अंदेशों से। जिनको जो करना है करते रहो अपन तो चैन से सोओ।''

''देखो न जब सभा बुलाई थी तब कितने लोग थे। बोले तो सब बढ़ चढ़के। पर बारी-बारी से सब खिसकते गए। अब पुलिस में शिकायत करने को, कोर्ट-कचहरी लड़ने को हम दोनों ही बचे हैं। लगा दें अपनी संपत्ति इस गृहस्वामी-किरायेदार विवाद में?''

''छोड़ यार अपुन भी क्यों मगजमारी करें? अपना खून बिना जलाये, सुख चैन से घर चलकर सोयें।''

''ठीक है यही प्रस्ताव ठीक है।''

और दोनों जो सभा में बाकी रह गए थे चुपचाप अपने घर चल दिये।

6

पंडित का भाग्य सबसे निराला रहा। स्वाधीनता प्राप्ति से पूर्व शिशुपन में तो वह स्वतंत्र था। जैसे ही देश स्वाधीन हुआ, उसका जीवन परतंत्र होने लगा। उसे पाठशाला की चार दीवारी में कैद होना पड़ा। उसे समझ में आ चुका था, जीवन एक जेल है जहां उसे समय की मार तो खानी ही पड़ेगी। यदि इस जेल से किसी तरह भागने की कोशिश की तब तो अलग-अलग धाराओं के अंतर्गत और भी दंड भुगतान होगा। ठुकुना-पिटना तत्कालीन परंपरा अनुसार उसकी दैनिक गतिविधि के अंग थे। फीस के पैसे भी तो मुश्किल से जुट पाते थे?

भले ही देश को स्वाधीन कराने में समर्पित समाज सेवियों ने अपने प्राणों की आहुति दे डाली हो पर मलाई खाने के लिए अनेक काले कौए एकजुट होकर दौड़ आये। कई काले कोट वाले जो हत्या, डाके, बलात्कार आदि प्रकरणों के (अदालत में) पक्षकार रहे, वही सफल नेता भी सिद्ध हुए। समाज और प्रदेश का नेतृत्व करते हुए सफलतापूर्वक अपने वैसे ही मुवक्किलों को बचाते रहे, अन्य निरीहों को फंसाते रहे। देश बढ़ता रहा ईमान पिछड़ता रहा। मार ठोंककर, डरा धमकाकर भूखी गायों को आगे करते रहे, उनका चारा स्वयं चरते रहे। ऐसी ही राजनीतिक हस्तियों के पांव हमेशा भारी रहे। अपनी विचारधारा पर वे दृढ़ थे। राजाओं की तरह धीरे-धीरे प्रजातंत्र में भी वंशवाद छा गया।

पंडित के पिता बताते थे कि तब खेती का प्रतिवर्ष का लगान ही इतना अधिक होता था कि उनका परिवार एक सौ एकड़ ज़मीन बिना किसी उत्तराधिकारी को छोड़कर वहां से यहां चला आया। बड़ी खेती संभालकर रखना भी एक मुसीबत

थी। हाँ राजा-महाराजाओं की तो सारी संपत्ति होती ही थी? सामान्य व्यक्ति के लिए बड़ी खेती तब लाभ का नहीं घाटे का सौदा हुआ करती थी। यह बात बहुत पीछे की नहीं, बीसवीं शताब्दी के शुरुआती दिनों की ही है। धीरे-धीरे ज़मीन की और कमीन की कीमत बढ़ने लगी। तब भले ही मकान सौ रुपयों में मिल जाता हो किंतु सौ रुपये कमाना या पास में होना ही टेढ़ी खीर था? खीर खाने की सुविधा समाज में अमीन और राजनीति में कमीन के हिस्से आ गई।

तब खेतों के बंटवारे करने वाले व्यक्ति को अमीन कहते थे। हमेशा से ही वह बिल्लियों को लड़ते हुए देखना चाहता रहा है और बंदर का न्याय भी करता रहा है। इस तरह अमीन ज़मीन और कमीन के भाव धीरे-धीरे ऊपर उठने लगे। अब वे भाव खाने लगे थे। स्वाधीन भारत में वे नेता बने, मंत्री बने तथा धड़ाधड़ ज़मीनों और मकानों के मालिक बनने लगे। विदेश से आए टोप वाले गोरे लोगों ने पहले समाज को जमकर लूटा खसोटा, यह महत्त्वपूर्ण ज़िम्मेदारी टोपीवाले काले अंग्रेज़ों के कंधों पर आ गई थी। इस बात की प्रशंसा भी करनी पड़ेगी कि इस ज़िम्मेदारी को वहन करने में इन्होंने किसी तरह कोताही नहीं बरती। धीरे-धीरे आम आदमी देश का मालिक, मतदाता बनता और भूखा मरता, वहीं खास आदमी सेवक बना संपन्न होता चला गया। आम आदमी को बेघर रहना पड़ा और खास आदमी को घरों की कमी न रही। हर बड़े शहर में उसका घर होना उसके दक्ष सेवक की निशानी थी। धीरे-धीरे घर महंगे होने लगे। पहले टोप वाले शासक लूट-लूटकर धन विदेशों में ले जाते थे अब टोपी वाले शासक देश बेचकर अकूत संपत्ति एकत्र करते और विदेशी बैंकों में जमा करने लगे। देश की संपत्ति लुटने-पिटने और यत्र-तत्र घसीटे जाने के लिए रह गई थी। ''एक भिखमंगा खड़ा था चीथड़े पहने हुए, मैने पूछा नाम तो बोला कि हिन्दुस्तान है।'' इन पंक्तियों में सच्चाई छिपी थी।

पंडित से हरदा भी छूट गया, अब वह पढ़ने और बड़ी दुनिया का अध्ययन करने भोपाल में पटक दिया गया। किसी की क्या बिसात जो उसे यहां-वहां फेंके, नियति ने ही उसे यहां दचका। अपना घर छोड़ना किसे अच्छा लगता है? हर संवेदनशील मनुष्य घर छोड़कर भी घर के पास ही बने रहना चाहता है, किंतु वह दूर और दूर ले जाया जाता रहा। दुनिया में अपने ही अपने नहीं होते तो परायों से क्या अपनापन मिलना था। उसे लगने लगा था अपनापन अब सिर्फ

एक सपना है। रोपे को नए मिट्टी पानी में लगाया भी जा सकता है, वह भी एक या दो बार। निरंतर बढ़ते वृक्ष को या जिसकी जड़ें बार-बार बिना जमे उखड़ती चली जाएं ऐसे पेड़ को कहां-कहां लगाया जाएगा? उससे हरियाली की अपेक्षा करना भी व्यर्थ है। पंडित ऐसा ही बार-बार उखड़ता हुआ झाड़ था जो धीरे-धीरे ठूंठ के रूप में परिवर्तित होता जा रहा था। उसके जीवन से हरियाली तिरोहित होने लगी थी।

पंडित हरदा छोड़कर भोपाल आ चुका था। खूदिया में बड़ा घर था हरदा में छोटा भोपाल में और भी छोटा। कोई विकल्प भी तो नहीं था, जाहि विधि राखे राम ताहि विधि रहिए। उसे कविता पंक्तियों के यही तो लाभ मिले हैं कि जूते खाने के बाद भी वह अतीव संतोष और सुख की अनुभूति करता रहा है। भविष्य में सम्मानजनक ढंग से जीने के लिए स्थान बदलता किंतु हर बार अपमानित होने के लिए उसे आगे बढ़ना पड़ता। उससे नियति ने अनगिनत घर बदलवाये। एक जगह टिकना उसकी तकदीर में था ही नहीं, यहां वहां फिंकना या फेंका जाना ही उसके जीवन का एकमेव गंतव्य था। वह घर से बहुत दूर आ गया था। अपने गांव में लोग सरल हैं, हरदा में आडंबर अधिक दिखा, भोपाल में और भी ज्यादा। जितना बड़ा शहर उतना अधिक ज़हर। आडंबर का लालच फैलाता स्वार्थ का ज़हर।

हरदा से तो एक बार नंगे पांव पैदल-पैदल भागकर आठ वर्ष की उम्र में अपने गांव पहुंच गया था। बीस पच्चीस मील भूखा प्यासा, एक धुन में अपने घर जा लगा यद्यपि वहां भी रूई की तरह अच्छी तरह धुना ही गया किंतु भोपाल से भागना तो और भी कठिन? पैसे लगते हैं ट्रेन में बैठने के। दो रुपये बारह आने का टिकिट होता है? पास में जब तांबे का एक पैसा भी नहीं होता तो इतनी राशि एकत्र करना कोई हँसी खेल है? परिवेश जैसा भी है चुपचाप पड़े रहो। वह सुबकता रहा, रोता रहा, माता-पिता के पास जाने हेतु छुट्टी की प्रतीक्षा हफ्तों में दिनों में या घंटों में करता रहता था क्योंकि माता-पिता के पास मात्र छुट्टी के दिनों में रह लेता। पंद्रह दिन की दीपावली की और दो महीने की गर्मी की छुट्टियां गांव में ही बिताता, मुख्य प्रश्न तो दो रुपये बारह आने का होता था? एक हफ्ते के लिए जाना तो महंगा सौदा होता था कम से कम दो सप्ताह के लिए गांव जाकर रहे तो टिकिट के पैसे वसूल होते हैं। मुख्य चिंता रेल के

किराये की होती क्योंकि हरदा से तो बैलगाड़ी में या पैदल चलकर अपने गांव पहुंचा जा सकता था। भोपाल से हरदा एक सौ पांच मील का लंबा सफर है? छोटी सी उम्र में ही वह जानने लगा था कि दीवारें सुनती ही नहीं बोलती भी हैं। किसी अन्य ने देखे हों या नहीं उसने तो दीवारों के कान ही नहीं, उसकी जिव्हा भी देखी है। उसका साथ देने वाले या उससे बात करने वाले तो बदलते रहते हैं, दीवारें स्थायी मित्र होती हैं, जिनसे जब तब वह बात करता है। कई बार जब कोई उसकी बात सुनने वाला न होता तो दीवारें सुन लेती थी। लंबे समय तक लगातार उनके साथ रहने से वह दीवारों से भी प्रेम करने लगा। घर बदलने के साथ ही दीवार बदल जाती उसकी मित्र फिर दूसरी बार नहीं मिलती। उसकी मित्र से मिलने कौन उसे, घर में घुसने देता? घर छूटा कि दरो दीवार छूटे। कुछ मित्र बनते फिर छूट जाते। नया शहर, नया घर, नये दीवारो दर। उनींदी आंखों से सोचता रहता था आठों पहर। गांव के घर की दीवारें मात्र नहीं बदलीं स्कूल की लंबी छुट्टीयों में वह उनसे बतिया लेता था।

जिस प्रकार मृग शावक बड़े-बडे हरिणों के पीछे जंगल खेत कूदते फांदते दौड़ते चलते हैं, उसी प्रकार पंडित का चलते रहना भी एक मजबूरी थी। बंजारे या गदड़िये जिस प्रकार बैलगाड़ियों में गृहस्थी का पूरा सामान लादकर गांव-गांव भटकते रहते हैं, पंडित भी भटकता रहा।

भोपाल में उसने घरों को बेचने का धंधा जब देखा तो उसके अचरज का ठिकाना न रहा उसने नानी से पूछा—नानी क्या घर भी बेचने की वस्तु होती है?

''हाँ बेटे जब से धंधा करने वाले लोग बढ़े हैं कुछ व्यापारी 'बिल्डर' कहलाने लगे घर बना-बनाकर बेचने लगे। रहने वाले घर अलग और बेचने वाले घर अलग। जैसे खाने वाला शुद्ध घी, बेचने वाला मिलावटी। अभी तक खूदिया या हरदा में तो मैंने घरों को बनते या बिगड़ते देखा है। कोई-कोई परिवार अपने परिश्रम और सुसंस्कारों से बन जाते हैं, जबकि कुछ घर अपनी 'रईसी' लतों, आदतों के कारण बिगड़ जाते हैं। बच्चे बिगड़ैल हुए तो घर बिगड़ते देखे गए हैं, ऐसे घरों से सभ्य और सुसंस्कृत लोग दूरी बनाये रखते हैं।

बेटे आजकल शहरों में पढ़ाई लिखाई के धंधे रोजगार का जोर है, हम लोग तो गांव खेड़े के अनपढ़ या असभ्य लोग हैं जिन्हे पैसा नहीं परिवार दिखायी देता है। जैसे-जैसे हम बड़े शहरों की ओर मुंह करेंगे कि पायेंगे, लोग यहां धन

के पीछे भागते हैं, घर परिवार के लिए नहीं। पैसा ही सभ्यता, संस्कार व इज़्ज़त है। वे समझते हैं कि पैसे से सब कुछ खरीदा जा सकता है, 'सर्वेगुणा कांचनामाश्रयन्ति।' धन होगा तो सब कुछ खरीद लेंगे?

नानी, हम बहुत सारे भाई बहिन एक-एक कमरे में रह लेते हैं, और इनके घर में हरेक सदस्य का एक अलग कमरा, बड़ा होने पर अलग घर। ये लोग घर बनाते नहीं घर बेचते हैं। हर एक घर एक होटल से कम नहीं? कुछ के कितने बड़े महल और कुछ एकदम बेघर।

बेटे धीरे-धीरे और पैसा आयेगा तो घर में भोजन बनना बंद हो जाएगा, होटल जाएंगे भोजन करेंगे और अपने कमरे में आकर पीकर सो जाएंगे। हर घर बेच दिया जाएगा, वहां होटल उग जाएंगे। शराब की कलारी, बार, जुआघर सभ्यता और पढ़ाई के अनुपात में फलते फूलते बड़े चढ़े दिखायी देंगे? पैसा मदहोश ही नहीं करता है, तरह-तरह के नाच भी नचाता है।

हरदा में तो नंगे पांव ही घूमता था। जब भोपाल में सातवी कक्षा से प्रवेश लिया तो उसने देखा सभी लड़के जूते पहने हुए हैं। उसका स्कूल सिर्फ लड़कों का है, इसीलिए जूते या बूट पहनकर सब आते हैं, लड़कियों के स्कूल में चप्पल पहनी जाती होंगी।

जब पंडित का एडमिशन कराने बड़े भैया स्कूल ले गए तो गुरुजी ने पहला प्रश्न किया, ''अरे पंडित जूते पहनकर नहीं आया?''

अभी तक गांव से आया और हरदा में पढ़ता रहा, वहां जूते पहनने की प्रथा नहीं है इसीलिए नंगे पांव आया है, कल से जूते पहनकर आ जाएगा।

पहले ही दिन पंडित के आश्चर्य का ठिकाना न रहा। सभी छात्रों को जूते पहिनकर आना क्यों अनिवार्य है? कक्षा में जरूरत क्यों पड़नी चाहिए। हरदा में तो जूते चप्पल यदि कोई पहिनकर आ जाता तो उससे क्लास रूम के बाहर उतरवा लिये जाते थे। हाथ से जूते पहन लिये जाने पर हाथों को धोया जाता था, यहां पर तो? पाँव में पहने कम जाते हैं, हाथ में उठाकर फेंके अधिक जाते हैं। पंडित ने मन ही मन सोचा यहां शहर के संपन्न लोग हैं, जूते हैं तो समाज में रौब दाब है।

कुछ ही दिन बाद समाचार पत्र में उसने एक खबर पढ़ी, ''कल सदन में, प्रतिपक्ष के एक सदस्य ने सत्तापक्ष के एक मंत्री की ओर जूता फेंका।''

वह समझ गया, क्यों जूते पहनने पर इतना जोर दिया जाता है?

अपने गांव की छोटी सी पंचायत में पंच सरपंच सभी दरवाज़े के बाहर जूते उतारते हैं अपने पांव धोते फिर अंदर जाकर बैठते हैं। उसने कभी नहीं सुना कि किसी ने विरोधी सदस्य पर हाथ ही उठाया हो? जूते उठाने का तो प्रश्न ही नहीं? भोपाल राजधानी है पढ़े लिखे सभ्य लोगों का शहर है, यहां पर सदन याने विधान घर में प्रतिपक्ष के सदस्यों पर जूते चप्पल फेंकने का रिवाज़ होगा?

अगले दिन उसने अपने सहपाठियों से इस प्रश्न का उत्तर पूछा, ''यहां विधानसभा चलती है, जिसे सदन कहा जाता है। सदन याने घर। संविधान बनाने का पवित्र स्थान। लेकिन वहां चर्चा के बजाय पहले गाली-गलौच का आदान प्रदान होता है, फिर एक-दूसरे पर जूते चप्पल फेंके जाते हैं। होली का त्यौहार भी कहीं आसपास नहीं है। फिर ऐसी फेंका-फेंकी क्यों?''

साथी ने उत्तर दिया, ''तुम लोग अनपढ़ आदिवासी क्षेत्र के लोग क्या जानो शहर में सदन या घर कैसे चलाये जाते हैं? तुम लोगों की तो न जबान चले, न हाथ उठें तुम लोग मर-मर कर जी रहे हो? यहां के लोग जिन्दादिल और जीवंत होते हैं जो दूसरों को मारकर अपना अधिकार छीनते हैं। दबकर नहीं, सामने वाले को दबाकर रहते हैं। भले ही वह सही हो पर उसपर हाथ उठाकर जूते चप्पल फेंककर अपनी श्रेष्ठता स्थापित की जाती है।''

बिल्कुल ठीक कहा आपने। हमारे गांव की पंचायतों के पंच सरपंच इसीलिए बाहर जूते चप्पल छोड़ आते हैं। वे सोचते हैं अंदर ले जाकर क्या करेंगे। जबकि राजधानियों में उनका सार्थक उपयोग होता है, भीतर भी बाहर भी। प्रत्येक घर एक होटल बना हुआ है उसमें ड्राइंग रूम में, किचिन में सब कहीं जूते चप्पल चल रहे हैं। कोई रोक-टोक नहीं है। बेहिचक बेखटके किसी जगह पर भी चलाओ। यदि विधानसभा या उच्च सदन में चल रहे हैं तो किसी को भी क्यों आश्चर्य होना चाहिए?

फिर उसने भोपाल के नए सहपाठी से पूछा, ''समाचार पत्रों में खबरें आती रहती हैं कि कोई व्यक्ति कुछ दिन तो किरायेदार बनकर रहा फिर उसने घर पर ही कब्जा कर लिया। अब मकानमालिक परेशान है, कि घर तो उसका है, मालिक बना हुआ कोई और बैठा है? बाहरी व्यक्ति जोंक बनकर ऐसा चिपका हुआ है कि हटने का नाम ही नहीं ले रहा? निरंतर खून चूस रहा है।''

"और मत पहनो जूते चप्पल? मकानमालिक जूते चप्पल नहीं पहनता होगा जबकि किरायेदार हर जगह पहने रहता होगा? शहर में आ गए हो सब वस्तुओं का भली भांति उपयोग करना आना चाहिए। कोई वस्तु पांव में पड़ी हुई है तो वह भी अनुपयोगी नहीं। तुलसीदासजी *रामायण* में पहले ही लिख गए हैं, पांव में पड़ी हुई धूल कभी-कभी उड़कर सिर पर भी जा बैठती है।" सहपाठी ने व्यावहारिक पक्ष बताया।

अब अंतर समझ में आया, पढ़े लिखे लोगों और अनपढ़ लोगों का। शहर के लोगों का और गांव के लोगों का। पूरी ज़िन्दगी खपा देने के बाद भी गांव खेड़े के लोग क्यों संपन्न नहीं हो पाते? जितनी जल्दी जूते चप्पलों की सार्थकता समझ लेंगे उतनी जल्दी सभ्य कहलाने लगेंगे। जहां सुमति तहं संपति नाना जहां कुमति तहं विपति निदाना। शहर के लोगों में सुमति है इसीलिए संपत्ति है गांव के लोग नंगे क्यों हैं, क्योंकि नंगे पांव रहते हैं। जिस दिन जूते और हाथ की जुगलबंदी सीख लेंगे उसी दिन सम्मानितों की गिनती में आ जाएंगे।

धीरे-धीरे उस क्षेत्र से पंडित ही नहीं विभिन्न क्षेत्रों के पंडित भी भोपाल और दिल्ली घूमने देखने जाने लगे। यह पंडित तो नाम का था वास्तव में तो व्यक्तित्व में खंडित था। पंडित तो वे लोग थे जो राजधानियों के कार्यकलाप सीख-सीखकर अपने गांव में उनका अभ्यास करते थे। यथाराजा तथा प्रजा। यथा राजधानी तथा हवा पानी। आवगमन के साधन भी बढ़ने लगे थे अतः गांव वाले भी स्वप्न को सत्य में बदलने लगे।

अधिक समय में नहीं बड़ी द्रुतगति से गांवों में परिवर्तन आया। राजधानियों में कलारी प्रेम बढ़ता गया। बाहुबलियों का कुर्सी प्रेम दिन दूना रात चौगुना होने लगा। गांवों के लोगों ने यहीं से प्रेरणा लेना शुरू कर दिया। अब यहां भी नए-नए लड़के पी-पीकर सड़क पर पड़े रहते और स्वयं को प्रधानमंत्री घोषित करते रहते।

राजधानियों में धनबल और बाहुबल के सहारे वोट कबाड़ लिये जाते थे, गांवों में भी चमरौधा बलियों की, पन्हैयाबलियों की, गालीबलियों, चप्पलबलियों की बाढ़ आ गई। अब सरपंच वही बन पाता जो कई पंचों या मतदाताओं के सिर पर बार-बार पंच कर सकता है। सरपंच याने जो दूसरों के सिरों पर पंच करता रहे।

जैसी रिश्वत की मनमोहक बयार सरकारी कार्यालयों में चली, वैसी ही आकर्षक और मनभावन हवा, गांवों के असरकारी भायों में चली। बहुत जल्दी कश्मीर से कन्याकुमारी तक पूरा देश पोर-पोर बाहुबलियों असरकारी लोगों से भर गया।

उत्तर से दक्षिण तक, पूरब से पश्चिम तक शासक वर्ग संवर गया।

सत्ता पक्ष और प्रतिपक्ष दोनों में अपराधीजन, चंद्रमा की कला के समान प्रतिदिन बढ़ने लगे। अपने व्यक्तिगत हितों को साधते हुए, सुविधानुसार अपनी-अपनी आदर्श मूर्त्तियां गढ़ने लगे।

गांधीजी तो रामराज्य लाने में जीवन पर्यंत खपते रहे, इधर सत्तासीन कर्णधार काम राज्य लाने, दाम राज्य को बिछाने की माला जपते रहे। पंचों ने विधायकों से प्रेरणा ली, सरपंचों ने मुख्यमंत्रियों से और सरकारी कोष की अच्छी बंदरबांट की। कुर्सी मिलते ही सब ऐश्वर्य और ठाठ-बाट की ज़िन्दगी बिताने लगे।

स्वाधीनता प्राप्ति से पूर्व बांध का पानी जैसे मजबूरी में थमा हुआ था। स्वतंत्रता पाते ही अनगिनत रंध्रों से रिस-रिस कर निकलने लगा। अपने-अपने पात्रों को अपराधों से भर देने वाला पानी। देशभर में रायते की तरह वह स्वच्छन्द हो बहने लगा। रायता फैलाया जा रहा है दसों दिशाओं में।

पंडित जब खूदिया से चला था तब उसे कैसा छोड़ आया था? शहरों के राजधानियों के प्रभाव में बहुत तेज़ी से वहां भी प्रगति हुई। मिलावटखोरी का साम्राज्य छा गया। धोखेबाजी, ठगी, चोरी को जीवन का आवश्यक अंग माना जाने लगा। घर-घर युवक कलारी के मोहताज़ होने लगे। जो बात हेय मानी जाती थी अब प्रिय हो गई। अब कलारी स्थायी मुकाम हो गई।

यदि शिक्षा के प्रसार का प्रभाव यह है, सभ्यता के विकास का हाव-भाव ऐसा है तो वह गांव में ही क्या बुरा था? किंकर्त्तव्यविमूढ़ हो वह एकांत में सोचता रहता था देश क्या खूब तरक्की कर रहा है? उस काल में देश ने की हो या नहीं, कुर्सीधारियों ने तो भरपूर की। देश की राजधानी तो और भी बड़ी बाज़ी मार रही है।

7

छोटी राजधानी होने के कारण यहां समाचार पत्र उपलब्ध रहते थे। हरदा जैसी बस्ती में तब घंटाघर के पास में एक ब्लैक बोर्ड पर सार्वजनिक रूप से चॉक से शहर की जानकारियां लिख दी जाती थीं वही एक मात्र समाचार पत्र होता था। अपने गांव खूदिया में तो गांव कोटवार डोंडी पीटकर ऊंची आवाज़ में तीन चार स्थानों पर कोई विशेष सूचना या जानकारी दे देता था। वह भी प्रतिदिन नहीं, कभी-कभी।

तब नागरिकों को देश और दुनिया की जानकारी कम ही हो पाती थी, सूचना का अधिकार जैसे आज है तब नहीं था। वैसे भी सरकारें यही चाहती हैं कि आम जनता सर की महानता को जाने और कार सेवा करती रहे। भले ही सरकार सरक-सरक कर भी न चले पर आम आदमी को लगता रहे कि सरकार उनके हित में प्राणों की बाजी लगाये दे रही है। तब से सरकारों द्वारा चिंता व्यक्त की जाती रही है कि सभी के लिए मकान बनवाने की योजना है। गरीबों के लिए सस्ते मकान बनाये जाएंगे। यह योजना सफल भी हुई। जनप्रतिनिधियों, इंजीनियरों ने गरीबों के लिए इतने सस्ते मकान बनवा कर खड़े कर दिये कि पहली आंधी और बरसात में ही वे उड़ने लगे। आभिजात्य वर्ग के लोगों का लक्ष्य आम आदमी को उड़ा देने का शायद रहा हो?

जब कभी पंडित स्कूल जाता और उन नवनिर्मित मकानों की ओर देखता तो पाता कि सुअर प्रजाति भी निश्चिंतता से एक घर में वहां नहीं रह पाती। वे भी बेहतर और बेहतर आवास में सिर छुपाते फिरते हैं। उद्घाटन जिस दिन

मंत्री द्वारा किया गया उस दिन तो बस्ती चमचमा रही थी। जिस प्रकार फैशन परेड से पूर्व प्रतियोगी महिलाएं या पुरुष, ब्यूटी पार्लर जाकर ऊपरी साज सज्जा करवाते हैं, ठीक उसी प्रकार नई कॉलोनी पर भी क्रीम, पावडर, नेल पॉलिश, लिपस्टिक आदि जैसे कुछ चस्पां कर दिये गए थे। मंत्री ने आवास विभाग के कर्णधारों को ऐसे आकर्षक मकान बनवाने के लिए बधाई भी दी थी। कुछ घंटों बाद ही मंत्री और शेष अमला जा चुका था। एक अच्छी बात यह होती है कि ये बस्तियां मई माह के अंत में या जून माह के शुरू में निवासियों के लिए खोली जाती हैं। तब विभाग में और भावी निवासियों में मौसम के कारण भरपूर गर्मी रहती है। जैसे ही एक दो बरसात होती हैं, कि सारी गर्मी उतर जाती, निकल जाती है। अधिकारी और गरीब बस्ती के नये निवासी सब ठंडे पड़ जाते हैं। मुरम की वह सड़क जो मंत्रीजी की कार के लिए तैयार की गई थी, अन्तर्ध्यान हो चुकी है। वहां इतना गहरा कीचड़ हो गया है कि बस्ती के निवासी बाहर जाकर किसी के सामने अपना दुखड़ा भी न बता सकें? एक बरसात के बाद पावडर, लिपस्टिक, धुल जाने वाले उन बदरंग घरों में चुपचाप पड़े रहें। आसमान में जब बिजली कड़क रही हो तब तो उनका चमकना स्वाभाविक है ही, बाकी समय में भी सोते-सोते रात में उठकर चमकते रहें। तनिक झपकी लगे कि चमक जाएं! कहीं दीवार और छत भरभरा कर उनके सिर को दबोच न ले? अन्यथा उन्हें चार कंधों पर सवार होकर अंतिम यात्रा पर निकलना होगा। दरवाज़े और खिड़कियां इतनी मजबूती से बनाये गए हैं कि कोई युवक यदि जोर से एक घूंसा मार दे तो वे दूर जा गिरें? कील दीवार में ठोंकें तो, दीवार में खिड़की बन जाए?

बस्ती तो सस्ती बनायी ही गई थी। सामान और भी सस्ता लगाया गया। सस्ता सामान लगाने का लाभ इंजीनियरों अधिकारियों को भरपूर हुआ क्योंकि इसके प्रताप से वे अपने घरों में महंगा सामान लगा सके? उनके व्यक्तिगत बंगले बहुत महंगे बनें। सस्ती बस्ती की कृपा से।

एक बार पंडित के पिता ने सोचा था कि उस नई नवेली बस्ती में एक मकान खरीद लिया जाए? किंतु उतनी राशि की व्यवस्था करना भी चिड़िया के दूध निकालने के सरीखा था। अतः चुपचाप बस्ती के पास सब भाई बहिन एक कमरे के मकान में पड़े रहे। पहली पंचवर्षीय योजना का आनंद वहीं उठाया।

जब पंडित अपने स्कूल जाता तो उसी सुदामानगर से होते हुए जाता। वह उस बस्ती के संदर्भ में अपने मित्रों से कई प्रश्न पूछता–

बस्ती के नज़दीक विश्राम घाट क्यों बनाया गया है? दो साल उम्र में बड़ा राकेश बताता–सरकार ने बहुत सोच समझकर ही बस्ती के निकट विश्राम घाट की सरकारी भूमि दी होगी प्रतिदिन ही दो चार लोगों को वहां ले जाना पड़ेगा। फिर पंडित उससे पूछ लेता बस्ती के पास ही एक नदी भी बहती है, एक दो कुएं भी हैं, इसका क्या कारण होगा?

वह बताता–सुदामा नगर के लोगों के लिए खाने की व्यवस्था भले ही न हो पीने के पानी की व्यवस्था करना तो सरकार की ज़िम्मेदारी बनती ही है? चाहें तो छलांग भी लगा लें? सरकार के कारिन्दे आम आदमी को पानी पिलायें बगैर मानते ही नहीं।

अच्छा राकेश यह बता–रेत, सीमेंट, फर्शी, ईंट की दूकान भी तो सुदामा नगर के बगल में ही खुल गई हैं। लोगों को पास में ही यह बड़ी सुविधा मिल गई।

''वह दूकान भी नगर पालिका के अधिकारी के भाई की ही है। घर का फर्श थोड़ी धमक में टूट सकता है। एकाध हथौड़ा खूंटी ठोकने के लिए लगाया कि दीवार भरभराकर गिरी, तब यह दूकान ही तो हथेली लगायेगी? फिर नगर पालिका के अधिकारी के भाई की दूकान है इसलिए उससे न कोई टैक्स लेता है न कोई छेड़ने वाला होगा।''

''और विश्राम घाट के बगल में लकड़ी की बड़ी टाल है वह किसकी है?'' पंडित ने पूछा

''वह भी यहां के एक नेता के बेटे की है। जो मर गया वह तो चला गया। अब उससे तो पैसे नहीं वसूले जा सकते - उसके रिश्तेदारों से तो लकड़ी की ऊंची कीमत वसूली जा सकती है। अब निर्जीव शरीर को एक दो दिन दर्शनार्थ या परिवार के मोह के कारण रखा भी तो नहीं जा सकता? जल्दी से जल्दी अंतिम संस्कार करना भी जरूरी होता है। बस्ती में एसी नहीं है जहां देखो वहां आम नागरिक की तैसी ही होती दिखायी देती है।''

''मैं देख रहा हूँ यह दूकान चल भी खूब रही है? कुछ दिनों में ही बड़ी और पक्की बन गई है। सुदामा नगर की बस्ती के मकान भले ही उन घरौंदों

के समान मजबूत हों जो हम बरसात में मिट्टी और रेत को मिलाकर बनाया करते थे किंतु पास के विश्राम घाट की लकड़ी की टाल अब पक्की बिल्डिंग में आ चुकी है।''

''पंडित तू सोच भी नहीं सकता, सरकार ने बड़ी दूरदृष्टि का उपयोग कर यह बस्ती बनायी और पास में ही अंतिम संस्कार की व्यवस्था कर दी है?''

''हाँ यार। जब हम लोग स्कूल जाते हैं, तो इसी बस्ती के दो चार महिला पुरुष राम नाम सत्य है के समवेत गान के साथ अंतिम यात्रा कर रहे होते हैं।'' लोगों को धार्मिक होना ही पड़ता है?

''देश की जनसंख्या को कम करने में इस कॉलोनी का योगदान अधिक है कि नहीं?''

राकेश ने फिर समझाया—बरसात में नदी में बाढ़ आएगी बस्ती जलमग्न होगी। कुएं भर जाएंगे उनमे सांप तैरेंगे। लोग डूबेंगे बस्ती डूबेगी। जनसंख्या कम होगी कि नहीं? सरकार यही चाहती है।

हाँ और बस्ती तहस-नहस हो गई—फिर खाली मैदान हो गया तो नगर पालिका या हाउसिंग बोर्ड फिर से मकानों के निर्माण की ज़िम्मेदारी अपने मजबूत कंधों पर ले लेगा। फिर बस्ती में भरभराने वाले कच्चे मकान बनेंगे। कभी न समाप्त होने वाली बस्ती के मकान भले ही कच्चे बनें। पर इस बहाने ठेकेदारों, इंजीनियरों, नेताओं, मंत्रियों के महलनुमा बंगले तो खड़े हो जाएंगे। बस्ती के लिए आवंटित राशि का कहीं तो उपयोग होगा? पैसा कभी बेकार नहीं जाता। सड़कें भी तो प्रतिवर्ष पुनर्निमाण हेतु बनायी जाती हैं।

तब उन मकानों पर कब्जे करने वाले इक्का-दुक्का लोग ही होते थे। कौन अपनी जान जोखिम में डाले? फिर भी पंडित और उसके साथी एक नेता को दिनभर वहां रहते हुए पाते। रात के समय महंगी कॉलोनी के आलीशान बंगले में रहते। वह स्वयं हाथी के दांत वत थे सफेद लंबे और मजबूत मोटे (मंहगे)। खाने वाले और, दिखाने वाले और। उन्होंने एक लोकप्रिय होने वाला बीड़ा उठाया और मुंह में रखा। जैसे ही सुदामा नगर का कोई नर्कवासी, स्वर्गवासी होता कि पहलवान सिंह एक श्रद्धांजलि सभा अवश्य करते। उसके गुणों का ऐसा जीवंत वर्णन करते जिसे सुन-सुन कर घर के लोग भी दांतो तले अंगुली दबा लेते। एक घर पर कब्जा करके दिन में रहते हुए सबको दिखायी देते ही थे। लोगो को उनसे

पर्याप्त सहानुभूति ही नहीं थी, श्रद्धावनत रहते हुए वह जन-जन के हृदय सम्राट भी घोषित हो चुके थे। बस्ती के लोग उनके प्रति श्रद्धांजलियों के कार्यक्रम प्रतिदिन आयोजित करने के कारण ही श्रृद्धावनत होते थे। सभी को आशा बनी रहती थी कि उनके बाद कोई तो है जो उनका स्मरण करते हुए शोक सभा आयोजित करेगा।

पंडित और उसके सहपाठी जब सुबह-सुबह स्कूल जाते तो तांगे पे भोंगे पर यह सूचना प्रसारित होते सुनते जाते कि आज बस्ती के प्राण प्रिय लठैत प्रसाद का दुखद निधन हो गया है। उनकी आत्मा की शांति के लिए एक शोक सभा, स्थायी सभा भवन में प्रातः दस बजे आयोजित होगी। क्योंकि इस श्रद्धांजलि सभा के बाद उन्हें सीधे विश्राम घाट ही ले जाया जाएगा अतः अधिक से अधिक संख्या में उनके चाहने वाले यहां एकत्र होकर उनका अंतिम दर्शन कर सम्मान करें। वास्तव में पहलवान सिंह को आगामी चुनाव दिखायी दे रहा था किसी एक घर पर नहीं समूची बस्ती पर कब्जा करने की यह अनूठी शैली थी।

पहलवान सिंह अपनी श्रद्धांजलि में कहते भी थे किसी भी व्यक्ति के सुख में भले ही सम्मिलित न हों दुख की या मुसीबत की घड़ी में परिवार का साथ निभाना हर इन्सान का दायित्व है। और इस दायित्व को नेता जी पूरी निष्ठा से निभाते थे। प्रतिदिन सुबह अपने खास लोगों से उन्हें जानकारी मिल जाती कि किसकी सांस या सास उखड़ने वाली है। पता नहीं गंगा जल होता या कोई और जल किन्तु एक ताम्र पात्र में लेकर वहां उपस्थित हो जाते। उनके हाथ का ही कमाल होता कि इधर मुंह में गंगा जल की चार बूंदे पड़ती और उधर प्राण पखेरू क्षण भर में ही उड़ जाते।

उनके बारे में लोग सही अनुमान लगाने लगे थे। जैसे ही ताम्रपात्र को डोरी में लटकाये कहीं भी पहलवान सिंह दिखायी देते कि दर्शक भांप जाते किसी के लिए श्रद्धांजलि की तैयारी हो रही है। जब तक श्रद्धांजलि सभा में उनका जोशीला भाषण नहीं हो जाता वे मृतक को या मरणासन्न व्यक्ति को नहीं छोड़ते।

उनके पास विभिन्न किस्म की श्रद्धांजलियों वाली एक डायरी थी जिसमें नारी, पुरुष, बच्चा, युवा या वृद्ध सभी के लिए एक दो पन्ने लिखे होते। ये पन्ने वैसे होते जिनका उपयोग कहीं भी किया जा सकता था जैसे उसके जाने से समाज ने एक हीरा खो दिया है। यह समूचे भारत की एक अपूरणीय क्षति है। यदि

वे कुछ दिन और रह जाते तो देश की दिशा बदलकर रख देते। उनके सरीखा संवेदनशील, निष्ठावान समर्पित व्यक्ति पहलवान सिंह ने तो दूसरा नहीं देखा। वह स्वयं उनके पांवों की धूल से अधिक महत्त्व नहीं रखते। वक्ता यह बताना भी नहीं भूलते की विगत कई वर्षो से उनकी घनिष्टता थी। भाषण से पूर्व या बीच में किसी से मृतक का नाम और उपनाम पूछ लेते थे। उपनाम तो याद भी न रहता पहला नाम लेकर वह अपनी अंतरंगता अच्छे से स्थापित कर लेते। श्रद्धांजलि सभा गंभीरता से ओतप्रोत रहती है, इसलिए यदि कुछ उल्टा सीधा भी मुंह से निकल जाता तो भी श्रोता शांति से बिना ताली बजाये या प्रतिक्रिया व्यक्त किये हुए बैठे रहते। पहलवान सिंह कुछ आंसू अवश्य ढुलकाते मन ही मन श्रोता भले ही यह देख हँस रहे होते किंतु हँसी को अपानवायु की तरह दबाकर रखते। तनिक सी भी आवाज़ उन्हें असभ्यों की श्रेणी में ला सकती है। अतः जो कुछ भी करते धीमे-धीमे, आहिस्ता-आहिस्ता बिना चूं चपट के करते। बहुत दबाने के बाद भी यदि वह निकल ही जाती तो अतिरिक्त रूप से गंभीरता ओढ़ लेते। सॉरी कहने से स्वयं की ज़िम्मेदारी पूरी हो जाती अतः चुप्पी साधकर बैठे रहते। बल्कि उस सुमधुर ध्वनि के बाद चौंककर आगे पीछे देखते कि किसने इस श्रद्धांजलि सभा को बिगाड़ने की असफल कोशिश की है। इस तरह निर्दोष सिद्ध होने की जीतोड़ कोशिश करते।

एक बार तो किसी बदमाश ने पहलवान सिंह को श्रद्धांजलि देने से कुछ सेकेंड पहले गलत नाम बता दिया था। पहलवान सिंह ने बहुत घनिष्टता बतायी, बढ़-चढ़कर गुणगान किया किंतु जब एक बार नाम उच्चारा तो वह गलत था। वस्तुतः मृतक का नाम सुरेश था और श्रद्धांजलि रमेश को दे दी गई। रमेश, सुरेश का छोटा भाई था, जो स्वस्थ था, अंतिम संस्कार की सारी व्यवस्था स्वयं कर रहा था। पूरी की पूरी श्रद्धांजलि रमेश पर चस्पां कर दी गई। जब बाद में पहलवान सिंह को बताया गया कि आपने तो जीवित व्यक्ति को श्रद्धांजलि दे दी तो वे श्रोताओं से ही नाराज़ हो गए, ''आप तो मुझ से व मेरी श्रद्धांजलि से ईर्ष्या करते हैं।''

श्रद्धांजलि देने का ऐसा शौक उन्हें कब लगा, यह तो वह स्वयं ही जानते थे, पर उनकी मित्रों शोक सभा में मात्रा हमेशा थोड़ी-थोड़ी बढ़ा दी जाती, जिसे वे शौक सभा की तरह जीते। उनमें श्रद्धांजलि देने का शौक इस तरह बढ़ गया

था कि किसी किसी शुभ दिन तो तीन-तीन चार-चार आयोजन करने पड़ते। सुबह दोपहर शाम और रात चार-चार शिफ्टों में श्रद्धांजलि देते।

समाज में हर किसी का एक रोल होता है, कोई दान दाता होता है, कोई अन्न दाता कोई ज्ञान दाता किंतु पहलवान सिंह की लोकप्रियता श्रद्धांजलिदाता के रूप में हो चुकी थी। दो एक चुनाव वह इसी एक मेव गुण के कारण जीते थे। वह उस बस्ती पर ही नहीं पूरे क्षेत्र पर अपना कब्जा जमाना चाहते थे। सामान्य मतदाता को तो वैसे वह देश का मालिक बताते रहते किन्तु स्वयं बड़े क्षेत्र के एकमेव चक्रवर्ती सम्राट बनने की कोशिश में लगे हुए थे, श्रद्धांजलियों के सहारे आधिपत्य स्थापित करने का सुगम रास्ता उन्हें दिखायी दे रहा था। मतदाता तो मत देकर उस पूरे शासन प्रक्रम से बाहर हो लेता है, पर वे उसके तंत्र के भीतर पैठ बना लेते। मंजे हुए घुसपैठिये की तरह।

पंडित को मित्र ने बताया श्रद्धांजलि का मार्ग पहलवान ने कैसे पकड़ा इसकी भी एक कथा है। कुछ वर्ष पूर्व तक वह स्वयं एक कर्मचारी थे। उस कार्यालय में न कभी सांस्कृतिक कार्यक्रम होते थे न कोई मनोरंजन। कर्मचारियों की इस पीड़ा को वह भांप गए। उन्होंने श्रद्धांजलि को शस्त्र या सीढ़ी के रूप में उपयोग किया और देखते ही देखते लोकप्रियता के शीर्ष पर पहुंच गए। कार्यालय ने उन्हें निर्विरोध अध्यक्ष चुन लिया फिर उन्होंने पीछे मुड़कर नहीं देखा। रॉकेट की गति से आगे ही बढ़ते गए।

जहां महीनों कोई कार्यक्रम नहीं होता था, लगभग प्रति सप्ताह श्रद्धांजलि सभा होने लगी। अफसर के ताऊ, मामा, दादा, काका के निधन पर तो अधिकारी द्वारा सभा की सहर्ष अनुमति मिल ही जाती, यदि किसी कर्मचारी के दूरदराज़ के रिश्तेदार या मित्र की मृत्यु हो जाती तो भी अधिकारी से अनुमति लेकर श्रद्धांजलि सभा आयोजित हो जाती।

तब अन्य कर्मचारियों की तुलना में वह पहले कार्यालय पहुंचने वाले होते थे। पता नहीं किसको श्रद्धांजलि देनी पड़े? पहलवान सिंह के कई सहयोगी तैयार हो गए। धीरे-धीरे कार्यालय के बड़े कमरे को श्रद्धांजलि कक्ष के रूप में तैयार कर लिया। सामान्य स्थिति में तो कर्मचारी टेबिल की ओर मुंह करके कक्षा की तीनों दीवारों की ओर बैठते किंतु जिस दिन श्रद्धांजलि कार्यक्रम होता, अपनी-अपनी कुर्सी की दिशा विपरीत कर लेते। श्रद्धांजलि का कार्यक्रम यथासंभव सुबह

बारह बजे तक पूरा कर लेते। ऑफिस के काम के भले ही बारह बजते रहते किंतु कर्मचारियों की पौ बारह रहती।

इधर श्रद्धांजलि कार्यक्रम हुआ, उधर फिल्म देखकर अपना दुख दूर करते या घर में नींद लेकर। कहा भी गया है समय के साथ घाव भी भर जाता है। सोने के बाद दिवंगत का दुख स्वतः ही कम होने लगता। पहलवान सिंह ने एक वादा दे रखा था, ''सर्वाधिक लोकप्रिय अधिकारी कौन, जो दिलाये बार-बार दो मिनिट का मौन?''

बस श्रद्धांजलि देते-देते ही पहलवान सिंह अपना कद बढ़ाता चला गया। पहले वह अपने कार्यालय का अध्यक्ष चुना गया। उसने और वार्षिक श्रद्धांजलियां आयोजित करायीं धीरे-धीरे उसकी प्रसिद्धि चहुं ओर बढ़ने लगी—उसने नौकरी छोड़ दी—और ''एक साधे सब सधे, सब साधे सब जाय'' की शैली में बस वह एक ही दिशा में चलता रहा, खूब विकास किया। आज वह मंत्री पद का सपना देख रहा है। विधायक तो बन ही गया है। उसके चेले चपाटे दूसरों के घरों पर कब्जे करने से नहीं हिचकिचाते। शायद उनका लक्ष्य भी पहलवान सिंह के लिए श्रद्धांजलि के प्रकरणों की वृद्धि करना ही होता है, ताकि उनका आना और दमदार बन जाए? किरायेदार तो गृहस्वामियों को श्रद्धांजलि देने एक पांव पर खड़े रहते हैं।

पंडित को इस तरह की जानकारी पहली बार मिल रही थी। खूदिया में तो श्रद्धांजलि देने की प्रथा नहीं थी। हरदा में दो मिनिट का मौन रखकर अपनी ज़िम्मेदारी से मुक्ति मिल जाती थी, पर भोपाल में आकर उसने पाया कि सुदामा नगर के पास तो श्रद्धांजलि कार्यक्रम अनवरत चलते रहते हैं जिसके सूत्रधार पहलवान सिंह ही होते हैं। क्या मज़ाल कि इस बागडोर को कोई दूसरा संभाल ले?

पंडित ने अपने मित्र से पूछा, ''क्या पहलवान सिंह को कोई दैवी शक्ति प्राप्त है, जो घ्राण शक्ति से मालूम कर लेता है, कि श्रद्धांजलि की चपेट में कौन आने वाला है?''

मित्र ने बताया, उसके सिपहसालार दसों दिशाओं में घूमते रहते हैं। अस्पताल जाकर वे पूछते हैं, आज किसकी लॉटरी खुल रही है? पहलवान सिंह द्वारा श्रद्धांजलि दी जाने वाली है किसी हीने-सीने द्वारा नहीं। ''वे तो कूकर से सूंघत फिरें इधर-उधर की बास।''

पंडित ने मित्र को एक शंका बतायी, ''संभव है कोई व्यक्ति जीते जी यह घोषित कर दे कि वह मर चुका है। फिर क्रमशः जानकारी प्राप्त करे कि पहलवान सिंह और उसके सिपहसालारों ने सभा में क्या-क्या कहा? क्योंकि जब तक वह जीवित रहता है ये सभी उसके लिए मिलकर ऐसे साधन उपलब्ध करा देते हैं कि जल्दी ही वह स्वर्ग सिधार जाए? पहलवान सिंह के सभी चेले चपाटों की अतिशय समृद्धि का कारण ही यह है कि शोकसभा में दिवंगत के उत्तराधिकारी से बड़ी राशि का आश्वासन प्राप्त कर लेते हैं, फिर पठानों की तरह वसूल भी करते हैं। जहां तक दिवंगत की स्मृति अक्षुण्ण रखने का प्रश्न है, उस राशि में से एक बहुत छोटा अंश स्मृति शेष हेतु खर्च करते हैं। शेष धन अपनी-अपनी जेब में। सारे सिपहसालार बंदरबांट कर लेते हैं। उनका यह तर्क भी माननीय है कि जब तक साधन संपन्न नहीं होंगे, श्रद्धांजलि का लाभ गरीब से गरीब या छोटे से छोटे व्यक्ति को कैसे मिलेगा?

राकेश तो संपन्न परिवार का था, बचपन में ही माता-पिता के साथ विदेश यात्राएं कर आया था। जबकि पंडित ने बैलगाड़ी और रेलगाड़ी में ही यात्रा की थी, चीलगाड़ी में बैठने का सौभाग्य उसे आज तक तो नहीं मिला था। अब वह भोपाल में हाईस्कूल में अवश्य आ गया है किंतु रेलगाड़ी में भी यथासंभव पैंसिंजर में चलता, वह भी तृतीय श्रेणी में। चतुर्थ श्रेणी का डिब्बा होता तो उसी में बैठकर जाता आता। असह्य महंगाई से जूझना उसकी नियति थी।

किंतु पंडित के पारदर्शी व्यक्तित्व से प्रभावित होकर राकेश ने उससे मित्रता बनाकर रखी। इसलिए भी कि पंडित को पढ़ाई करके नौकरी ही करना था अतः परीक्षाएं जल्दी और निर्बाध उत्तीर्ण करने की ललक थी। राकेश को पंडित की पढ़ाई का लाभ मिल जाता था। पंडित के घर में पढ़ने की जगह नहीं थी, अतः पार्क में जाकर पढ़ाई करता था, जब कभी राकेश बुला लेता तो उसके घर चला जाता।

स्कूल के बाद पढ़ने लिखने के समय में मनोरंजन के लिए पहलवान सिंह का व्यक्तित्व उनकी चर्चा का मुख्य विषय होता। एक तो यह कि वह विधायक था, ''जाके संग दस बीस हैं ताको नाम महंत'' की शैली में दस बीस लगुए-भगुए उसके आसपास सदा बने रहते जिनका काम बस उन लोगों की सूचना बनाना होता जो अपने जीवन के किनारे लग रहे हैं, या लग गए हैं। यदि एक भी आशा की किरण उन्हें दिखायी दे जाती तो उस परिवार के आसपास मंडराने लगते और तब तक

मंडराते रहते जब तक उन्हें अनुकूल परिणाम न मिल जाता? जैसे ही उन परामर्शदाताओं में से किसी को उनकी अपेक्षानुसार शुभ सूचना मिलती तो वे पहले तो अपनी सूची में उस सौभाग्यशाली दिवंगत का नाम जोड़ते और फिर तत्काल अपने बॉस पहलवान सिंह को सूचना देते कि एक और मुर्गा हलाल हो चुका है।

तत्काल पोस्टर में एक नाम, समय, स्थान सहित जुड़ जाता जहां श्रद्धांजलि सभा होनी है। यथासंभव श्रद्धांजलि हेतु बस्ती के तथा बीचोंबीच एक बड़ा कमरा सभा हॉल के रूप में उपयोग किया जाता किंतु आपातस्थिति को देखते हुए तथा प्रतिभागियों के घरों की दूरी को ध्यान में रखकर आयोजन स्थल बदल दिया जाता? इस तरह प्रतिदिन ही वे सुबह-सुबह दो चार जगहों पर दीवारों पर पोस्टर सुबह 8 बजे लगा दिये जाते। पोस्टर सामान्यतः इस प्रकार होता—

आज का श्रद्धांजलि कार्यक्रम

गोलोकवासी का नाम	उम्र	श्रद्धांजलि दाता	समय	स्थान का नाम
मगन कुमार	65 वर्ष	माननीय विधायक महोदय, पहलवान सिंह एवं अन्य	ठीक प्रातः 9 बजे	चौक बाज़ार
जौहरी कोमलचंद	72 वर्ष	माननीय विधायक महोदय, पहलवान सिंह एवं अन्य	ठीक प्रातः 11 बजे	अग्रवाल सभा भवन
देवीदत्त दुबे	85 वर्ष	माननीय विधायक महोदय, पहलवान सिंह एवं अन्य	ठीक दोपहर 3 बजे	ब्राह्मण वाड़ी
इसाक मौहम्मद	76 साल	माननीय विधायक महोदय, पहलवान सिंह एवं अन्य	शाम 5 बजे	सराय जुम्मन खां

श्रद्धांजलि सभा के नीचे एक नोट भी लिखा रहता। कृपया समय का ध्यान रखें। जो वक्ता दुखी परिवार को ढाढ़स बंधाने हेतु बोलना चाहें वे दो मिनिट में ही अपनी बात कह लें। अपना नाम माननीय पहलवान सिंह के विधायक प्रतिनिधि को समय से पूर्व लिखवा दें। सभा में दिवंगत के विरुद्ध किसी भी प्रकार की भड़ास नहीं निकाली जानी चाहिए न ही विषय से हटकर कोई हास्य व्यंग्य सुनाया जाए? जिन्हें अपना स्वयं का श्रद्धांजलि कार्यक्रम जल्दी संपन्न कराना होवे उपरोक्त नियमों की अवहेलना करने को स्वतंत्र हैं। हाँ ऐसे शुभेच्छुओं के स्वर्ग प्रस्थान तक का तथा अन्त्येष्टि कार्यक्रम तक का सारा खर्च पहलवान सिंह ही उठायेंगे।

इस टिप्पणी को पढ़ने के बाद कौन दिवंगत को श्रद्धांजलि देता? पहलवान सिंह का एकाधिकार ही तब होता। या जिसे वह इशारा करते वह चाबी भरे खिलौने के समान बोल कर चला जाता।

दो चार बार पंडित और राकेश भी श्रोता के रूप में सभा में जा बैठे। फिर तो उन्हें पहलवान सिंह द्वारा दिन में चार बार दी जाती श्रद्धांजलि रट गई। हर बार बस नाम बदला हुआ होता। कभी-कभी भ्रम में दो-दो श्रद्धांजलियां एक ही नाम के खाते में चली जाती। कुछ शरारती तत्व तो श्रद्धांजलि को समवेत स्वर में बोलने की इच्छा भी लिये रहते पर, खुद की भावी न हो जाए इसलिए चुप्पी साधकर भीगी बिल्ली बने रहते।

राकेश ने पंडित को बताया कि विदेशों में मृतात्मा की शांति के लिए ऐसी सभायें आयोजित नहीं की जाती, जैसे अपने यहां होती हैं। सुबह से शाम तक श्रोता को रुलाते रहते हैं।

''फिर तो वहां मृत्यु शोक का नहीं त्यौहार का दिन माना जाता होगा'' पंडित ने पूछा।

''बड़े व्यक्ति के निधन पर भी वे देश छुट्टी नहीं करते बल्कि अपनी मिट्टी के लिए अधिक काम करके उस रिक्ति की पूर्ति करते हैं। जन भावना को ध्यान में रखकर कुछ देश अवश्य एक दिन की छुट्टी करते हैं। तब भी कारखाने बंद नहीं किये जाते, अपने देश के समान नहीं कि एक-एक सप्ताह का शोक मना रहे हैं? शोक में शॉक नहीं, मात्र शौक दिखायी दे?''

''अच्छा राकेश। अपने भारत में औसत उम्र भी तो वहां के देशों से कम है। यहां औसत उम्र शायद पैंसठ वर्ष है। और वहां?''

''वहां की औसत उम्र पचहत्तर है। वे हँसी खुशी से जीवन बिताते हैं, और हलो हाय या बाय करते चलते जाते हैं। यहां तो चहुं ओर नेता ही नेता हैं। एक स्वर्ग सिधारा नहीं कि एक सप्ताह की शोकावधि। आधी ज़िन्दगी तो शोकाकुल रहते ही निकल जाती है?''

''ठीक कह रहा है राकेश, हाथ पांव चलते रहें तो आदमी स्वस्थ बना रहता है। भीतरी मन से तो उन नेताओं के लिए कोई शोक भी नहीं करता जिन्होंने देश को लूटा खसोटा और विदेशी बैंकों में धन जमा कराया, पर घुटना घुटने की ओर ही मुड़ता है। किसी अन्य विद्वान के निधन पर सरकारी तंत्र झुककर उन्हें नमन भी नहीं करता। नेता की अंतिम सांस को देखता ही रहता है—इधर आयी कि राष्ट्रीय ध्वज एक सप्ताह के लिए झुके। दीर्घकालीन शोक। अब गुमसुम रहो, मजबूरी में ऊपरी मन से दुखी दिखते रहो। ऐसी स्थिति में जीवन की लंबाई कम तो होगी ही?''

भैया पंडित! यहां के कर्णधार चाहते ही हैं कि आम आदमी दुखी बना रहे, और वे गुलछर्रे उड़ाते रहें। किसी बड़े मंत्री, मुख्यमंत्री की मृत्यु उनमें भी आशा की किरण का संचार कर देती है कि चलो एक कुर्सी तो खाली हुई, हममें से किसी एक का नंबर तो लग ही जाएगा? यह भी एक अच्छी शैली है कि राष्ट्रीय झंडे झुका दिये जाएं क्षणभर को वे भी झुक जाएं किंतु उस रिक्त पद को हथियाने हेतु दौड़ भाग जोड़ तोड़ शुरू हो जाये। अब कितनी देर वे निष्क्रिय बने रह सकते हैं। गलाकाट प्रतियोगिता के दुर्दांत धावक की तरह दो चार अन्य धावकों को भी मौत के घाट उतार दें उनके लिए भी शोक श्रद्धांजलियां अर्पित करा दें, पर उस खाली कुर्सी को हथियाकर ही चैन लें? शेष सभी को शोक में डुबोकर रखें और स्वयं हर्षोल्लास का क्षण पाने, पानी में हाथ-पांव मारते रहें?

शोक दिवस की वास्तविकता को बताते हुए पंडित ने कहा—पहलवान सिंह भी इसीलिए रविवार या किसी छुट्टी के दिन श्रद्धांजलि सभा नहीं रखता। वह जानता है कि लोग छुट्टी बिगाड़ना नहीं चाहते। जब वह कार्यालय का कर्मचारी था तब भी सहकर्मियों की सद्भावना बटोरने के लिए शनिवार को दिवंगत हुए किसी कर्मचारी अधिकारी की शोकसभा सोमवार को ही रखता था। क्योंकि शोकसभा के बाद किसका मन काम करने में लगेगा? किसी भी कार्य वाले दिन ग्यारह साढ़े ग्यारह बजे शोकसभा आयोजित कर ली और दिनभर की छुट्टी करा

दी। वहां के सारे कर्मचारी कर्मचोरी भी क्यों करें जब अधिकृत रूप से उन्हें अवकाश मिल जाए? शोकसभाओं की सार्थकता को सिद्ध करते हुए कभी-कभी वे खुले रूप में नारा लगाते थे "अपने ऑफिस का अगला अध्यक्ष कौन? जो दिलाये प्रतिदिन ही दो मिनिट का मौन।"

पहलवान सिंह कभी-कभी चाल भी चलता था। यदि कोई व्यक्ति शनिवार को या रविवार को दिवंगत हो जाता तो उसे वेंटिलेटर पर रखवा देता, और बात उड़ा देता कि अभी सांस चल रही है। जैसे ही वर्किंग डे आता कि सांस उखड़ने की घोषणा कर देता, बस फिर क्या है श्रद्धांजलि सभा करने के अलावा कोई रास्ता ही नहीं बचता? इधर दुनिया से कर्मचारी या अधिकारी की छुट्टी उधर शोकसभा के बाद ऑफिस की छुट्टी।

तभी तो इतना लोकप्रिय हुआ है? कार्यालय में चपरासी पद पर नियुक्त हुआ था, आज प्रभावी विधायक है कल मंत्री ही नहीं, मुख्यमंत्री की दौड़ में भी खड़ा रहेगा। उसका बस चले तो एक-एक को श्रद्धांजलि दे, जिसे चाहे उसे श्रद्धांजलि दे?

"अच्छा राकेश। यह बता क्या पहलवान सिंह शुरू से ही जुझारू और संघर्षशील रहा है या आज हो गया है? अपनी हर बात सरकार से मनवा कर ही दम लेता है। इतनी कर्मठता इसमें आयी कहां से?" पंडित ने पूछा

राकेश बोला—"मेरे पिताजी उसी कार्यालय में हैं, जिसमें पहलवान सिंह ने भृत्य के पद पर नौकरी की शुरुआत की थी। कुछ दिन बाद ही एक सर्वप्रिय छोटे अधिकारी की मृत्यु हो गई, इसने शोकसभा में श्रद्धांजलि दी, तब से ही सारे कर्मचारी समझ गए थे कि यह व्यक्ति बहुत ऊंचा चढ़ेगा। पहली श्रद्धांजलि तो शाम साढ़े चार बजे हुई। पांच बजे तो वैसे ही कार्यालय बंद हो जाते हैं। नया-नया ऑफिस में आया था अतः निदेशक से हुज्जत नहीं की, पर बाद में तो उनके सिर पर सवार रहने लगा।"

"तभी यह व्यक्ति जिद्दी स्वभाव का, स्वेच्छाचारी और दबंग नेता कहलाता है। फिर यह चपरासी के पद से बढ़ता विधायक कैसे बना?"

"बस वही श्रद्धांजलि। श्रद्धांजलि की डोर पकड़े-पकड़े वह यहां तक ऊपर आ गया। जब दूसरी बार किसी अधिकारी के श्वसुर की मृत्यु हुई तो यह निदेशक पर चढ़ बैठा। आज तो सुबह ग्यारह बजे ही श्रद्धांजलि सभा होगी। निदेशक

ने लाख मना किया ग्यारह बजे सभा करने के बाद कर्मचारी घर चले जाते हैं, ऑफिस बंद होते समय शोकसभा रखी जाए?''

पर यह जुझारू व्यक्ति नहीं माना इधर ऑफिस शुरू हुआ और उधर उसने शोकसभा रख दी। निदेशक को पहले तो खूब समझाया, देखिये साहब किसी की मृत्यु हुई है, क्या हम लोग इंसान नहीं। क्या हमें संवेदनशील नहीं होना चाहिए?

निदेशक ने कहा पांडेजी के श्वसुर का निधन हुआ है। यदि किसी ऑफिस के कर्मचारी का हो जाता तो भी ग्यारह बजे श्रद्धांजलि देने की बात सोचते, इस मामले में श्रद्धांजलि शाम को ही दी जाना उचित होगा।

पर पहलवान सिंह नहीं माना निदेशक की अवज्ञा करते हुए भी सभी कर्मचारियों को एकत्र कर लिया और दे डाली। पांडेजी के श्वसुर को श्रद्धांजलि, साथ में निदेशक को पटकनी। उसके बाद तो एक अलिखित नियम, एक परंपरा ही बन गई, कि कर्मचारी के दूर के किसी संबंधी की भी मृत्यु हो जाए तो सुबह ग्यारह बजे पहलवान सिंह शोकसभा आयोजित कर देता। सारे कर्मचारी यही तो चाहते रहे। अंधा क्या चाहे दो आंख? सभी की निगाह में पहलवान सिंह चढ़ गया, और उत्तरोत्तर प्रगति करता गया। पहले ऑफिस का, फिर विभाग का और बाद में प्रांताध्यक्ष बन गया। धीरे-धीरे बढ़ता हुआ आज आपके सामने है। अभी यहीं रुकने वाला नहीं है, महत्त्वाकांक्षी व्यक्ति है।

कई बार जहां-जहां इसने अराजकता फैलाकर भी श्रद्धांजलि सभा का आयोजन किया वहां के अधिकारी कामना करते थे कि इसकी भी आयोजित हो जाए? पर यह इतना तिकड़मी सिद्ध हुआ कि यमदूत के भी हाथ नहीं आया। पंडित ने पूछा—''अब जब इसने विधानसभा पर कब्ज़ा कर लिया है, तब ऑफिस और प्रदेश के कर्मचारियों की बागडोर कौन संभालता होगा?''

राकेश ने उत्तर दिया, ''किरायेदार घर में गृहस्वामी अधर में'' इसने अपने लोग हर ऑफिस में बाहर से ला-लाकर वे फिट कर रखे हैं, वही लोग प्रति नियुक्ति पर अन्यत्र से जा-जाकर वहां के अध्यक्ष बन बैठते हैं और जो स्थायी कर्मचारी, उसी विभाग के मूल के लोग हैं, वे सड़क पर ला दिये जाते हैं। क्या मज़ाल उनमें से कोई पदाधिकारी बन जाए? उन सबके अपने वोट बैंक हैं, जिनके कारण यह विधानसभा में जीत जाता है।

आसपास के युवकों में पहलवान सिंह आदर्श पुरुष माना जाने लगा। इसने

क्या तकदीर पायी है? प्रतिदिन ही समाचार पत्र में इसकी खबर आती रहती है कि आज गिट्टूलाल को शोक श्रद्धांजलि दी गई और कल मिट्ठूलाल को। प्रत्येक श्रद्धांजलि में पहलवान सिंह उनकी मृत्यु को समाज की अपूरणीय क्षति बताता? यह वाक्य भी हरेक अखबार में लिखा देता कि ऐसा व्यक्तित्व न हुआ है न होगा। जो लोग पहलवान सिंह को निकट से जानते, वे बताते हैं कि सुबह से शाम तक वह श्रद्धांजलियां देता और रात में सारे समाचार पत्रों में पत्रकारों को चाय पिलाता समोसे खिलाता मिलता। सुबह-सुबह प्रत्येक अखबार में दिवंगत का फोटो भले ही न छपता, माइक के सामने खड़े होकर भाषण देते हुए पहलवान सिंह का चित्र अवश्य दिखायी देता? इसी कारण इसका नाम घर-घर पहुंच चुका था। इसकी यह छवि भी बन गई थी कि करूणा की प्रतिमूर्ति है पहलवान सिंह। मृतक के परिवार के कुछ प्रचारेच्छु इससे भी स्वयं संपर्क करते। उधर व्यक्ति की सांस टूटती इधर वे पहलवान सिंह के लिए छूटते। सभा की व्यवस्था खर्चा पानी भी वही करते। बस यह मुख्य अतिथि के रूप में कार्यक्रम की शोभा बढ़ाने जाता।

एक दिन पंडित और राकेश जब स्कूल जा रहे थे तब पंडित ने राकेश से एक विरल प्रश्न पूछ लिया, जिसका उत्तर कम लोगों को ही मालूम था? पंडित ने पूछा, ''एक बार तो सुना है पहलवान सिंह श्रद्धांजलि देने के बाद पिटा भी था? क्या इसने श्रद्धांजलि देते-देते मृतक के लिए गाली-गलौच वाले शब्दों का उपयोग कर लिया था? बात क्या थी कि इसे पिटना पड़ा?''

राकेश ने अपनी स्मृति को कुरेदा। ''असल में तू तो भोपाल में नया आया है तुझे उस घटना की जानकारी नहीं है। हमारी उम्र के युवकों को भी कम ही खबर है लेकिन मेरे पिताजी को पूरी घटना का ब्यौरा मालूम है। उन्होंने तो बीच-बचाव भी किया था। इसे तीन चार लोगों ने मिलकर मारा था। तब से यह बहुत सतर्क होकर श्रद्धांजलि देता है।''

''यार राकेश तू पहेली बुझा रहा है। लोगों ने इसे श्रद्धांजलि के बाद मारा पीटा क्यों? क्या तुरंत उसी हॉल में पिटायी की, या बाद में?'' पंडित ने उत्सुक होकर अगला प्रश्न दागा।

राकेश ने विस्तार से प्रकाश डालना शुरू किया—''असल में पूत के पांव पालने में ही दिखायी दे जाते हैं। शिशुपन से ही यह हाथ पांव जोर-जोर से चलाता था। बड़े-बड़े लोग भी इसके पास जाने से कतराते थे। जाते भी थे तो सोच

समझकर। इसीलिए इसका नाम पहलवान सिंह रख दिया गया था। बाद में यह कुश्तियां भी लड़ता था, अखाड़ों में जाता था, कुछ दंगल भी इसने जीते। कुछ अच्छे-अच्छे पहलवानों को दंगलों में इसने धूल चटायी है।''

''यह बात तो समझ में आ गई कि इसमें लड़ने की हटोटी बचपन से ही आ गयी थी तभी तो आजकल चुनाव में लड़ता था। जिसे लड़ने का शौक बचपन से हो, वही तो सिद्धहस्त होकर बड़ा होकर भी विरोधी लोगों को चारों खाने चित्त कर सकता है। पर उस समय यह कैसे पिटा?'' पंडित ने बीच में टोककर पूछा

''तू धैर्य तो रख पूरी घटना तुझे बताता हूँ। एक और शहर का नामी पहलवान था भीमसिंह। एक दो बार सार्वजनिक दंगल में इसकी कुश्ती भीमसिंह से भी हो चुकी थी। दोनों बार ही जोड़ी बराबरी से छूटी। न यह उसे पटकनी दे पाया न वह इसे हरा पाया। जब बहुत देर तक दोनों एक-दूसरे पर भारी पड़ते रहे तो टॉस करवा कर जीत हार सुनिश्चित की। सिक्का उछालकर तय कर दिया गया भीमसिंह जीत गया। संयोग से दोनों बार ही टॉस किया और दोनों बार भीमसिंह ने ही बाज़ी मारी।''

''कुछ दिन बाद भीमसिंह किसी गंभीर बीमारी की चपेट में आ गया, अस्पताल में उसे दाखिल कराया गया। आइ.सी.यू. में भी वह भेज दिया गया। इसके एक सिपहसालार ने चापलूसी करते हुए या प्रतिशोध की भावना के अंतर्गत पहलवान सिंह को सूचित कर दिया कि भीमसिंह गुज़र गया।''

''और इसने भी आनन-फानन शोकसभा का आयोजन कर लिया। उस दिन लगातार होती शोकसभाओं की व्यस्तता के कारण मौके पर जाकर इसने अपने विश्वस्त सिपाही के कथन की पुष्टि नहीं की। यदि उस कथन की पुष्टि कर लेता तो वैसी अपमानजनक स्थिति न बनती? इसने विचार किया कि आज तक तो अधीनस्थों के द्वारा दी गई सूचना गलत नहीं हुई, यह भी सही खबर ही होगी?''

''याने पहलवान सिंह ने बिना समाचार की पुष्टि किये भीमसिंह को श्रद्धांजलि दे डाली।''

पंडित ने उत्सुकतावश पूछा, ''यार तेरे में यही तो खराबी है, बीच में टोक देता है, दिमाग में घटना की जो फिल्म चल रही थी वह कट गई ना? अब बता में कहां था? किस बिन्दु से शुरू करूं?''

''यही कि पहलवान सिंह से गलती हो गई, बिना मृत्यु की पुष्टि किये इसने

बड़ी शोकसभा आयोजित कर डाली।''

''अब क्योंकि भीमसिंह और पहलवान सिंह लगभग दस मील की दूरी पर रहते थे, यह उसके घर या अस्पताल भी नहीं जा पाया था। जो लोग श्रद्धांजलि सभा में आये थे उन्होंने भी सोचा कि पहलवान सिंह तो शोकसभा प्रतिदिन ही आयोजित करता है कभी गलत नहीं हो सकता। शोकसभा हो गई अगले दिन दो एक समाचार पत्रों ने भी उस खबर को प्रमुखता से प्रकाशित कर दिया कि भोपाल का कुश्ती के क्षेत्र का एक प्रमुख स्तंभ ढह गया। भीमसिंह जिसे दो बार पहलवान सिंह भी नहीं हरा सका था आज मौत के आगे हार गया।'' यह भी कि विधायक पहलवान सिंह ने अश्रुपूरित नेत्रों से भीमसिंह को भावभीनी श्रद्धांजलि दी।

भीमसिंह को अस्पताल में उनके एक हितैषी ने तदाशय की सूचना भी दी। इधर पहलवान सिंह को दो सप्ताह के लिए दिल्ली जाना पड़ा। इधर दो सप्ताह में भीमसिंह दवाई और टॉनिक के सेवन से भला चंगा होकर उठ खड़ा हुआ। वह पूर्णतः स्वस्थ होकर पहलवान सिंह की पहलवानी उतारने पर उतारू था।

पहलवान सिंह के बारे में यदा-कदा खबरें समाचार पत्रों में आती ही रहती थी। उस दिन अखबार में आया कि पहलवान सिंह भोपाल आ चुका है, वे सभी विधायक साथ में आ गए हैं जो प्रशिक्षण के लिए दिल्ली गए थे।

बस क्या था? आव देखा न ताव। अपनी खटारा जीप में दो चार लठैत बैठाये, पीछे छुपाकर डंडे रखे और सुबह-सुबह भीमसिंह ने धावा बोल दिया। पहलवान सिंह चाय पी चुका था, पेट में पर्याप्त दबाव बन चुका था, फ्रेश होने जाने वाला ही था कि धड़ाधड़ चार पांच लट्ठधारी उसके घर में घुस गए। बेचारा चड्डी बनियान में ही बचने के लिए घर से बाहर भागा। पहलवान सिंह के घर में जो एक दो लोग थे वे भी सुबह-सुबह की तंद्रा में थे। वे भी चौकन्ने हो गए। अरे यह क्या हुआ विधायक पहलवान सिंह अर्धनग्न स्थिति में सड़क पर आगे-आगे भागा जा रहा है और भीमसिंह के साथी डंडे लेकर उसके पीछे दौड़ रहे हैं। पूरी बस्ती तमाशा देख रही है।

इधर पहलवान सिंह ठोकर खाकर गिरा और वे सभी उस पर टूट पड़े। फिर भीमसिंह कह रहा था ''कुश्ती में तो कभी जीत न पाया, इसे ज़िन्दगी से हरा दो?''

पहलवान सिंह! तुझे बदला ही लेना था तो दंगल में तैयारी करके लेता,

अखाड़े में ही आमने-सामने रहकर दो-दो हाथ कर लेता? यह क्या तरीका है कि मुझे तूने जीते जी मौत के घाट उतार दिया? अश्रुपूरित नेत्रों से मुझे तू श्रद्धांजलि दे रहा है, तुझे शरम नहीं आयी? तेरे नेत्र आज मैं स्वयं अश्रुपूरित करता हूँ और साथियों द्वारा जमकर पहलवान सिंह की ठुकाई की गई।

पहलवान सिंह ने लाख क्षमा मांगी कि मुझसे अनजाने में भूल हो गई, मुझे गलत जानकारी दी गई थी, किंतु भीमसिंह नहीं माना, वह बार-बार कह रहा था ईर्ष्या के वशीभूत तूने मुझे जीते जी मार दिया। मैं मरने के पहले तुझे मारूंगा।

उस दिन जैसी दुर्गति पहलवान सिंह की हुई वैसी भगवान किसी की न करे। पेट में मरोड़ पहले ही चल रही थी, चाय पीने के कारण पेट पर भरपूर दबाव था। इधर भीमसिंह की सेना ने अचानक हमला कर दौड़ने भागने पर मजबूर कर दिया। लात मुक्के जूते भी खाये। पर क्या किया जा सकता था? गलती हुई है तो भुगतो। किसी तरह लोगों ने बीच-बचाव किया और विधायक को अधिक पिटने से बचाया। कपड़े तो जल्दी धुल जाएंगे पर इज़्ज़त के दाग क्या इतनी जल्दी मिटने वाले हैं?

''अच्छा तो पहलवान सिंह ने जीवित व्यक्ति को ही मृत घोषित कर दिया था इसीलिए भीमसिंह के परिजन और हितैषी डंडे लेकर पहलवान सिंह पर पिल पड़े? ऐसा उसे करना भी नहीं चाहिए था।'' पंडित ने अपना मत व्यक्त किया

''उस घटना के बाद से पहलवान सिंह ने सबक लिया है कि जब तक वह स्वयं मौका ए वारदात पर जाकर देख नहीं लेता। सांस सचमुच रुक गई है या नहीं नथुने पकड़कर पांच सात मिनिट नहीं चेक करता, तब तक श्रद्धांजलि योग्य उसे नहीं मानता। अपने विश्वस्त सहयोगियों की बात मानकर पिटकर वह देख चुका है।''

उस के घर में घुस जाना और उसे सड़क पर जाने को मजबूर कर देना। यह भी कि वह यत्र-तत्र भागता फिरे, किसी दुर्भाग्यशाली व्यक्ति की ही कथा हो सकती है। पर राजनीति में सब कुछ चलता है। लड़ोगे तो पिटने को भी तैयार रहना चाहिए। हर बार विजय का स्वाद ही तो नहीं मिलता? पराजय भी चखना पड़ता है।

''अजनबी घर में, गृहस्वामी सड़क पर'' का किस्सा तो सारे भोपाल ने देखा।

8

अंग्रेज़ लोगों ने जब भारत छोड़ा तब पंडित चारेक साल का रहा होगा। उसके पहले राजा-महाराजा हुआ करते थे। अंग्रेज़ लोगों के काल में भी राजे-महाराजे वैसे हुआ करते थे जैसे आज कलेक्टर हैं। जनता से लगान वसूल करना, उनके कारिन्दों की ड्यूटी होती थी। ज़माना सस्ता था, कम पैसे खाये जाते थे। देश स्वाधीन हुआ, ऊपरी कमाई करने वाले भी। उत्तरोत्तर सरकारी कारिन्दों ने अपनी थैलियों, जेबों के आकार बढ़ाये और सामान्य जनता से खींचने-खाने की मात्रा बढ़ाई। पहले परतंत्र थे, अब तो कोई रोक-टोक नहीं।

पंडित ने मैट्रिक पास की। शिक्षा का प्रसार तो हो रहा था किंतु उसी अनुपात में सेवा शुल्क का भी बोलबाला होने लगा। खैर, पंडित की नौकरी लगी–जब आम की फसल में कुछ पके हुए फल दिखायी देने लगें तो पके या गदराये आमों (पीली साग, या कैरियों) पर ढेले फिंकने शुरू हो जाते हैं। वह भी निशाने पर था। उन दिनों परंपरा यह थी कि आम अपना है, घर के लोगों का पहला अधिकार उसके निर्णय का होता था। आजकल तो आम पका और अनजाने अपरिचित उसे तोड़ लेते हैं। जब तक आम कच्चा है तोतों-परिन्दों से उसे बचाने की ज़िम्मेदारी मूल रखवालों की होती है, जैसे ही वह पका कि जिसने भी ललचायी निगाह से उसे देखा, दो-चार पत्थर चलाये, उसे परिवार की सीमा से बाहर लाये और ले उड़े। आम की फसल तैयार करे कोई और लूट ले कोई? धीरे-धीरे यह प्रथा शुरू हो गई। नौकरी थोड़ी बेहतर थी, वह विशिष्ट हो गया था। अपशिष्ट हो जाता तो उसे बाहर फेंक दिया जाता। तब पितृ ऋण चुकाना भी जीवन का प्रमुख कर्त्तव्य

होता था। माता-पिता ने हमें जन्म दिया, पाला-पोसा तो हम भी अपने बच्चों की साल संभाल कर शिक्षित और योग्य बनायें। बेटे के विवाह करने को पितृ ऋण चुकाना कहा जाता था। जो कुछ पिता ने हमारे जीवन के निर्माण हेतु किया, वैसा ही हम अपने बेटे के लिए करें। टॉर्च सुयोग्य हाथों में सौंपने की परंपरा थी। आजकल पिता नहीं सौंपता, बेटा ही स्वेच्छा से टॉर्च हाथ कर लेता है। पिता तो हितैषी है ही पर इसका परीक्षण भी वह हाथ पर हाथ धरकर नहीं करता। अब पिता द्वारा अनुशंसित या प्रदत्त टॉर्च में उसका विश्वास बिल्कुल नहीं रहा, वह स्वयं अपनी टॉर्च सुनिश्चित करता है, पसंद नहीं आयी तो फेंककर दूसरी ले आता है। दुनिया में क्रय-विक्रय जोर पकड़ चुका है। तू नहीं और सही, और नहीं और सही। उन दिनों पिता द्वारा दी हुई टॉर्च को बेटे द्वारा सम्मानपूर्वक सुरक्षित रखा जाता था। उस टॉर्च में पिता की भावना भी संपृक्त रहती थी। आजकल आम पिता अनानुभवी कम योग्य, और दुनिया की प्रगति की शून्य जानकारी रखने वाला माना जाता है, अतः आम नहीं खास बेटे अपने जीवन को प्रकाश देने वाली टॉर्च खुद ही लेकर आते हैं। नई परंपरा चल पड़ी है।

विवाह के संबंध में मित्रों से वह चर्चा करता, वे बतलाते विवाह प्रभु का वरदान तो है पर असमंजस से भरा। विवाह उबलते जल में स्नान करने जैसा है किंतु जब आपकी आदत अतिशय गर्म जल से नहाने की हो जाती है तो वह अधिक गर्म नहीं लगता। वे यह भी बतलाते कि यदि प्रेम अंधा है तो विवाह आंख खोल देने वाला। इसलिए बहुत सोच समझकर आग की इस नदी में नहाना चाहिए। बहने, डूब जाने, जल जाने की आदमी की संभावनाएं कम नहीं हैं।

चर्चा के बीच कभी-कभी मित्र बतलाते प्रेम भावनाओं का समुद्र तो है किंतु चारों ओर खर्च से घिरा हुआ, इसलिए जब तक आर्थिक स्थिति बेहतर न हो इस मूर्खता में समझदार व्यक्ति न पड़े। कई विवाह पूर्व के धनवान, विवाहोपरांत भिखारी हो गए हैं।

पंडित विचार करता कि कहीं वह भी अग्नि स्नान तो करने नहीं जा रहा? अभी तो किराये का एक छोटा सा कमरा है बाद में तो एक और लेना पड़ेगा। दुनिया एक उम्र तक विस्तृत होती जाती है, एक से दो, दो से तीन, तीन से चार ऐसे बढ़ती है, फिर उसकी अधिकतम सीमा आ जाती है। वहीं व्यक्ति रुक

जाता है, कुछ दिन रुके रहता है। धीरे-धीरे फिर सिकुड़ने लगता है। वहीं व्यक्ति रुक जाता है, कुछ दिन रुका रहता है। धीरे-धीरे फिर सिकुड़ने लगता है, पांच से चार, चार से तीन, तीन से दो और अंत में अकेला सब कुछ छोड़कर चला जाता है। अकेला आता है आसपास भीड़ बढ़ाता है, और अकेला ही प्रस्थान कर जाता है। अब उसकी उम्र दायरा बढ़ाने की आ गई है।

कुछ वर्ष निकल जाने दे जब बाद में वह सड़क पर पैदल चलेगा तो एक कान पर पत्नी का कब्ज़ा होगा और दूसरे पर बच्चों का। वह तो परिवार द्वारा अंधे की तरह चलाया जाता रहेगा। शायद खिलौने की भांति। परिवार की लहरों पर कागज़ की नाव सरीखा इधर-उधर नाचता फिरेगा।

जब विवाह की चर्चा चल रही थी तो मित्र लोग भी नई-नई परिभाषाएं उसे बताते, वे कहते पंडित विवाहोपरांत तू महिला और पुरुष के कार्य के अंतर को समझ जाएगा?

पंडित कहता, ''हाँ अभी ही जानता हूँ।''

''क्या जानता है?''

''पुरुष परिवार के लिए बाहरी व्यवस्थाएं करता है, और महिला घर के भीतर की।''

''तू मूर्ख है कुछ नहीं जानता। वस्तुतः एक महिला ऐसा पुरुष हस्तगत करना चाहती है, जो उसकी ज़िन्दगी की सारी आवश्यकताओं की पूर्ति अकेला ही कर दे।

''और पुरुष''

''और पुरुष कई महिलाओं से अपेक्षा करता है कि उसकी एक आवश्यकता पूरी करने के लिए ही वे बनी हैं?''

''पंडित झल्लाकर कहता न जाने कहां-कहां से परिभाषाएं छांट कर मुझे भयभीत करने लगते हो।''

राकेश ने एक और सूक्ति दी, ''विवाह होने के बाद आदमी बाहर के लोगों से लड़ना बंद कर देता है, क्योंकि प्रतिदिन घर में ही यह कोटा पूरा करके बाहर निकलता है। यही नहीं सामान्यतः उम्र के साथ व्यक्ति की बुद्धिमत्ता भी बढ़ती है किन्तु विवाह के बाद ऐसा नहीं होता, विवाहोपरांत आदमी ढलता ही जाता है। मेधा नहीं मात्र उम्र बढ़ती है।''

‘‘राकेश पूछता विवाह के बाद आशीर्वाद समारोह तो तू आयोजित करेगा ही?’’

‘‘हां करूंगा।’’

‘‘तो जानता है, आशीर्वाद समारोह के बाद सबसे रोमांचक क्षण क्या होता है?’’

‘‘लिफाफों को खोलना और यह सुनिश्चित करना कि सारे मित्र और संबंधी सचमुच कितने टुच्चे हैं?’’

पंडित ने कहा, ‘‘राकेश तेरा विवाह पहले ही हो चुका है अपने सारे अनुभव तू मुझे बता रहा है।’’

‘‘मेरे अनुभवों की तो बात ही मत कर! मेरी पत्नी ने तो मेरे लिए आते ही एक चश्मा बनवा दिया और वह अपेक्षा करती रहती है कि मैं उसके चश्मे से ही देखा करूं?’’

‘‘ये सारे अनुभव मेरे लिए पथप्रदर्शक रहेंगे। मुझे मालूम है जब-जब तेरी घर में पिटाई हुई है, उन फफोलों या घावों को सबसे पहले तूने मुझे ही बताया है?’’ पंडित ने कहा।

‘‘तो और सुन? एक अच्छी पत्नी अपने पति को केवल उस समय क्षमा करती है जब गलती स्वयं पत्नी की होती है। पति की छोटी से छोटी गलती को भी वह अक्षम्य मानती है।’’

पंडित आंख फाड़कर कानों को सतर्क कर राकेश के अनुभवों को आत्मसात करने लगा।

राकेश ने फिर सुनाया, ‘‘बुढ़ापे में पति के कानों में ही श्रवण यंत्र लगा रहता है, जानता है क्यों? क्योंकि पति के कानों का सर्वाधिक उपयोग पत्नी ही करती है। पति के कान व्यस्ततम हो जाते हैं। अतिशय काम के बोझ के कारण श्रवण यंत्र की सहायता लेनी पड़ती है।’’

‘‘राकेश अपने देश में तलाकों की संख्या में उत्तरोत्तर वृद्धि हो रही है, ऐसा क्यों है?’’ पंडित ने पूछा।

‘‘जब तक पुरुष उसे बेहतर और बेहतर स्वाद देता रहेगा, महिला कभी भी तलाक के बारे में नहीं सोच सकती। हाँ यह अवश्य है कि भारत में भी लगभग पचास प्रतिशत विवाह, विवाह-विच्छेद में बदल जाते हैं, और शेष पचास प्रतिशत मृत्यु में। किसी एक को प्राप्त करने का सौभाग्य तुझे भी अवश्य मिलेगा।’’

यार राकेश! ''भगवान ने धरती पर पुरुष को पहले भेजा होगा या महिला को यह प्रश्न मेरे मस्तिष्क में बार-बार कौंधता है।''

तू तो नौकरी करता है न? आदेश की तैयारी जब होती है तो पहले फेयर कॉपी तैयार होती है या रफ़ ड्राफ्ट?

''रफ़ ड्राट ही पहले तैयार होता है।'' पंडित बोला

''फेक्स में फेयर भेजे या सेक्स में, कौन होता है फेयर सेक्स?''

''हाँ यार अब समझ में आया! आदमी रफ़ ड्राफ्ट ही होता है जिसे पहले तैयार किया गया होगा।''

''तेरी ट्यूब लाइट जरा देर से जलती है, तू गांव से आया है न इसलिए?'' राकेश ने कहा

''अच्छा पंडित! इन दिनों शहर में बहुत सारी फिल्में चल रही हैं, जैसे बॉबी, जवानी दीवानी, दिल धड़क-धड़क आदि, तेरा विवाह होने वाला है, क्या तूने इनमें से कोई फिल्म देखी?''

''नहीं।'' पंडित ने उत्तर दिया

''मैं जानता था तू ये फिल्में कभी नहीं देखेगा। तूने जय बजरंगबली फिल्म अवश्य देखी होगी क्यों मैं सच कह रहा हूँ न?''

''अभी देखी तो नहीं है पर मैं देखने की सोच रहा था।''

''तो अब तो तुझमें अकल आ जानी चाहिए। शादी के बाद क्या तुझे पहलवानी करनी है? जा वे फिल्में देख जिनका मैंने उल्लेख किया है।'' राकेश बोला

''यार राकेश! सरकार ने कुछ अच्छी ब्याज दर के साथ गवर्नमेंट बॉन्ड्स जारी किये हैं। आर्थिक स्थिति बेहतर करने के लिए, भविष्य के लिए कुछ खरीद लूं?''

''क्या बताऊं पंडित तू भी तो स्वयं गवर्नमेंट बॉन्ड ही है?''

''कैसे गवर्नमेंट सर्विस में हूँ इसलिए?''

''नहीं-नहीं एक दिन सरकारी बॉन्ड तो मेच्योर भी हो जाएंगे, तू कभी नहीं होगा।'' राकेश ने कहा।

''अच्छा देखना विवाह के बाद घर में बॉस बनकर तो मैं ही रहूंगा।'' पंडित ने दृढ़ता पूर्वक कहा।

“सही है तू घर में बॉस बनकर रहना। परिवार के लिए ही नहीं, तेरे लिए भी सारे निर्णय तेरी पत्नी ही करेगी। तुझे उसके सारे आदेशों पर मात्र अंगूठा लगाना है।”

“तू शादी करने चला है यह भी जानता है, विवाह का मतलब क्या होता है?”

“नहीं! अच्छा तू ही बता दे?”

“अजनबी लोगों से लड़ाई की रोकथाम” राकेश ने उत्तर दिया

“यार राकेश! हम लोग भी अपने आसपास देखते हैं, विवाह की मंशा तो नहीं रखते फिर भी कई पुरुष महिलाओं के पीछे भागते देखे जाते हैं। अपने भी कई मित्र ऐसे हैं।”

“और आसपास ही तेरी दृष्टि कुत्तों के भागने दौड़ने पर नहीं जाती? वे भी स्कूटर या कार चलाने की क्षमता या मंशा नहीं रखते फिर भी अकारण ही कारों स्कूटरों के पीछे काफी दूर तक दौड़ते भागते चले जाते हैं।”

“अच्छा राकेश! किन स्थितियों में तू पुरुषों और महिलाओं में समानता देखता है?”

“वे एकदम समान तब ही लगते हैं जब एक-दूसरे पर आग बबूला हो रहे हों।”

“क्या पुरुष को पैसे के लिए विवाह करना चाहिए? धनाढ्य परिवार देखा और शादी कर ली?” पंडित ने पूछा

“पैसे के लिए कभी विवाह नहीं करना चाहिए क्योंकि पैसे को तो जब चाहा तब खर्च किया जा सकता है। पत्नी एक बार गले पड़ गई तो गला दबाकर ही निकलती है? लक्ष्मी और गृहलक्ष्मी का अंतर तुझे अभी से ही समझ लेना चाहिए।”

“यदि पास में पैसा हो तो तलाक भी आसानी से लिया जा सकता है।”

“आजकल तो ऐसे अनेक वकील हैं, जो तलाक के मामलों के विशेषज्ञ हैं, कहते हैं मेरे पास आओ, बहुत सस्ते में तलाक करा दूंगा।”

“अच्छा भाई राकेश मुझे यह बता पति-पत्नी को सर्वाधिक खुशी कौन देता है?”

इस प्रश्न का उत्तर बहुत कठिन है, “पति-पत्नी को विवाह संपन्न कराने

वाला पुरोहित खुशी देता है या वह वकील जो आसानी से संबंध विच्छेद करा देता है।''

''राकेश तू ही मेरा घनिष्ट मित्र है इसलिए विवाह पूर्व की दीक्षा तुझसे ली जा सकती है। इसलिए भी कि तू इस दुर्घटना से पार पा चुका है।''

''पार तो क्या पा चुका हूँ कई बार आरपार की लड़ाई हो जाती है, तलाक भी लेने का सोचता हूँ, पर साहस की कमी और परिवार के बड़े सदस्यों का सम्मान रखने के लिए आगे नहीं बढ़ पाता।''

''अच्छा राकेश विवाह कर लेने के बाद घर परिवार दोनों पर ध्यान देना होगा, परिवार तो हो जाएगा, पर घर?''

''देख भाई पंडित! आवश्यकता आविष्कार की जननी है। वही तिकड़म की भी माँ है। आवश्यकता ही तिकड़म को घसीट कर ले आती है। अतः तिकड़म की सहायता तू आज के ज़माने के हिसाब से पा लेगा। घर कर लेगा।''

''आज तक तो मैं साइकिल पर चलता रहा हूँ। क्या कभी कार का दरवाज़ा भी खोल संकूगा? सर्वप्रथम यह अवसर कब आएगा?''

''कोई भी पुरुष पहले पहल कार का दरवाज़ा दो स्थितियों में ही खोलता है। या तो जब नई नवेली दुलहिन को लेकर घर आता है या नई नवेली कार को।''

''राकेश! तुझे धन्यवाद कि विवाह पूर्व की सभी आशंकाएं तूने दूर कर दी हैं किन्तु यह तो बता कि जब पति-पत्नी में कहा सुनी हो जाए तब क्या होता है?''

''शुरू-शुरू में तो पति जितने शब्दों में व्यंग्य बाण छोड़ता है, पत्नी भी उतने ही शब्दों में हथौड़ी चलाती है किन्तु कुछ समय बाद पति जब कुछ शब्द ही कह पाता है तो उत्तर में उसे कई पैराग्राफ या पृष्ठ सुनने पड़ते हैं। आश्चर्य नहीं कि पूरा उपन्यास ही सुनना पड़े?''

पंडित ने राकेश के सामने फिर एक प्रश्न दागा—''तू कह रहा था कि भगवान ने पुरुष का निर्माण पहले किया, स्त्री का बाद में, ऐसा क्यों?''

''इसके पीछे भी वही पूरा उपन्यास सुनने से बचने की योजना थी। महिला का निर्माण पहले करता तो उसे भी सुबह से शाम तक निर्देश ही सुनने पड़ते, पहले यह करो वह न करो। या पहले वह करो यह न करो। वह भगवान को भी नहीं छोड़ती, हम आप तो किस खेत की मूली हैं?''

अच्छा भाई आज की सभा का अंतिम प्रश्न पूछता हूँ, ''क्या महिलाएं ठीक से भोजन पकाना जानती हैं? कि वह काम भी पुरुषों को ही संपन्न करना होता है।''

''पंडित! वे कुछ प्रसंगों में महापंडित होती हैं। वे घर में भोजन बनाना भले ही न जानती हों किंतु यह अच्छी तरह जानती हैं कि आसपास मुहल्ले पड़ोस में क्या पक रहा है?''

''अच्छा भाई राकेश तूने मेरे विवाह की पूर्व तैयारी बहुत अच्छे तरीके से करा दी है। अब मैं आगे कदम निःसंकोच बढ़ा सकता हूँ।''

9

किरायेदार घर में, गृहस्वामी अधर में या घुसपैठिये, भारतवर्ष के लिये नई बात नहीं है। हमारी अतिथि सत्कार्यता तथा सर्वेभवंतु सुखिनः के परिणाम में कई बार हम अधर में या घर से सड़क पर ला दिये गये हैं। ईस्ट इंडिया कंपनी ने जब दूकान चलाने के लिए कुछ स्थान मांगा था, तब मकानमालिक को क्या पता था कि दूकान तो जम जाएगी किन्तु मकान उखड़ जाएगा। धीरे-धीरे वे स्वामी हो गये और हम उनके नौकर अथवा दुष्यंतकुमार के शब्दों में दुकानदार तो मेले में लुट गए यारों, तमाशबीन दूकानें लगा के बैठ गए। 'मुगलों ने, अंग्रेज़ों ने सदाशयता का लाभ उठाकर शासन की बागडोर शताब्दियों तक थामी। सार संक्षेप यह कि वैश्विक मानसिकता इस एक सूत्र के अनुकरण में दबी छुपी है। भारत तो उदारमना है ही, हमेशा चिंतित तो रहता है, मगर आराम के साथ। "कोउ नृप होउ हमें का हानि हम तो चादर तान के सो रहे हैं?"

पंडित की अब नौकरी लग गई है और जीवन में उत्तरोत्तर विकास के लिए वह एक कमरा ढूंढ़ रहा है। उसे वहाँ पढ़ना है, आगे बढ़ना है। एकांत साधना भी आधुनिक नहीं पुरातनपंथी आधुनिक साधना। आधुनिक साधना अकेले नहीं होती, बॉयफ्रेंड गर्लफ्रेंड की सहायता से करता है। न वह चाहता कि कोई उसे श्रद्धांजलि दे न वह किसी को देने की नियत रखता हैं। उसका सोच ही जड़त्व से परिपूर्ण है, इसलिए तो कहीं भी अपनी जड़ नहीं जमा सकता। उसकी जड़ तो बार-बार उखड़ती रही हैं। अपने छोटे से गांव से कस्बे में आया, वहाँ से राजधानी में। गाँव के लोग कम पढ़े लिखे असभ्य थे, दूसरों के घरों-परिवार पर कब्जे नहीं

करते थे। गलती से कोई कर लेता तो थोड़ी बहुत धमकी या डाँट-फटकार उसे रास्ते पर ला देती। कस्बे में शिक्षित लोग हैं प्रगतिशील। पराये घरों को हथियाते हुए तो पर्याप्त प्रशिक्षित भी पाये गये। और राजधानी के हाल तो क्या पूछते हो? कई-कई पहलवान सिंह हैं जो कुछ अधिक ही सभ्य और पढ़े गुने हैं। शोक सभा की डोर पकड़कर पहले विधान सभा फिर लोक सभा में गर्जना करते हैं। ज़मीनों और मकानों पर कब्जे करने का छोटा-मोटा काम नहीं करते उनके शिष्य करते हैं। शिष्यों का स्वर्णिम भविष्य ऐसी शौर्यपूर्ण गतिविधियों पर ही निर्भर रहता है। उनके सुरक्षित भविष्य के लिए स्विस बैंक में जमा उनकी जमा पूंजी है ही।

सस्ते ज़माने में दो नंबर के काम कम होते थे अतः मकान किराये मात्र दो तीन रुपये हुआ करते थे। जैसे-जैसे शिक्षा बढ़ी प्रगति हुई सभ्यता भी बढ़ी। दो नंबरी लोग दस नंबरी हो गये मकान किराये भी अब बीस तीस रुपये मासिक हो गये। अब पहले जैसा बात पर भरोसा नहीं रहा। अब लिखा पढ़ी के बिना गाड़ी आगे नहीं बढ़ती। किरायेदार को कुछ महिनों का किराया अग्रिम भुगतान करना पड़ेगा, उसके बाद हर माह का किराया एडवांस में देते रहना होगा। पंडित की सिटी-पिट्टी गुम हो जाती थी। बीसवीं सदी खत्म होते-होते यह हाल था।

दस साल पहले तो घंटिया ही इतनी बहुतायत से नहीं होती थी जैसी खतरे की 2014 में हैं। आज पल-पल पर दिल पर घंटियां बज जाती हैं। घंटियां सुनकर आदमी बिस्तर से ही नहीं भले ही धरती से उठ जाए पर ये खतरे की घंटियां बंद होने का नाम नहीं लेतीं। द्वार पर टेलीफोन की, मोबाइल की, फायर बिग्रेड की, कार की, बेकार की, मोटरसाइकिल के प्रेशर हॉर्न, (सामान्य हॉर्न नहीं बैंलों के सींगवत चुभते हुए) चंहु ओर व्याप्त हैं। पचास साल पहले स्कूटर, मोटरसाइकिल भी नगण्य से थे, बस साइकिल की कर्णप्रिय नन्हीं सी घंटी यत्र-तत्र सुनायी देती थी। द्वार पर कुंडी होती थी, कॉलबैल नहीं। लकड़ी का दरवाज़ा या लोहे का गेट जिस पर लोहे की सांकल रहती थी। आजकल तो चहुं ओर दिल पे बजी घंटियां चलता रहता हैं।

आधी शताब्दी पूर्व पंडित की एक छोटी सी नौकरी विदिशा में लगी। किसी मुहल्ले में एक सेठ का बड़ा सा घर दिखायी दिया, पंडित ने लोहे की कुंडी खटखटायी। ऊपर से किसी महिला ने दूसरी मंज़िल से झांका, फिर आवाज़ दी ''अरे लखन सुनियो कोई आया है।''

लखनलाल आए पूछा ''कहिये क्या काम है?''

''मकान किराये से चाहिए। अतिरिक्त कमरे हैं क्या?''

''बाहर पत्थर की बैंच पर बैठ जाइये पिताजी आकर आपसे अभी बात करेंगे। बात सन् 1964-65 की है।''

कुछ ही देर में एक धोती-कुर्ताधारी वरिष्ठ नागरिक आए। हाँ तो कितना किराया दे पायेंगे?

''चालीस रुपये तक''

''ठीक है एक कमरा मिल जाएगा। दिखा देते हैं। पर हमारी कुछ शर्तें हैं जिन्हें आपको माननी पड़ेगी।''

''शर्तें बताइये''

''लगता है आप अकेले ही हैं, शादीशुदा नहीं। ठीक है हमें फिर भी आपत्ति नहीं। पहले अपना नाम बताइये।''

''पंडित।''

''पंडित याने ब्राह्मण हैं, याने अंडे, मांस, मछली, शराब का सेवन तो स्वयं ही नहीं करते होंगे? ऐसा ही व्यक्ति हमें चाहिए। हाँ दीवारों पर कील न ठोकें। पानी बिजली का उपयोग मितव्ययता से करें।''

''और क्या शर्तें हैं कृपया आगे बतायें''

''देर रात को बाहर से नहीं आएंगे। रात्रि आठ नौ बजे तक घर के भीतर नियम से आ जाइये। घर में कोई अनैतिक गतिविधि नहीं करेंगे, जैसे जुआ, सट्टा आदि। आपके पुरुष मित्र भी कभी कभार एक दो आएंगे तो हमें आपत्ति नहीं होगी। वैसे तो महिला मित्र होंगी नहीं, होंगी तो यहाँ नहीं आएंगी। आप इज़्ज़तदार परिवार के सदस्य भी दिखायी देते हो, फिर भी कोई टुच्ची हरकत यहाँ नहीं होनी चाहिए। अच्छा। रेडियो या ट्रांजिस्टर है? यदि है तो धीमी आवाज़ में ही कभी कभार बजा लें। प्रतिमाह की तारीख एक को पैंतीस रुपये मकान का और पाँच रुपये बिजली का किराया बिना नागा देते रहना होगा। यदि शर्तें मंजूर हो तो एक तारीख से आ जाइये।''

''कोई अनुबंध चिठ्ठी-स्टांप'' पंडित ने पूछा।

''अरे भाई जबान की कीमत है, लिखत पढ़त में क्या धरा है?''

पंडित निर्धारित तिथि को रहने आ गया। सोने के लिये एक खटिया खरीदी

उस पर बिस्तर डाला और फिर लगातार डेढ़ साल तक भीगी बिल्ली बनकर वहां टिका रहा। हमेशा डर बना रहता था, कि अपने किसी कार्यकलाप के कारण अपनी खटिया खड़ी न हो जाए? खटिया पड़ी ही रही। पंडित जब तक विदिशा में रहा। न बाहर, न घर में कभी खड़ी न हुई। उसने भी बस काम से काम रखा। या तो बाहर जाकर काम में जुटा रहा या कमरे में खटिया तोड़ी। एक खटिया ही अनेक उपकरणों का काम करती थी—वही कुर्सी थी वही टेबिल था। वही ओढ़ना बिछाना था। कोई आगंतुक आ जाए तो खटिया बिछी है। खटिया पकड़ना भी पड़ा तो क्या चिंता, खटिया उल्टी तो नहीं हुई है? लगे हैं खटिया से? जब तक विदिशा में रहा न खटिया की दिशा बदली, न घर की। मियां रईस जहाँ बैठ गए बैठ गए।

पंडित की ज़िंदगी का आधा भाग किराये के मकानों में गुजरा। जब वह मकान मालिक बना तो सोचता रहा वे समझदारी के दिन थे जब किराये के मकानों में रहा करता था। कितने मकान अलग-अलग कितने शहरों में बदले? इसका ठीक-ठीक लेखा जोखा तो उसके पास नहीं है किंतु उसकी लगातार होती रही उसी वर्जिश से उसका स्वास्थ्य आज तक ठीक है।

एक बार मित्र राकेश ने उससे प्रश्न किया था, ‘‘तेरी तंदुरुस्ती शुरू से ही ऐसी है कि बाद में बनी?’’

पंडित ने कहा, ‘‘तुम तो पैतृक संपत्ति में इतने सालों आराम से रहे हो, कुछ साल किराये के मकानों में रहकर अनुभव करो? बार-बार सामान उठाना धरना, घरौंदा बनाना, बिगाड़ना, खटिया फैलाना, समेटना आदि मनोरम कार्यकलापों में व्यस्त हो जाओगे। फिर स्वास्थ्य बिगड़ने वाला नहीं। तुम्हारा मोटापा भी छंट जाएगा, एकदम शेप में आ जाओगे। एक बार मकान बदलो या सौ बार शीर्षासन या ताड़ासन कर लो।’’

राकेश ने पुनः प्रश्न किया, ‘‘तेरी नौकरी कैसी है, क्या सरकारी आवास नहीं मिल सकता?’’

‘‘मकानों की किरायेदारी का इतना दीर्घ अनुभव लिऐ हुए हूँ कि यदि किसी नौकरी में यह अनुभव काम आता तो किसी उच्च पद पर और शान से रहता। कष्ट करते रहने और जूते चप्पल घिसते रहने का मेरे जीवन का कोटा लगभग समाप्त हो गया है। जहाँ तक सरकारी मकान मिलने का प्रश्न है वह भी असरकारी

लोगो को ही मिलता है। हमें कौन देगा?''

''अच्छा! इतने मकानों में किराये से रहा क्या किसी एक पर भी कब्जा करने की कोशिश नहीं की? एकाध घर ही हथिया लेता? तू तो पंडित ही नहीं निरा पोंगा पंडित है।''

यह बात तो शहर में आकर पता चली कि अधिक शिक्षा और बढ़ी हुई सभ्यता से अपनी प्रॉपर्टी इस तरह बढ़ायी जा सकती है। हम गांव वालों के पास तो कुमति रहती है। जहां सुमति तहाँ संपत्ति नाना! हमारे पास कुमति है अतः विपत्ति से घिरे हुए हैं। शहर वाले सुमति वाले। गांव वाले कुमति वाले।

दिन भर के कार्य की थकान के बाद भी उसने खटिया पर पड़े-पड़े अपनी आंखों में कई मनोरम दृश्य देखें। मकान मालिक जब किरायेदार का इंटरव्यू लेता है तो पहले इस बात की जांच कर लेता है कि उसकी आर्थिक और शारीरिक स्थिति मजबूत तो नहीं है? वह धंधा न करता हो और विवाहित हो। प्रतिवर्ष स्थानांतरित भी होता रहता हो तथा उसके हितैषी कम से कम हों?

मकान मालिक बहुधा घर का साफ सुथरा और बड़ा भाग स्वयं के लिये रख लेते हैं, जबकि सीलनयुक्त और दुर्गन्ध मारती खोलियां किरायेदार को अधिकाधिक किराये पर देते हैं। किरायेदार का स्वास्थ्य सदैव खराब बना रहे, गृहस्वामी का ऐसा प्रयत्न रहता है। जबकि किरायेदार भी भावी विपदाओं से निपटने के लिए अपनी तंदुरुस्ती ठीक रखना चाहते हैं। इस दूरदृष्टि वाले सोच के पीछे भी कारण है। कुछ दिनों बाद ही यदि किरायेदार स्थायी भाव अपनाने लगे, (जैसे कंटीली झाड़ी, खेत की मेड़ पर जड़ जमाने लगती हैं। आसपास के परिवेश में जड़ें जमा होने के घमंड में वह भी ललकार कर उत्तर देता हुआ, जाँघ ठपकाकर सड़क पर आ जाता है। दोनों में गुत्थमगुत्था होती है, देखते ही देखते घर, अखाड़ा बन जाता है।

पंडित का जगह-जगह स्थानांतरण और मकानों को किराये पर लेते रहने का दीर्घ अनुभव इन्हीं मधुर स्मृतियों से बड़ा रोमांचक रहा है। जिस दिन किरायेदार घर को स्वर्ग समझने लगता है, उसी दिन से मकान मालिक उसे स्वर्ग भेजने की कोशिश में लग जाता है। मकान मालिक बहुधा ऐसी मानसिक और शारीरिक स्थितियां खड़ी करते रहते हैं कि किरायेदार स्वयं को नर्क के वासी होने की अनुभूति करता रहे। जैसे नल का पाइप चुपके से बिगाड़ दिया ताकि नल आना बंद हो

जाए? बिजली की लाईन खराब कर दी, फर्श उखड़ जाए तो उसे कभी ठीक न कराये। किरायेदार से शीघ्र मुक्ति पाने के लिए अनेक हथकंडे वह अपनाता है। कभी-कभी पूछ भी लेता है "कब तक यहाँ डेरा रहेगा?"

पंडित का जब शहडोल स्थानांतरण हुआ तो मकान में प्रवेश लेना ही "प्रथम ग्रासे मक्षिक पातम्" हो गया। जैसे कपड़े टांगने के उद्‌देश्य से उसने पहली कील दीवार पर ठोंकी कि बवाल शुरू हो गया। हाथ ठेले से सामान लाया था, सामान चढ़ाने उतारने में पसीने से तर बतर था ही। पत्थर से पहली ही कील ठोंकी थी कि गृहस्वामी सदलबदल याने अपने पांचों बच्चों सहित युद्ध की तैयारी से नेत्र लालिमायुक्त किये हुए सामने उपस्थित थे। पंडित पर प्रश्नों की झड़ी लगा दी। "आपने किससे पूछकर यह कील ठोंकी? हमारी सारी ज़िन्दगी घर को तैयार करने में खप गई और आप हैं कि आते से दीवारें तोड़े दे रहे हैं। यह कील दीवार पर नहीं मेरी पीठ पर ठुकी है।

पंडित भी झुंझलाया हुआ था आवेग पर नियंत्रण करके भी पर्याप्त नम्रता से उत्तर दिया, "कील मैने दीवार पर ठोंकी है किसी की पीठ पर नहीं।"

"ठीक है हम भी ठोंकना जानते हैं, ऐसा ठोंकेगे कि आप भी गिरते पड़ते नजर आएंगे? हमारे पास ठोंकने बजाने का पर्याप्त अनुभव है। आपकी आज्ञा हो तो प्रदर्शित करें?"

उस बड़ी फौज के सामने वह एकाकी कब तक टिका रहता? उसके बाद से ही प्रातः भ्रमण, योगासन, प्राणायाम, कसरत करते रहने का नियम उसने भी लगा लिया।

अगले कुछ दिनों में ही मकानमालिक की फौज के कार्यकलापों से उसने वह घर छोड़ दिया। उसके पांचों बच्चे समझदारी से रंगदारी दिखाते हुए अपने घर के बड़े कम्पाउंड को छोड़ बीच सड़क पर गुल्ली डंडा, या फुटबॉल खेलते? यदि कोई साइकिल वाला या पैदल चलने वाला उनकी क्रीड़ा में व्यवधान डालता तो उस पर समवेत पिल पड़ते। किसी को भी अकेला पाकर उससे दो-दो हाथ करने लगते। पंडित को जल्दी ही समझ आ गया कि युद्ध के पंडित तो वास्तव में ये पांचों हैं अतः इसके पूर्व कि अपना तिया पांचा हो इस स्थान से दूर चले जाने में ही अपनी भलाई है।

एक दो वर्ष के लिए उसे सागर में भी रहना पड़ा। अब कहीं भी रहना

है तो किराये का मकान लेना तो पहली शर्त है? यहां भी उसके गृहस्वामी कटारे जी एक कसरती जवान निकले। पूर्व किरायेदार से हार चुके थे। वह व्यक्ति चाको कसरती ही नहीं अतिशय फितरती था। यद्यपी पंडित डरते-डरते उस घर में पहुँचा लेकिन पाया कि मकान मालिक कटारे शौकीन तबीयत का है कसरती कम, हसरती अधिक। रबड़ी मलाई खाना, फिल्म देखना, अखाड़े में दांव पेंच लड़ाना और सोना उसकी दिनचर्या थी। इस मकान मालिक के एक नहीं कई मकान थे जिनसे किराया आता रहता था। एक दिन पंडित को वह अपने एक किरायेदार चाको की कथा सुनाने बैठ गए। कहने लगे जब मैं उसे किरायेदार बना रहा था। तो नम्रतावश मेरे मुंह से निकल गया ''आपका ही मकान है अपना समझकर रखिये।'' उसने भी प्रति उत्तर में कहा–''जब तक मैं घर में नहीं घुस रहा हूँ मकान आपका है बाद की गारंटी मैं नहीं लेता। अपना मकान समझकर ही रहूंगा।''

कटारेजी ने एक दिन फिर कहा, ''इस घर में जो भी आया है भरपूर फला फूला है, उसने दूसरा मकान खरीदा है तब ही गया है,'' तो चाको ने भी उसी शैली में उत्तर दिया, ''किरायेदार को इतना फलने-फूलने न दें कि मोटापे के कारण कुछ दिन बाद वह गेट से बाहर ही न निकल पाये? या घर के भीतर मकान मालिक को ही न प्रवेश करने दे, ऐसा अड़कर द्वार पर खड़ा हो जाए? कभी-कभी किरायेदार इतना फलते-फूलते देखे गए हैं कि वे घर में ही समा जाते हैं।'' और सचमुच कुछ दिन बाद चाको जम गया। खाली करने को ही तैयार नहीं हुआ। जैसे-जैसे कटारे जी कसरत और अखाड़े के घंटे बढ़ाते कि किरायेदार चाको भी मलखंब और कुश्ती के नए-नए दांव पेच सीखते जाते। मकान मालिक समझ गए दाल में कुछ काला है फिर एक दिन मकान मालिक को एक चाल चलनी पड़ी। बरसात के मौसम में किरायेदार कहीं बाहर गए हुए थे। उस हिस्से में भरपूर तोड़फोड़ की और बता दिया कि इंद्र देवता की मेहरबानी है। उस हिस्से को रहने लायक भी नहीं छोड़ा। मजबूरी में किरायेदार को बीच बरसात में अन्यत्र सिर छुपाने जाना पड़ा।

मूसलाधार बरसात के बहाने कटारेजी की जान में जान आयी। ऐसे महत्त्वाकांक्षी किरायेदार के कार्यकलापों से पंडित को मुसीबत का सामना करना पड़ा।

विभिन्न प्रकार के किरायेदारों से निपटते-निपटते कटारे जी ने अपनी कसरत

का समय पर्याप्त रूप से बढ़ा दिया था। अब सुबह चार बजे से ही बगल से धम्म-धम्म की आवाज़ आती। बार-बार जय बजरंग बली बोलना, मुगदर घुमाना, जॉगिंग करना, मात्र लाल लंगोट पहने हुए तीन चार मील की दौड़ लगाना फिर उबल रहा मलाईयुक्त दूध पीना उनका नियमित कार्यक्रम अब बन गया।

एक दिन हताश होकर पंडित ने उनसे निवेदन किया ''यदि मेरे से किसी प्रकार आशंकित हों तो मन से पूरी तरह कृपया निकाल दें कि मैं आपके घर में स्थायी रूप से रहने जा रहा हूँ। मैं तो जल्दी ही घर खाली कर दूंगा।''

उन्होंने चार फुट उंची छलांग लगायी और चिंघाड़े, ''नहीं तुम मकान खाली नहीं करोगे तुम यहाँ से हिल नहीं सकते। तुम्हारा व्यवहार ठीक है समय से किराया दे देते हो। तुमने यदि घर खाली किया तो पटक-पटक कर तुम्हारा भुर्ता बना दूंगा।''

पंडित ने तब कहा, ''फिर आप सुबह-सुबह यह वर्जिश क्यों करते रहते हैं? सामान को पटकना, फेंकना, चीखना-चिल्लाना आखिर यह सब क्यों करते हैं? मुझे डराने के लिये?''

''यह मैं अन्य लोगों को भयभीत करने के लिए, किंतु तुम्हें संरक्षण देने के लिए करता हूँ। किसी की क्या मजाल जो तुम्हारी ओर आंख तरेर कर देख ले? इसलिए जब तक इस शहर में हो यहीं रहोगे। कहीं नहीं जाओगे।''

''किन्तु आपको क्या मालूम सरकार प्रतिवर्ष तबादला करके अपने खर्च पर मुझे पूरा प्रदेश घुमा देना चाहती है इस शहर में घूम लिया अब सरकार मुझे दूसरा शहर दिखाना चाहेगी। अभी तक का तो इतिहास ऐसा ही है?''

''हाँ यदि शहर बदर हो रहे हो तो फिर मुझे कुछ नहीं कहना तभी मकान छोड़ने दूंगा, अन्यथा मैं तुम्हें भी नहीं छोड़ता? इस घर का रिकॉर्ड ही ऐसा रोमांचकारी है यदि किरायेदार रंग दिखाने लगता है तो मैं उसे नहीं छोड़ता। हाँ यदि वह बछड़े का ताऊ है तो मैं उसे नहीं छेड़ता। काम का होता है तो अपने पास बनाये रखता हूँ।''

कुछ दिनों बाद ही वह कटार और चाकू से दूर हुआ। सागर से पंडित का स्थानांतरण भोपाल हो गया, लौट के बुद्धू घर को आए।

10

पंडित के विवाह को दस बारह साल हो चुके थे। बच्चे भी तीन थे। नौकरी में तबादला होता रहता था अतः बार-बार शहर बदलना, बच्चों के स्कूल बदलना उसका नियमित कार्यक्रम सा हो गया था। घर खरीदने या बनवाने की सोचता तो था किंतु उतने पैसे नहीं थे कि दो कमरे का एक छोटा सा मकान ले सके? उस दिन पंडित और पंडिताइन इसी ऊहापोह में थे।

पंडिताइन ने कहा, कब तक किराये के मकानों में सामान उठाते धरते रहेंगे? एकाध छोटा-मोटा प्लॉट या घर क्यों नहीं खरीद लेते?

पंडित ने कहा निघरे के सौ घर, पर घरवाले का एक भी नहीं। ऐसी कैसी बात करते हैं, देखो जिस मकान में हम रह रहे थे उसे देख-देखकर मकानमालिक को कितना गर्व होता था? अपने बेटों की प्रशंसा करने के पहले घर की तारीफ करता है। कैसे उसने प्लॉट खरीदा फिर नक्शा तैयार करवाया, मिस्त्री को ढूंढ़ा। मिस्त्री ने भी बड़े दिल से वह घर तैयार किया। तब से निश्चिंत होकर परिवार सहित घर में रह रहे हैं। आज जाति बिरादरी में उनका ही जलवा है घर बार वाले हो गए हैं, तो इज़्ज़त बढ़ गई है। घर में रहते हैं शाम को बार में भी चले जाते हैं।

अच्छा पंडिताइन तेरे पिताजी ने तेरा विवाह मेरा घर देखकर किया? मात्र सुयोग्य वर देखा, न ज़मीन देखी न घर देखा और विवाह का प्रस्ताव दे दिया।

तो उन्होंने नौकरी तो अच्छी देख ली थी? परिवार के आचार-विचार अच्छे हैं, अभी छोटी नौकरी है, उम्र कौन सी बड़ी है? बड़ा होते-होते वेतन भी बढ़

जाएगा। लड़का लाइन से हो तो कोई भी माँ-बाप अपनी लड़की को उससे ब्याह कर देने का सोचते हैं।

माना कि मैं लाइन से था। मेरे घर में भाई बहिनों की कितनी लंबी लाइन थी, लाइन में तो रहना ही था। जो लाइन के बीच में रहता है उसकी मरण होती है, लाइन छोड़ी नहीं कि आगे वाले और पीछे वाले सब हल्ला मचा देते हैं, देखो लाइन टूट रही है। इसीलिए लैन से रहना पड़ता है, यहाँ तक कि दुलैन भी आ जाये तो भी घर परिवार की लैन में लड़का दबा रहे।

ठीक है लैन से है, आप ही नहीं हम सभी हैं, पर घर तो होना कि नहीं? अब बच्चे बड़े हो रहे हैं। अपनी तो जैसी भी है कट रही है, सामने वाला तो एक ही बात कहता है ''गांव में घर नहीं, जंगल में ज़मीन नहीं तो आदमी की क्या हैसियत?'' भविष्य में बच्चों के ब्याह-शादी भी होंगे।

छोड़ो पंडिताइन ''घर का होना भी एक मुसीबत ही है। पचास तरह के टैक्स। हर साल थोड़ी बहुत रिपेयर करानी पड़े। किराये के घर में हो तो पलस्तर उखड़ने की चिंता नहीं। नहीं तो वही ईंट, गारा, सीमेंट, छेनी, हथौड़ा रोज की खट-खट। सबसे अच्छा किराये का घर।

और आज क्या खट-खट नहीं है। मकान मालकिन सुबह से शाम तक अपने कमरों की दस परकम्मा करती हैं। उस दिन बब्लू ने कपड़े टांगने के लिए दीवार पर एक कील क्या ठोंकी, घर मालकिन झगड़ने आ गई मेरी पीठ पर कील ठोंक दो पर घर की दीवार पर मत ठोंको। उसे हमने बच्चे सरीखा पाला पोसा संभाला है। उस पर हथौड़े की एक चोट, हमारे शरीर और मन पर घाव करती है। वह मकान को बेटे से भी अधिक महत्त्व देती है।

अच्छा, मकान का महत्त्व पुत्र से भी अधिक? हाँ किराये आते रहते हैं, बेटा कमाई करके भी इतना न देता? पर बेटा-बेटा होता है सुयोग्य निकल जाएगा तो दस मकान खड़े कर देगा।

पर बीबी आने के बाद भले ही दस मकान खड़े कर ले, माता-पिता को तो पैसा नहीं देगा। बीबी लड़ाई करने लगेगी। ''माँ-बाप को समझना चाहिए कि हमारे भी बाल बच्चे हैं। आप ही श्रवणकुमार कहलाते हो पर अपनी तनख्वा में से कितना पैसा हर माह माता-पिता को भेजते हो? कह देते हो हमारा ही पूरा नहीं पड़ता।'' पंडिताइन ने अपना तर्क दिया।

तुम मकान बनवाने के पीछे पड़ी हो, मेरा अनुभव तो बहुत अलग है। जब मैं किसी व्यक्ति को रेत, सीमेंट, ईंट ढोते हुए सीमेंट में सना हुआ पगलायी मानसिक स्थिति में इधर-उधर दौड़ते भागते तथा व्यर्थ में अपने बीवी बच्चों को मारते पीटते देखता हूँ तो मुझे यह समझते देर नहीं लगती कि उस व्यक्ति का मकान बन रहा है। और जब वही व्यक्ति बार-बार कोर्ट कचहरी के चक्कर काटने पर मजबूर हो जाता है। किरायेदार से गाली-गलौच सिर फुटौव्वल करता रहता है तो यह समझने में कोई कठिनाई नहीं होती कि उसने घर में किरायेदार रख छोड़े हैं।

देखो जी ज़माना खराब चल रहा है, बेटे के बिगड़ जाने की संभावनाएं बढ़ गई हैं, मकान ही बनवा लें? अपना बुढ़ापा बिगाड़ना हो तो मकान मत बनवाना। बुढ़ापे में कभी पुत्र सहारा होता था, आजकल घर होता है। मकान ही कमाऊ पूत होता है जो छत भी देता है और पैसा भी। मकान पर अधिक भरोसा किया जा सकता है बेटों पर नहीं।

देखो पंडिताइन हिन्दुस्तान में औसत उम्र सत्तर वर्ष है, आधी से ज्यादा ज़िन्दगी किराये के मकानों में निकल गई क्या करना है मकान बनवा कर? जीवन में चिंता बढ़ाने का सामान इकट्ठा करना ही है? बार-बार मकान बदलने से अपना स्वास्थ्य ठीक रहता है। घर मालिक को प्रापर्टी टैक्स, पानी बिजली का किराया ही नहीं देना पड़ता, होली दिवाली पर चंदा मांगने वाले भी अधिक राशि की मांग करते हैं? ''कहाँ-कहाँ तक पैसा देते रहेंगे आये दिन चुनाव वाले झोली फैलाये खड़े रहते हैं। भिक्षाम्देही। नगर निगम, विधानसभा का लोकसभा का चुनाव होता ही रहता है। देते जाओ चंदे पर चंदा और स्वयं की रातें अंधेरे में काटो।''

आप तो हर बात को हँसी ठट्ठे में ही उड़ा देते हो। भविष्य की मजबूत नींव मकान ही होता है। बया भी तिनका-तिनका करके घोंसला बना लेता है। चूहा भी बिल बनाता है फिर हम तो इंसान हैं क्या ज़िन्दगी भर किराये के मकानों में रहना है? किराये के मकान या धर्मशाला कब तक छांह देंगे?

मैं तो कहता हूँ जितने मकान बदलोगे परिचय का क्षेत्र भी उतना ही बढ़ता जाएगा और स्वास्थ्य भी उत्तरोत्तर बेहतर होगा। नए-नए आवास। नए-नए लोग।

लेकिन आजकल किराये के घर भी आसानी से कहाँ मिल रहें हैं? पगड़ी दो। किराये के घर वाले की पगड़ी तो वैसे ही नहीं रहती छिन जाती है। पगड़ी नहीं तो एडवान्स में तीन या छः माह का किराया दो। हर साल किराया बढ़ा

दिया जाएगा। टूट-फूट के नुकसान की जिम्मेदारी किरायेदार की होगी, याने किरायेदार, किरायेदार नहीं रहा, मकान मालिक का बंदी हो गया। मकान मालिक लठैत हो तो एक दो बार किरायेदार का सिर भी फूट जाता है। किरायेदार रहकर हड्डियों के टूटने जुड़ने का अनुभव अवश्य बढ़ता जाता है। मरहम पट्टी कराते रहने से दवा खाते-खाते किरायेदार आधा डाक्टर अवश्य बन जाता है। पर बस्ती वाले गृहस्वामी की बात ही मानते हैं।

देखो पंडिताइन ये तो दुनिया है? आजकल अधिकांश लोग काम के न काज के दुश्मन अनाज के, सिद्ध हो रहे हैं। इसीलिए कोई-कोई किरायेदार भी योद्धा सिद्ध होते हैं। जब कोई असाधारण रूप से मेधावी किरायेदार किसी मकान में पदार्पण करता है। तो मकान मालिक की दिनचर्या भी बदल जाती है। ब्रह्ममुहूर्त में उठकर देर रात तक व्यायाम साधना उसकी मजबूरी बन जाती है। किरायेदार अखाड़ों का अभ्यस्त या सिद्धहस्त पहलवान हुआ तो मकान मालिक को भी अपनी वर्जिश पर ध्यान देना होता है। बादाम खाना, दूध पीना और मल्लयुद्ध करना, दांव पेंच सीखना उसका प्रातःकालीन कार्यक्रम बन जाता है। जब घर बन रहा है तो हथौड़ा और कील के लिए दौड़ो और जब किरायेदार आ जाए तो वकील के लिए दौड़ो। मकान होना भी धावक बनाने की प्रक्रिया है। यदि ऐंडा-बैंडा किरायेदार आ जाए तो गृहस्वामी का निर्माण, उसके निर्वाण का कारण होता है।

आप क्यों नहीं समझते लोगों का जोर, रुपया पैसा जोड़ने में उतना नहीं है जितना मकान या प्लॉट खरीदने में है। संपत्ति दिन दूनी रात चौगुनी बढ़ रही है। पैसा तो चींटी की चाल से बढ़ता है। आसपास बंदर उछलते कूदते रहते हैं किंतु बया अपना घोंसला बनाना तो नहीं छोड़ता? साँप यत्र-तत्र रेंगते रहते हैं पर चूहा क्या बिल नहीं बनाता? दोपाये हो या चौपाये सभी को किसी न किसी आवास की आवश्यकता होती है। बेघर रहना कोई पंसद नहीं करता।

पंडिताइन आप ठीक कह रही हो मकान होना चाहिए किंतु जितना श्रम घर बनाने में लगता है उससे अधिक घर को संभालने में लगेगा। बया के घर पर बंदरों की निगाह रहती है भले ही घोंसलों में उन्हें कभी रहना नहीं है पर तोड़ने का आनंद तो वे लेते ही हैं। चूहे के बिल में साँप मुंह डालता है और चूहे और बिल दोनों को निगल जाता है। आपने ट्रेन में नहीं, देखा? कई लोग जो रिजर्वेशन नहीं कराते हैं किन्तु हमेशा आरक्षण (पूर्व में) कराने वालों की तुलना

में बेहतर सीट पाते हैं। बिना कष्ट कसाला किए घर का मालिक बनने वाले सौभाग्यशालियों की कोई कमी नहीं है। ऐसे किरायेदार स्वयं पर अधिक गर्व करते हैं वे इसे पूर्व जन्म की तपस्या का ही प्रतिफल बतलाते हैं। घर न बार मियां मुहल्लेदार किस्म के लोगों की संख्या दिन प्रतिदिन बढ़ रही है। कई मनीषी तो यहाँ तक सोचते हैं कि यदि जूते खा कर भी मकान हथियाने को मिल जाये तो वह भी महंगा सौदा नहीं है। गृहस्वामी तिल-तिल जल कर स्वर्ग सिधार जाते हैं और किरायेदार बस्ती में हिलमिल कर संबंध बढ़ाता और स्वर्ग में रहने का अनुभव करता है।

आपकी सोच इतना निराशाजनक क्यों है? अपना घर होता है तो लोगों को दीवारों से, कमरों से प्रेम हो जाता है। मकान से उनकी स्थायी मित्रता हो जाती है। किराये में पराया छुपा हुआ है। अपनी वस्तु स्वाधीनता बढ़ाती है, परायी पराधीनता। आप बार-बार बच्चों को बनाने पर जोर देते हैं, मैं कहती हूँ घर के बन जाने से बच्चे बिगड़ नहीं जायेंगे? घर होगा तो चौका होगा देवता की चौकी होगी। देवता की चौकी माने घर परिवार की चौकसी करने वाली चौकी। खुद के घर का चौका भी, दुनिया के क्रिकेट में चौका लगाने से कम नहीं होता।

लेकिन पंडिताइन आपके सरीखी सौम्य और सुशील पत्नी हो तो झोंपड़ी भी स्वर्ग का सुख देती है, अन्यथा महल भी नर्कनुमा होता है। देवता की चौकी अपने घर में सुख शांति तो लाती है किन्तु गृहस्वामी से अपने घर की चौकीदारी भी कराती है। घर की दीवारें भी दुधारी तलवार से कम नहीं होती वे आपस में दो के बीच में खड़ी भी होती हैं और वर्षों पुरानी तोड़ी भी जाती हैं। कई लोगों के पास ईंट से ईंट बजाते रहने का फार्मूला हमेशा तैयार रहता है। जबकि अन्य लोग ईंट को सीमेंट से जोड़कर मजबूती बढ़ाते हैं। अपने जीवन में भी और परस्पर संबंधों में भी। मैं जानता हूँ कि घर परिवार दोनों एक-दूसरे के पूरक हैं। घर बना है तो परिवार में सब कुछ संतुलन में है और घर बिगड़ा हुआ है, यानी परिवार भी ठीक नहीं है।

असल में गाँव के लोग असभ्य और अनपढ़ हैं दूसरों के घरों पर कब्जे नहीं करते। शहर में सभ्यता और शिक्षा बढ़ी है, उसी अनुपात में पराये मकानों पर अतिक्रमण बढ़े हैं। जो जितना प्रभावशाली वही उतना अपराधी और अतिक्रमणकारी। घर तो बनवाना है किंतु सोच समझकर बनाना है। गाँव में तो कभी सोचा नहीं, शहर में रह रहे हैं तो घर भी चाहिए।

देखो जी पुत्र-पुत्रियों को योग्य बनाने से तो बेहतर है अधिक संपत्ति बनाना। पुत्र-पुत्री तो दूर चले जाते हैं, वे इन दिनों चल संपत्ति हो गये हैं। अचल संपत्ति तो घर या ज़मीन हैं जिसके संरक्षण में वृद्धावस्था कटनी है। बेटे-बेटी बूढ़े माँ-बाप के लिए वैसे भी मूल्यवान नहीं रहते जिस प्रकार अचल संपत्ति बढ़ती है वही स्थायी छांह देती है। पुत्र प्रायः कब्जे से बाहर हो जाते हैं, घर तो पास में रहता है? टका है जिसके हाथ में, वही बड़ा है जात में। गांवों में एक कहावत कही जाती है पूंछ हलावन न कुछ धन बेटे-बेटी आधे धन, खेत मकान पूरे धन। याने गाय भैंस तो धन ही नहीं। स्वर्ग सिधारे याने कीमत शून्य। पर ज़मीन मकान तो वहीं रहते हैं।

देखो पंडिताइन संपत्ति झगड़े की जड़ होती है। कभी-कभी संपत्ति भी पानी में चली जाती है। आप जिन वर्मा जी की बात कर रही हो जिन्होंने बड़े शौक से घर बनाया था आजकल किराये के मकान में रह रहे हैं। ऐसे कैसे हो सकता है? घर में रहते-रहते बड़े बेटे को भी बार में जाने का चस्का लग गया होगा। क्या कर्ज में मकान को बेचना पड़ा? पंडिताइन ने शंकाकुल होकर कुछ प्रश्न उछाले।

खैर बार में जाना तो बेटे का भी शुरू हो गया, शेयर खरीदने में भी उसने अति कर दी। हर्षद मेहता के शौर्यपूर्ण दिनों की बात है। सेठों साहूकारों से ऋण ले लेकर शेयर पर शेयर खरीदे। और जब हर्षद मेहता का कारनामा उजागर हुआ तो सारे शेयर धड़ाम से पाताल में जा गिरे। वर्माजी के बनिया मानसिकता वाले बेटे के भी होश उड़ गये। बनिये का कर्ज घोड़े की दौड़ के बराबर होता है, और जब बनिया भूलता है तो अधिक ही बताता है। फिर बनिये के मूत में भी बिच्छू पैदा होते हैं।

कर्ज वापिस करने के लिये तकादे पर तकादे आने लगे। बेटे के कार्यकलाप पिता पर भारी पड़ने लगे। सुबह से शाम तक दस लोग सामने खड़े। मूल राशि और ब्याज मिल कर वर्माजी को इतने हज़ार देना है। शेयर तो बढ़ने का नाम ही नहीं ले रहे हैं किन्तु साहूकार शेर अवश्य खाने के लिये आगे बढ़ते दिखाई देते रहे।

हार कर वर्माजी ने प्राण से प्यारा, परिश्रम और दिल से बनाया मकान बेच दिया। बेटे का विवाह कर दिया था, क्या कहते? लंगोटी पर फाग खेलना

मजबूरी हो गया। धन कमाया धोती वाले ने, उड़ा दिया टोपी वाले ने। पर्दे की बीवी के पास रह गया चटाई का लहंगा। सेठ साहूकारों ने पूरे परिवार को एक तवे की रोटी माना क्या छोटी क्या मोटी। सब कुछ चट कर लिया। उठते जूते बैठते लात पड़ने लगे। कंबल परेड की नौबत आ गई।

हारकर वर्माजी रोते बिलखते हुए अपने घर से बाहर हो गये और आजकल एक छोटे से मकान में किराये से रह रहे हैं। इसलिए पंडिताइन जब भी घर खरीदने या बनवाने की सोचना, भूत और भविष्य की ओर निगाह दौड़ा लेना। भूत भी हल खींचते हैं पर बलिष्ठ लोगों के ही। हाँ यदि हमारे गुंडे हों शिष्य तो अपना सुनहरा है भविष्य।

11

ज़िन्दगी पंडित के लिए एक बाधा दौड़ है। अर्धआदिवासी गांव से निकल कर भोपाल तक तो कूदते-फांदते आ गया। छोटी नौकरी भी लग गई—किंतु थी सरकारी, जो सरक-सरक कर रेंगती हुई चल रही थी। और उसके हर काम पर मिनिट-मिनिट में गौर करती रही ऐसी गवर्नमेंट में भी सुचारू रूप से काम हो जाएं, यह असंभव। उसकी नौकरी सूखी, और हर जगह लगे स्नेहन।

यदि अनुभवी वडील विवाह के बारे में अपना स्पष्ट मत दे दें कि उनका अनुभव है कि विवाहित जीवन, मुसीबतों का पिटारा होता है, इसलिए युवाओं को गृहस्थ जीवन से दूरी बनाकर रहना चाहिए। तो शायद युवावर्ग विवाहित कड़वा जीवन न जियें किन्तु वे ऐसा निर्देश देते ही नहीं? बड़े लोगों के निर्देशों में स्पष्टता नहीं होती।

विवाह ऐसा ही कड़वा करेला होता है, जिसे खाना हर व्यक्ति विशेषकर मधुमेह रोगी के लिए जरूरी है। कड़ुवी भेषज बिन पिये मिटे न तन का ताप। उसके जीवन में ताप और संताप समानान्तर चलते रहे। यह अलग बात है कि महामृत्युन्जय जाप से वे टलते रहे। वर्षों से वह किराये के घर में रह रहा था। इधर हज़ारों की संख्या में हाउसिंग बोर्ड के मकान भी बन रहे थे, सोचा इन पर सरकारी ऋण मिल जाएगा। पंडित ने निजी बिल्डरों और हाउसिंग बोर्ड के मकानों की तुलना की। इधर कुआं उधर खाई। एक में धोखे खाने की पूरी संभावना। पैसा लेकर रख लें। किसी पराये अनधिकृत प्लॉट पर मकान बनाकर खड़ा कर दें, और पंडित के नाम कर दें? पंडित कहां कोर्ट कचहरी के चक्कर

काटता फिरेगा। बिल्डर तो बॉडी बिल्डर भी होते हैं पंडित ठहरा सींकिया पहलवान। कहां-कहां टकरायेगा? आदमी के पांव लोहे के हों और जेबें चांदी सोने की, तभी उसे कोर्ट कचहरी करनी चाहिए। अतः उस विकल्प के हाथ जोड़े। असरकारी बिल्डर, सरकारी बिल्डरों से, धोखाधड़ी करने में अधिक प्रभावी होते हैं।

दूसरा विकल्प हाउसिंग बोर्ड। वह घोंसले बनाता है। दीवारों में महंगी सीमेंट न लगाकर रेत और ईंटों की दीवारें खड़ी कर दी जाती हैं। दरवाज़े ऐसे होते हैं कि वे लगे हुए तो दिखायी देते हैं। वास्तव में तो वे लटके, अटके हुए रहते हैं। खिड़कियां ऐसी रहस्यमय कि चोर बाहर से भीतर झांककर देख ले कि अंदर क्या-क्या चल रहा है, कितने सदस्य हैं। घर से अंदर के निवासी बाहर का कुछ न देख सकें? ऐसी विशेष डिजाइन की बिल्डिंग तैयार की हुई होती है। हाँ एक सुविधा यह अवश्य हाउसिंग बोर्ड देता है जो अन्य बस्तियों, कालोनियों में पास में उपलब्ध नहीं होती। वह है विश्राम घाट। अंतिम संस्कार स्थल। यह सुविधा प्रायः बहुत ही निकट उपलब्ध करायी जाती है। कभी भी जीवनोपरांत विश्राम करने की उसकी आवश्यकता पड़े तो सरकते-सरकते पांव-पांव चले जाओ। न किसी शांति वाहन की जरूरत न किसी तरह की गाड़ियों की। ज़िन्दगी की गाड़ी ही जब चलना बंद हो गई तो किस गाड़ी की सहायता ली जाए? जीवन भर लोग अगाड़ी पिछाड़ी हांका करते ही रहे, अब जब वह नहीं रहा तो पीछा छोड़ने से रहे, उस स्थल तक तो ले ही जाएंगे? जीवन भर उसे तरसाया, जलाया, वह जला भुना रहकर भी चुप रहा, स्वर्ग सिधारकर भी उसे चैन नहीं। फिर उसे जलाओ।

यदि प्लॉट लेकर मकान बनवाया जाये तो वह भी नट के सरीखा खेल! बांस हाथ में लेकर तनी हुई रस्सी पर चलते चलो, जब तक गिर न पड़ो? कई मकान बनवाने वाले लोगों को उसने देखा है वे अकारण ही बीवी बच्चों की पिटाई करते हैं। ठेकेदार निर्माण की अवधि को खींचता है और गृहस्वामी परिवारजनों को। घर बनवाते बनवाते कई लोग चोटिल भी हुए हैं।

पंडित ने बहुत सोच विचार के बाद हाउसिंग बोर्ड के एक घर को खरीदने का मन बनाया। इसमें शायद पारिवारिक युद्ध से, मानसिक तनाव से, या हार्ट अटैक से वह बचा रहे? दौड़ भाग की! जीवन बीमा निगम से, सरकार से ऋण प्राप्त करने की तैयारी किसी तरह पूरी की। उधर हाउसिंग बोर्ड ने एक घर सुनिश्चित भी कर दिया। सरकारी तंत्र में वैसा नहीं होता जो निजी बिल्डर खेल लेते हैं।

कुछ तो ऐसे धुरंधर खिलाड़ी होते हैं कि भावी मकान मालिक भावी ही बना रहता है। हाउसिंग बोर्ड के घर बनाकर तैयार तो हैं, जैसे भी हैं, सिर छुपाने को तत्काल उपलब्ध तो हैं?

पर पंडित की तकदीर ऐसी सपाट तो कभी रही नहीं, ज़िन्दगी की राह के एक ओर पहाड़ तो दूसरी ओर बड़े-बड़े गड्ढे हमेशा रहे। इस बार भोजन की थाली सामने आयी किंतु फिर एक ओर सरका ली गई। हुआ यह कि उसका तबादला भोपाल से ग्वालियर कर दिया गया। आदेश में तत्काल मुक्त होने का कृपापूर्ण उल्लेख था। स्थानांतरण का दैत्य अब तो सारी संपन्न की हुई प्रक्रिया को निगल ही जाएगा। पंडित वैसे ही तनाव में था ऊपर से अब कोढ़ में खाज हो गई। प्रत्येक मुसीबत में निर्णय करता है उसका साथी एकांत। चिर परिचित मित्र। सर्वप्रथम वह मंत्रालय गया! उच्चाधिकारियों से मिलकर निवेदन किया - ''मेरा तबादला क्यों कर दिया गया है, मैं अध्यापक हूँ, वैसे ही अल्पवेतन भोगी हूँ।''

''हमने नहीं मंत्रीजी ने किया है उनके भानजे को लाना था, इसलिए आपको हटा दिया गया है।'' सचिव ने दो टूक उत्तर दिया (याने आपके सारे भावी प्रयत्न कूड़ेदान में डाल दें)

''क्या यह स्थानांतरण आदेश निरस्त नहीं हो सकता?'' फिर भी पंडित ने पूछ लिया

''नहीं, फिलहाल तो बिल्कुल नहीं। पहले आप ग्वालियर जाकर कार्यभार संभालें, कुछ दिन रहें, फिर आवेदन दें, तब देखेंगे।''

कार्यालय से उतरकर पंडित ने सोचा जब किसी को लटकाना होता है यही अमोघ उत्तर दिया जाता है। यदि सचिव की मौखिक राय पर चले तो अपना बंठाढार पक्का है। उसने तबादले को अदालत से स्थगन कराने के पक्ष में दो एक बिन्दु ढूंढ लिये। तत्काल वह वकील सिंहलजी के पास पहुंचा। उन्हें पूरी हरिकथा सुनाई, और पूछा कि क्या तबादला रोका जा सकता है?

पहले तो सिंहलजी ने कहा ऐसा प्रकरण अदालत में पहली बार आएगा। थोड़ा सोचते रहे। फिर सिंहलजी ने सिंह की गर्जना करते हुए कहा—सरकार का बाप भी, तबादला नहीं कर सकता। दो दिन में आपको स्थगनादेश मिल जाएगा, आपके बिन्दु बढ़िया हैं।

चर्चा शनिवार को सुबह हुई, सिंहलजी ने पंडित को सोमवार सुबह ग्यारह बजे अदालत में उपस्थित रहने का निर्देश दिया! पंडित चला आया। आशा निराशा के बीच फंसा हुआ। इधर हाउसिंग बोर्ड के मकान के लिए ऋण भी स्वीकृत हो चुका था। पंडित ने विचार किया, 'जरा ऋणदाता अधिकारी से भी मिल लिया जाए कि यदि ग्वालियर जाना ही पड़ा तो भी आवंटित ऋण तो प्राप्त हो जाएगा? या नहीं।'

वकील साहब से बिदा ली और मंत्रालय जाकर सीधे शकील साहब से मुलाकात की। "यह ऋण कब तक मुझे प्राप्त हो जाएगा?" पंडित ने पूछा, "अब काहे का ऋण? अभी तो सरकार का आपको ग्वालियर भेजने का प्रण है। आदेश का पालन कीजिये भविष्य में जब भोपाल आ जायें तो घर के बारे में सोचिये। अभी तो बेघर ही बने रहिये।" पंडित ने नम्रतापूर्वक निवेदन किया, "इस प्रकरण को यदि मैं किसी रणक्षेत्र में ले जाऊं तो मुझपर हुए अन्याय से उऋण हो पाऊंगा?" "आप क्या खाकर इस प्रकरण को, किसी रण में ले जाएंगे, वैसा करने से आप जॉब हरण या मरण के शिकार अवश्य हो सकते हैं। सरकारी तंत्र के सामने कोई भी मंत्र असरकारी नहीं रहता। मंत्री के काट लेने पर सांप काटने का मंत्र भी कारगर नहीं होता।"

पंडित को वकील ने तो साफ बता दिया सर्प के ज़हर से कई गुना प्रभावी होता है यह विष? शकील ने निराशा दी फिर भी उसने ऊखल में सिर देने की ठान ही ली। जो भी होगा देखा जाएगा अदावत हो ही गई है, अदालत को भी आजमा लिया जाए?

सोमवार को सुबह ठीक ग्यारह बजे पंडित अपने स्कूटर से अदालत पहुंच गया। अदालत जाते ही सिंहल साहब का कमरा ढूंढा। ज्ञात हुआ सिंहल साहब बारह बजे आते हैं। पंडित किसी अनजाने भय से कांप उठा 'कहीं उसके भी न बज जाएं?' यदि उसके प्रकरण को अदालत ने खारिज कर दिया तो सरकार का वह स्थायी दुश्मन हो जाएगा। पछींट-पछींट कर बाद में मारा जाएगा।

खैर जो भी हो भले ही पहला है, न्यायालय का अनुभव तो होगा? वकील साहब की एक-एक मिनिट की प्रतीक्षा, भारी तो पड़ रही थी पर सहन करने के अलावा विकल्प भी क्या था? कहीं ऐसा न हो वकील साहब अस्वस्थ हो गए हों और आज की कार्यवाही टल जाए? चार दिन बाद तो पंडित को कार्यमुक्त

कर दिया जाएगा। एक बार कार्यमुक्त हुए कि पतंग की डोर टूटी फिर पता नहीं कब ठिकाना लगेगा? बेचैनी के साथ निराशा से युक्त चिंतन चल ही रहा था कि वकील साहब कोर्ट में प्रवेश करते दिखायी दिये। पीछे-पीछे सहायक वकील बस्ता लादे हुए चल रहा था।

पंडित ने खड़े होकर अभिवादन किया। वकील साहब ने हँसकर उत्तर दिया सारे कागज़ मैंने तैयार कर लिये हैं आप हस्ताक्षर कर दीजिये। आप जब तक दस्तखत करेंगे तब तक मैं अदालत के विभिन्न कक्षों का चक्कर लगाकर आता हूँ। कई न्यायालयों में मेरे मुवक्किल मेरा इंतज़ार कर रहे होंगे। वकील साहब राउंड पर चले गए। पंडित ने आवश्यकतानुसार सारे कागज़ों पर चिड़िया बैठायी।

अदालत का चक्कर लगाकर वह आ गए।

सिंहल साहब उम्र में काफी बड़े किंतु पंडित से मित्रवत थे! कहने लगे मिस्टर पंडित मैं प्रकरण की सच्चाई को समझने के बाद ही केस हाथ में लेता हूँ। आपका प्रकरण झूठ फरेब वाला नहीं है इसलिए भगवान भी हमारी मदद करेगा। मुझे पूरा भरोसा है, आपको आज या कल में ही तबादले पर स्थगन मिल जाएगा। और फिर फाइल लेकर न्यायाधीश चौहान साहब की कोर्ट में जा खड़े हुए। पंडित भी न्याय की अपेक्षा में वकील साहब के पीछे खड़ा रहा।

जज साहब ने सिंहलजी की ओर इशारा किया—''कहिये आपको क्या कहना है?''

''मी लार्ड मैं एक कॉलेज में शिक्षक हूँ। मुझे सरकार ने भोपाल के रीजनल इंजीनियरिंग कॉलेज में उच्च अध्ययन की अनुमति दे रखी है तीन वर्ष के पाठ्यक्रम में एक वर्ष हो गया है। दो वर्ष का अध्ययन अभी और करना है। इसी बीच गत एक वर्ष में मैं तीन बार स्थानांतरित किया जा चुका हूँ। एक वर्ष पूर्व उज्जैन भेजा गया। कुछेक महीने वहां रहा भी फिर भोपाल स्थानांतरित कर दिया गया। अब इस आदेश के द्वारा मेरा तबादला पुनः ग्वालियर कर दिया गया है। शासन की ऐसी प्रताड़नादायी कार्यशैली से पागल अवश्य हो रहा हूँ किंतु इतना नहीं हुआ हूँ कि ग्वालियर के पागलखाने में भेज दिया जाऊं।''

जज साहब भी सिंहल साहब की प्रस्तुति पर हँसे बिना न रह सके। उन्होंने फाइल देखी फिर वे सभी सरकारी आदेश देखे जिनका उल्लेख वकील साहब ने किया।

यद्यपि पंडित के सिर के बाल पहले ही काफी उड़ चुके थे फिर भी गंजी टाल पर और न पड़ें इसके बचाव में तीन दिन व्यस्त रहकर पुराने सारे आदेश एकत्र किये थे और प्रकरण को परिपुष्ट किया। तीन दिनों की पंडित की मेहनत को जज साहब ने जांचा परखा।

फाइल को सरसरी निगाह से देखकर, जज साहब ने सिंहलजी को कहा, ''कल आदेश हो जाएगा।''

इस तरह के सैकड़ों प्रकरणों को निपटा चुके जज साहब उड़ती चिड़िया को पहचानते थे। सिंहल साहब की सत्यता से वह परिचित भी थे। जज साहब की मुख मुद्रा देखकर वकील साहब ने पंडित को बता दिया कि अब चैन की नींद लो, कल आदेश अपने पक्ष में हो जाएगा। आज की सुनवाई के बाद मान लें कि स्थगनादेश की कार्यवाही कोर्ट में शुरू हो गई।

इधर पंडित को यह भी ज्ञात हुआ कि उसकी कार्यमुक्ति की कार्यवाही भी तेजी से चल रही है। कार्यमुक्त कराने वाला व्यक्ति कार्यभार संभालने ग्वालियर से कल आ धमकेगा।

दोनों कार्यवाहियां खरगोश और कछुए की दौड़ के समान जारी थी। पंडित मन ही मन भगवान से प्रार्थना करता कि कोर्ट का स्टे पहले मिल जाए? क्योंकि यदि कार्यमुक्ति के बाद स्थगन मिल भी गया तो वह निरर्थक ही सिद्ध होगा।

पंडित की आंखों के सामने दोनों याने खरगोश और कछुआ भागते जा रहे थे, पता नहीं कौन सरकार की ओर से दौड़ रहा था और कौन अदालत की तरफ से?

इसी उहापोह में पंडित रात भर सो नहीं पाया। कभी इस करवट कभी उस करवट। वह बेचैनी से अगले दिन के कोर्ट के आदेश की प्रतीक्षा कर रहा था। यदि ग्वालियर जाना ही पड़ा तो उसका उच्च अध्ययन तो धरा रह ही जाएगा, इतनी तैयारी और परिश्रम से हाउसिंग बोर्ड के मकान को खरीदने का सपना भी चूर-चूर हो जाएगा यद्यपि वह मकान भी मकान नहीं कबूतर का घोंसला है, जिस आकार प्रकार से कच्चा-पक्का बना है, स्वीकार करना है। (बैगर्स आर नॉट चूज़र्स) भिखारी प्राप्त की हुई वस्तुओं को चुनने का अधिकार नहीं रखते। या दान की हुई बछिया के दांत नहीं गिने जाते।

यद्यपि वकील साहब ने संकेत दिया है कि कल स्थगनादेश प्राप्त हो जाएगा,

किंतु कान और आंख के बीच चार अंगुली का अंतर है, कल जब तक वह स्वयं देख नहीं लेता भरोसा नहीं किया जा सकता। उसे जीवन में बहुत धोखे मिले हैं। आश्वासन को धो और खा। हिन्दुस्तान में ही क्यों पूरी दुनिया में जो व्यक्ति पहुंच रखता है वही कहीं पहुंच सकता है। अंगुली पकड़कर पहुंचा पकड़ पाना हरेक के बस की बात नहीं। पहली कक्षा से ही माता-पिता से दूर रहा, उसकी तकदीर में पिता की अंगुली पकड़कर आगे जाना भी तो नहीं रहा। वह जब एकदम चुप्पी साधकर रहता है, मतलब कि कष्ट अकेला झेल रहा है, शब्दों के द्वारा भी किसी को स्थानांतर नहीं करता। रात भर उसकी चिंता की छकड़ी, धूल भरी गड़वाटों से दौड़ती चली गई। वह किसी भी गंतव्य तक पहुंच न सका।

अगले दिन अंधेरे-अंधेरे ही वह उठ गया। उसे बस कोर्ट और जज साहब का आदेश ही दिखायी दे रहा था। जो अनिश्चित था। पता नहीं ऊंट किस करवट बैठता है? या तो भोपाल से दाना पानी उठ चुका है, या अभी कुछ मोहलत मिल जाएगी। यह तो समझ चुका है कि उसे जाना है किंतु अभी या घर के आधिपत्य लेने के बाद। यदि इतने परिश्रम के बाद भी उसे घर न मिला तो न वह घर का रहेगा न घाट का। एक कहावत है "घर की जली बन गई, वन में लग गई आग, बन बेचारा क्या करे, जो है अपना भाग।" कभी अपनी तकदीर को कोंसता कभी धैर्य बंधाता, वह चुप्पी साधे बैठा है।

यद्यपि उसने कभी भी घर बैठे बैर नहीं दौड़ाये पर घर बैठे उसके कोई काम न हुए। यदि स्थगनादेश मिल गया तो घर भी बोल उठेगा।

वह भगवान-भगवान करते हुए सुबह कुछ समय पहले ही कोर्ट पहुंच गया। आज तो इतनी बड़ी अदालत में वही उसका मंदिर है जिस कक्ष से आदेश होना है। उसने देख लिया जज साहब का रीडर आ चुका है। कोर्ट का रीडर वह व्यक्ति होता है जो न्यायाधीश के हाल ही हुए निर्णय को चुपके से पढ़ लेता है और उससे लाभान्वित हुए आवेदक से अच्छी खासी प्राप्ति कर लेता है। जज साहब अपेक्षा करते हैं कि रीडर कई रहस्यों को गुप्त रखेगा किंतु उनमें से कुछ को वह उजागर कर जो राशि बदले में प्राप्त करता है उसे गुप्त रखता है। सुबह का सिकुड़ा हुआ पर्स शाम तक फल-फूल जाता है। अन्यथा उस पर्स को पर्स नहीं कहते।

जब तक आवेदक से वह मनचाही राशि प्राप्त नहीं कर लेता फूला हुआ

रहता है, राशि के मिलते ही फूल सरीखा स्निग्ध कोमल और सुगंधित हो जाता है। बिल्कुल निर्मल और पारदर्शी।

थोड़ी देर बाद ही वकील साहब का अवतरण भी हो गया। प्रतिदिन के रूटीन की तरह जिस-जिस कोर्ट में उनके प्रकरण चल रहे थे सभी जगह उन्होंने एक-एक चक्कर लगाया, ताकि मुवक्किल जो पहले से ही कोर्ट में आ चुका है, आश्वस्त हो जाए कि उसका पक्षधर, काला कोट आ चुका है। कृष्ण कोट ही सारथी है जो उसके रथ को युद्ध के मैदान में खड़ा करके विजय पराजय दिलाता है। पंडित भी वकील साहब के पीछे-पीछे हो लिया।

वकील साहब जब उस अदालत में पहुंचे, जहां पंडित का प्रकरण शुरू हुआ था, तो उन्होंने रीडर से पर्याप्त सम्मान देते हुए पूछा, ''बाबूजी सब कुछ ठीक ठाक है?''

इस तरह के अनेक गुप्त प्रश्नों और गुप्त उत्तरों का आदान-प्रदान वकीलों रीडरों के मध्य होता ही रहता है। रीडर ने जज साहब के बस्ते की नस्तियों पर पारित किये हुए आदेशों को पढ़ ही लिया था। सिंहलजी से रीडर ने धीरे से कहा, ''स्टे मिल गया है।''

पंडित की ओर देखकर वकील साहब मुस्कुरा दिये, पंडित ने भी फुसफुसाहट सुन ही ली थी, उसका मन भी बल्लियों उछलने लगा। मन ही मन उसने भगवान को स्मरण किया और कहा अंधे की जोरू का ख़ुदा रखवाला।

कोर्ट कक्ष से बाहर आकर वकील साहब ने पंडित को कहा अभी ऑर्डर की कॉपी लेते हैं और इसे अपने कॉलेज के प्राचार्य को दिखा देना। आपका काम हो चुका है। सरकार के पिताजी भी आपको अभी तो कहीं नहीं भेज पायेंगे?

कोर्ट से पंडित का काम हो चुका है याने ग्वालियर से पंडित की जगह जो कार्यभार संभालने आने वाला है उसका भी काम तमाम हो चुका है।

पंडित ने आदेश की प्रति प्राप्त की, और सीधा कॉलेज प्राचार्य के कक्ष में घुसा। कल तक जो म्लान चिंतित और परेशान था, आज पंडित की बांछें खिली हुई थी। कॉलेज में सौ से अधिक प्राध्यापक, इस सांप नेवले की लड़ाई को चार पांच दिन से देख रहे थे।

प्राचार्य की टेबिल पर पंडित ने आदेश की प्रति रखी और बिना कुछ बोले हुए कुर्सी पर बैठ गया। प्राचार्य ने पूछा ''क्या है?''

पंडित ने गर्वोन्यत्त हो आत्मविश्वास पूर्वक कहा, "आप ही देख लीजिये, हाथ कंगन को आरसी क्या?"

प्राचार्य ने कोर्ट के सील और ठप्पे जैसे ही देखे, उनके भी हाथ के तोते उड़ गए।

जीवन में पहली बार तबादले पर कोर्ट का स्थगनादेश इन्होंने भी देखा था, हाथ पांव फूल गए। "कार्यमुक्ति की कार्यवाही तुरंत बंद करो।" अपने पीए से कहा।

पंडित कोर्ट-कचहरी के अनुभव के बाद समझ चुका था कि कतरनी के समान जबान चलाने से या कूल्हे मटकाने से ऐसे काम नहीं होते। काक चेष्टा बको ध्यानं करने से ही कार्य सिद्ध होते हैं। कुछ पाने के लिए कुछ त्याग करना पड़ता है।

अगले दिन एक दो समाचार पत्रों ने इस प्रसंग को प्रमुखता देकर प्रकाशित कर दिया। पूरे सरकारी तंत्र में खलबली मच गई, "अच्छा तबादले भी अदालत में घसीटे जा सकते हैं?" तबादलों की मजबूत रस्सी अब सचिवों के गले नापने लगेगी? पूछा जाएगा कि बिना यह जांचे कि तबादला न्यायसंगत है या नहीं, मंत्री के आदेश का पालन आंख मूंद कर कैसे हो गया? सचिव तो आई.ए.एस. होता है, क्या इसका अर्थ लिया जाए आइ एम एस, याने मैं गधा हूँ। जैसी चाबुक मंत्री ने व्याख्याता पर फटकारी, बिना किसी रोक-टोक के 'मैं गधा हूँ' भने भी चला दी। हम मस्तिष्क को घर पर ही रखकर आते हैं, ऑफिस में दिमाग से पैदल रहते हैं।

'गधा'! यह तो देख लेता कि पंडित का एक ही वर्ष में यह तीसरा तबादला है, वह भी उच्च्य अध्ययन इसी शहर में करते रहने के बीच? जिसकी अनुमति शासन ने दे रखी है। आदेश निकाल दिया, मंत्री खुश हो गया। अब मंत्री को नहीं, सचिव को रोना पड़ेगा।

अब सचिव प्राचार्य पर बरैयों की तरह बड़-बड़ कर रहा है मुझे जज के सामने खड़े होकर सफाई देनी पड़ सकती है। मुझे भेड़ियों के सामने फेंका जा रहा है, आदि-आदि। कर्मचारी सरकार के विरुद्ध कोर्ट में जाने की हिम्मत कैसे कर सकता है?

जब तक आई.ए.एस. सचिव मास्टरों को भेड़ बकरी समझ रहे थे मंत्री

की इच्छानुसार रेवड़ की रेवड़ यहां से वहां हांक रहे थे तब तक ठीक था जैसे ही न्यायाधीश ने तबादले पर प्रश्न चिन्ह लगाया, कि सचिव को जज खूंखार भेड़िया नज़र आने लगा। कल तक पूरा सचिवालय तबादले को न्यायोचित ठहरा रहा था, कोर्ट के स्थगन के बाद सबने चुप्पी साध ली। आदेश जारी करने वालों में से पता नहीं किसका बोरिया बिस्तर बंध जाए? सभी शंका से घिर गए थे।

कल तक पंडित की मूंछें सात पच्चीस बजा रही थी आज अचानक दस-दस बजाते हुए ग्यारह पांच बजाने लगीं।

'दुनिया तो जिधर बम उधर हम होती है। कल तक जो लोग पंडित की कमी निकाल रहे थे, वे दल बदलने लगे। कुछ लोग कहने पर मजबूर हो गए सरकार को ऐसे तबादले नहीं करने चाहिए। ऐसा करने से उसकी छवि खराब होती है। पंडित शायद कानून का भी पंडित है तभी तो उसने सरकार की इज़्ज़त दो कौड़ी की कर दी है? अब सचिव अपने मस्तिष्क का उपयोग करने लगेंगे। समाचार जंगल में आग की तरह फैल चुका था। पंडित का वह दुस्साहसी कदम अखबारों के माध्यम से कर्मचारियों अधिकारियों के घर में पहुंच चुका था। यह लड़ाई थी दीये की और तूफ़ान की।

लोग अपने ढंग से प्रतिक्रिया व्यक्त कर रहे थे। 'पंडित का अभी तो अपना घर भी नहीं है, यदि केस में हार गया तो यह न घर का रहेगा, न घाट का।' जबकि पंडित ने कम अवधि में ही घाट-घाट का पानी पी रखा है। पता नहीं कितनी नावों पर सवार होकर उसे कितने घाट उतरना पड़ा है?

आज पंडित कॉलेज गया या मंत्रालय, चर्चा में छाया हुआ था। कई जाने अनजाने कर्मचारी उसे आकर बधाई देते कहते "क्या छक्का मारा है?" कोई कह रहा था "सरकार की गिल्ली उड़ा दी।" एक ने कहा "सरकार रन आउट हो गई है।" जबकि पंडित मन ही मन समझ रहा था 'कहां राजा भोज और कहां गंगू तेली?' किंतु सरकार ने भी तो तीन साल से उसे गंगू तेली ही नहीं गुपला नौवा बनाकर छोड़ रखा है? हर साल उसका स्थानांतरण। 'अरे घरे खों गुपला नौवा।' जो भी काम बिगड़ा है उसकी जड़ में गुपला नौवा ही है।

खैर ग्वालियर से वर्मा कार्यमुक्त होकर ट्रेन में बैठ गए। बस अब भोपाल में कार्यभार संभालना ही है? निश्चिंततापूर्वक रेल के डिब्बे में पीया-खाया और उत्सव मनाया। 'सरकार का आदेश मौसा से करा ही लिया है, अब उसका पालन

तो पंडित को भी करना ही पड़ेगा।' मन में उमंग और खुशी की लहर लिये वह भोपाल के स्टेशन पर उतरे। उस समय तक उनकी उतर भी चुकी थी, पूरे होश हवास में थे। तभी स्टेशन पर लेने आए परिजन ने बता दिया, पंडित ने तो कोर्ट से इस ट्रांसफर पर स्थगन प्राप्त कर लिया है। जो आदेश मौसेरे भाइयों ने निकलवाया था उसमें कैरम की गोट विशेष को स्ट्राइक कर उस पर स्वयं को बैठाना था। अदालती आदेश के अनुसार वह गोट अब सरकने वाली नहीं। स्ट्राइकर स्वयं के पक्ष को ही हिट कर रहा है? क्या सुबह-सुबह फिर ग़म ग़लत करे? वह पशोपेश में पड़ गया।

''कॉलेज खुलते ही सारे कागज़ पत्तर लेकर वह सज्जन प्राचार्य कक्ष में पहुंच गए। ''मुझे कार्यभार संभालना है।''

इसी बीच प्राचार्य के सामने चाणक्य की वेशभूषा और मुद्रा में पंडित भी आ धमका। सांप और नेवला आमने-सामने थे। पंडित थोड़ा भूरे रंग का था ग्वालियर का आगंतुक एकदम नागवत काला। यथा रंग तथा मन। पंडित ने मौन धारण कर रखा था। उसे क्या बोलना था? यद्यपि बोलती तो सामने वाले की बंद थी।

पंडित ने ही प्राचार्य से धीरे से कहा, ''ट्रांसफर ऑर्डर में शर्त ही सरकार ने लिखी है कि पंडित को कार्यमुक्त करने के बाद जो पद रिक्त होगा उसपर वर्मा को समाहित किया जाए। अब वर्मा को जॉइन करा दें।''

स्थिति यह थी कि वर्मा गमगीन, प्राचार्य तल्लीन और पंडित लवलीन।

वर्मा से प्राचार्य ने दो टूक कहा कोर्ट के आदेश होने के बाद आप यहां कार्यभार नहीं संभाल सकते? पंडित कुर्सी छोड़ेंगें नहीं और आप इसलिए उस पर बैठ नहीं सकते। सरकार में एक ही कुर्सी में दो लोगों के बैठाने की व्यवस्था नहीं है।

पंडित ने भी चाणक्य की तरह शिखा में गांठ नहीं बांधने की कसम खा ली थी। इस चाल को जब तक कुचलेगा नहीं शिखा में गांठ नहीं बंधेगी।

वर्मा अपमानित और दुखी महसूस कर रहा था। गड्ढा पंडित के लिए खोदा और स्वयं उसमें जा गिरा। लोग भी उसकी कारगुजारी पर हँस रहे थे। यदि अपने राजनीतिक प्रभाव का दुरुपयोग करते हुए बुरी नीयत से वैसी शर्त आदेश में न लिखायी गई होती तो भी वर्मा को जॉइन करा लिया जाता?

आज का दिन वर्मा के लिए दुर्दिन की तरह आया। अब इस शह और मात के खेल से वह कैसे बचे? इसी उधेड़-बुन में, जाल में फंसे मगरमच्छ की तरह वह छटपटा रहा था।

कहां तो भोपाल पहुंचकर उन हितैषी लोगों के लिए अच्छी तर पार्टी देने की योजना थी, कहां स्वयं के ग़म गलत करने की नौबत आ गई?

किसी ने उसे राय दी अपने मौसेरे भाई और मौसा की सहायता पुनः प्राप्त करे। मुख्यमंत्री से आदेश कराये कि पंडित को बिना हटाये जो भी सीट रिक्त हो उसपर अस्थायी रूप से उसे कार्यभार संभालने की अनुमति दे दी जाए?

वर्मा ने पूर्व दिशा को छोड़ पश्चिम की राह पकड़ी। जी जान से जुट गया। 'पंडित भी कम खिलाड़ी नहीं।' ऐसा वह सोचता जा रहा था।

पंडित ने तो स्वयं की खाल बचाने के लिए उपक्रम किया था। जबकि वर्मा पंडित की खाल उतारने पर आमादा था। यह शेक्सपियर के नाटक 'मर्चेन्ट ऑफ वेनिस' की पुनर्प्रस्तुति थी। अन्टोनियो, बसोनिया और शायलॉक, पोर्शिया के साथ, एक साथ मंच पर थे। वर्मा शायलॉक से कम नहीं था?

कल तक वर्मा स्वयं को सुरक्षित मान रहा था, पंडित को गड्ढे में डालकर। आज वह स्वयं गड्ढे में पड़ा हुआ है। पंडित के पास सुरक्षा कवच है कभी नाव गाड़ी पर, कभी गाड़ी पर नाव हो जाती है।

चमत्कार को नमस्कार है! अब पंडित जहां भी जाता परिचित उसके साहस की प्रशंसा किये न रहते।

पंडित स्वयं हक्का-बक्का था। कोई-कोई तो यहां तक कहते थे, पंडित पागल हो गया है, अरे कोई सरकार से भी पंगा लेता है? दीवार से सिर टकराने वाली प्रक्रिया कोई मूर्ख ही कर सकता है? हज़ार लोग हज़ार प्रतिक्रियाएं। पंडित भी जानता था 'नो रिस्क नो गेन।'

दरबदर करने के लक्ष्य से वस्तुतः राजनीति के एक भेड़िये ने उस पर जोरदार हमला किया था, उसे दबोच लिया था, जब उसपर अदालत के सिंह का संरक्षण मिल गया तो भेड़िया दुम दबाकर भागने लगा। पंडित यदि राजनीति के सियारों के बीच में अनुरोध करता रहता तो कहीं का भी न रहता? जब अदालत के बलिष्ठ हाथ उसके सिर पर आ गए तो सियारों को 'हुआ हुआ' चिल्लाने के अलावा कोई विकल्प न बचा। प्रभावी और चालाक राजनीतिज्ञों की चूलें हिलानी

हों तो अदालत में प्रकरण को ले आना चाहिए। पंडित अब सौ बात की एक बात समझ चुका था।

कल तक चाणक्य की शिखा बालों में छुप रही थी, आज बालों का सफाया हो चुका है शिखा अकेली ही धर्म ध्वजा की तरह हवा में फहरा रही है। उस खुली शिखा को देखने भर के लिए लोग उत्सुक हैं। बाल समान आसपास के लोग दूर खड़े-खड़े आश्चर्य से उसके इसी एरियल का कमाल देख रहे हैं। कई लोग उसे हाथ लगाकर देखना चाहते हैं, क्या सिग्नल दिया है। यदि अनुकूल सिग्नल समय रहते न मिलता तो आज उसे कार्यमुक्त कर दिया जाता।

धर्म के एक जानकार ने पंडित से खुली शिखा का रहस्य पूछा, ''अरे भाई चाणक्य ने तो आततायी सत्ता के अंत होने तक शिखा में गांठ नहीं बांधी थी आपने कौन सा व्रत लिया है?''

पंडित जान गया था कि मौन रहना भी बहुत कुछ अभिव्यक्त कर देता है। वह कोई प्रतिक्रिया नहीं दे रहा था, बस सबकी सुन रहा था। उसने तो सौ सुनार की और एक लुहार की कहावत को चरितार्थ कर दिया था।

एक मसखरे ने पंडित की चोटी को छूने की कोशिश की। पास में खड़े दूसरे मेधावी ने उसे पीछे खींच लिया, ''एड़ी चोटी का जोर लगाया है तब पंडित ने शिखा को शिखर पर लाकर खड़ा किया है? वह चोटी का खिलाड़ी है चोटी की मर्यादा को खूब समझता है।''

पंडित भी समझ रहा था कि वह पागल है। आज तक किसी ने ऐसा दुस्साहस नहीं दिखाया था।

प्राचार्य ने आदेश की प्रतिलिपि तत्काल सचिवालय भेज दी। अदालत के आदेश में लिखा था ''आवेदक के तर्कों को सुनने के बाद, गहन विचार मंथन कर कोर्ट शासन के इस स्थानांतरण आदेश को अपने आगामी आदेश तक स्थगित करता है।''

कुछ ही देर में सचिव का प्राचार्य को टेलीफोन आ गया, ''ये में पंडित कौन है? उसे मालूम है सरकार उसे भुनगे की तरह मसल सकती है? अपने ही नियुक्तिकर्ता के विरुद्ध कोर्ट में जाना उसे बहुत महंगा पड़ेगा।''

''सर किंतु यह तो सच है बार-बार तबादले के लिए उसे ही क्यों चुना जाता है? जबकि वह बढ़िया शिक्षक है। उसकी छवि एक आदर्श पुरुष की है।

एक वर्ष में ही उसका यह तीसरा तबादला था। जोड़-तोड़ करने वाले लोग शायद प्रशासन से जुड़े हैं।''

''क्या करें ये राजनीति के बिच्छू किसी को भी कितनी भी बार काट सकते हैं? मिल जुलकर इस दर्द की दवा पा लेता? मंत्री और उसके पी.ए. को पटा लेता। जितना खर्चा अदालत में करेगा उससे काफी कम में काम हो जाता? आजकल खर्चा पानी कहां नहीं लगता? रुपया देकर मानसिक तनाव खरीदने वाली प्रक्रिया है कोर्ट जाना।''

उधर सचिव को भी राजनीतिज्ञों के आदेशों को नकारने का एक हथियार मिल गया। अब आई.ए.एस. अधिकारी बता सकते हैं, ''सर कोर्ट के ऐसे आदेश होने लगे हैं, सोच समझकर ही सिफारिश की जाएं?''

जब यह बात आग की तरह फैली तो आंच राजनीतिज्ञों को भी लगी। मुख्यमंत्री ने सचिव से पूछा, ''यह कैसा तबादला है जिसे कोर्ट में चुनौती दे दी गई?''

''सर एक विधायक ने मंत्रीजी को लिखित शिकायत की और मंत्रीजी ने बिना तर्क-वितर्क किये वैसा ही आदेश कर दिया। हमें भी मंत्रीजी के आदेश का पालन करना पड़ा। वैसे वह गलत तो था?''

''जब गलत था तो आपने कैसे उसका कार्यान्वयन कर दिया?''

''मंत्रीजी से मैंने भी निवेदन किया था कि न्यायसंगत तबादले हों तो अच्छा रहे, किंतु मंत्रीजी बोले क्या न्यायसंगत और क्या अन्यायसंगत, आप तो मेरे आदेश का पालन करें?''

अच्छा तो अब भविष्य में एक भी तबादला न किया जाए? मुख्यमंत्रीजी ने नया आदेश दे दिया। यह भी साथ में कहा ''आप लोग किस काम के आई.ए.एस.?'

''क्या करें सर, घोड़े पर भले ही हम बैठे रहते हों, लगाम तो नेताओं के हाथ में रहती है? अब जो बदनामी होनी थी वह तो हो ही गई, पंडित पर दवाब डालता हूँ कि वह सरकारी आदेश मानकर, फिलहाल कोर्ट से प्रकरण वापिस ले और ग्वालियर चला जाए, कुछ समय बाद हम उसे भोपाल वापिस ले आएंगे।''

''कुछ भी करो किंतु शासन की ऐसी बदनामी नहीं होनी चाहिए,'' मुख्यमंत्री ने कहते हुए टेलीफोन रख दिया।'

कोर्ट से पंडित ने स्थगन क्या लिया, डांट बह चली। मुख्यमंत्री से सीधे सचिव को, सचिव से प्राचार्य को। और प्राचार्य से पंडित को।

मृदु मुस्कान के साथ डांटते हुये प्राचार्य ने परामर्श दिया, "देखिये पंडितजी हम आपके भले के लिए कह रहे हैं, आपने अदालत में जाकर सरकार से अदावत को दावत दे दी है। आपकी बात ऊपर तक पहुंच चुकी। अब कोर्ट से बाहर आपकी बात सहानुभूतिपूर्वक सुनी जाएगी।"

"देखिये सर हम जैसों की बात कभी नहीं सुनी जाती, पैसों की सुनी जाती है या शासन-प्रशासन के पिछलग्गू भैंसों की।" पंडित ने पहली बार मौन व्रत तोड़ा।

"नहीं-नहीं ऐसी बात नहीं है, आप कोर्ट केस वापिस ले लें आपको रिलीफ़ मिल जाएगा।"

"रिलीफ़ तो आप कुछ देंगे नहीं, रिलीव अवश्य कर देंगें और मैं कहीं का न रहूंगा। कोर्ट के डंडे से ही सरकारी बैल रास्ते पर चलते हैं, अन्यथा इसको सींग मारा, उसे लात मारी, यही चलता रहता है।"

प्राचार्य भी समझ चुके थे कि पंडित ने शिखा खुली ही रखी है। और पंडित का तर्क गलत भी नहीं है कि राजनीति के अस्तबल में बैल, घोड़े, गेंड़े, भैंसे आदि बहुतायत से पाये जाते हैं जिन्हें कोर्ट का चाबुक ही नियंत्रण में ला सकता है।

पंडित ने प्राचार्य की राय को ठंडे बस्ते में डाल दिया। इसका लाभ यह हुआ कि वह बेघर हो जाने से बच गया। जैसे ही मंत्रालय गया, क्या बाबू, क्या अधिकारी सब ही उसके अनुकूल हो गए? तुरंत ऋण स्वीकृत हो गया, उसे आदेश की प्रतिलिपि भी हाथों हाथ दे दी गई। हाउसिंग बोर्ड से एक मकान का आवंटन पहले ही हो चुका था। कोर्ट के आदेश की चाबुक का दूरगामी परिणाम उसे दिखायी देने लगा। यदि अदालत का स्थगन न मिलता तो न वह सिर्फ शहर छोड़ता, हाथ में आता हुआ घर भी छोड़ता और आगे का अध्ययन भी।

उसे विश्वास हो गया था कि इस देश को अदालत ही बचा सकती है? नेता, मंत्री या अधिकारी और किसी से नहीं डरते?

12

पहले कुछ दिन तो पंडित ने बंगले में रहने का सुख भी भोग लिया। बंगला याने वह घर जो विशिष्ट अधिकारियों, जनप्रतिनिधियों की बस्ती में सर्वाधिक असरकारी लोगों द्वारा आवंटित करा लिया जाता है। सरकारी लोगों में असरकारी महानुभावों की आवास स्थली। उन महानुभावों के बीच भी पंडित का महाअनुभव रहा। गांव में बचपन में पायगा (बाड़े) में एक साथ भांति-भांति के पशु उसने भी बंधे हुए देखे हैं दिन भर जंगल में चरने के बाद अपने-अपने खूंटे पर वे सांकल या रस्सी से बंधे रहते हैं। तनिक देर को भी स्वतंत्र हुए कि बड़ा बैल छोटे बछड़े को सींग से मारेगा, भैंसा सभी जानवरों पर अपना दबदबा बनाकर सदा ही चबा जाने वाले आग्नेय नेत्रों से उन्हें घूरता रहेगा। गाय बेचारी न किसी से झगड़ेगी, न किसी का सानी खाने की कोशिश करेगी तब भी इधर-उधर दौड़ायी, परेशान की जाएगी। सींगदार बड़ा जानवर खाता कम, फैलाता अधिक है। नुकीले सींगों से सबको डराया धमकाया करता है। छोटे प्राणी अपनी जगह सहमें, डुबके, भयभीत, खड़े रहते हैं। सोना तो छोड़ों उन्हे शांति से बैठने भी नहीं दिया जाता। जो अनुभव पायगा के पशुओं के बीच देखा गया, लगभग वही दृश्य उसने बंगलों वाली बस्ती में देखा। समूची बस्ती एक पायगा, एक बाड़ा थी। वे चौपाये थे, ये दोपाये। किंतु पायेबंद।

बंगले शब्द की ध्वनि कुछ-कुछ बगुले सरीखी होती है। बगली दाव के पास। बगलें झांकने को जो आसपास के निवासियों को मजबूर करे उसे बंगला कहते हैं। बंगला अफसर या मंत्री का होता है जो पदासीन रहने तक साथ देता है,

कर्मचारी के पदमुक्त होते ही बगली दांव लगाना शुरू कर देता और उस कर्मचारी अधिकारी को बाहर निकालकर ही दम लेता है। इन्हीं कुछ अनुभवों को देख समझकर पंडित ने बंगले पर कम, अपने छोटे से घर पर अधिक विश्वास किया। जिन लोगों ने अपने घर पर ध्यान न देकर मात्र बंगले पर ही ध्यान लगाया वे कई बार अन्तर्ध्यान भी हो गए। दुर्भाग्य से यदि घर का मुखिया भगवान को प्यारा हो गया तो बंगलावासी समूचा परिवार दर-दर का मारा हो गया। बंगले की एक यह विशेषता अवश्य होती है कि ऊपरी आमदनी उसको सीढ़ी बनाती हुई उत्तरोत्तर बढ़ती व चढ़ती जाती है। कई बार जब बड़े-बडे छापे पड़ते हैं तो बंगलों में सुरक्षित स्वर्ण मुद्रायें आलीशान हवेलियों की रजिस्ट्रियां बाहर निकल आती हैं। जब बंगले का गला दबता है तो अनेक यत्र-तत्र एकत्र संपत्तियों के प्रमाण वह उगल देता है। प्रायः गॉड फ़ादर बंगलों में ही विराजते हैं, जहां चरणोदक प्राप्त करने वाले, दक्षिणा चढ़ाने वाले, मिश्री मक्खन कटोरों में भरकर लाने वालों की कतारें लगी रहती हैं। आधुनिक काल में उसे सूटकेस संस्कृति की संज्ञा आदरपूर्वक दी जाती है। जुए, सट्टे, शराब की ही नहीं और भी ऊंची आनंददायी समृद्धिकारक गतिविधियां बंगलों में बेरोकटोक लंबे समय तक चलायी जा सकती हैं। पुलिस अधिकारी भी बिना अनुमति या सर्च वारंट के बंगले में घुस नहीं सकता। सिर्फ इसी सुविधा का लाभ लेकर कि वह सरकारी भले ही हो असरकारी का बंगला है।

पंडित को तबादले पर कोर्ट का स्थगन आदेश लेने का यही प्रमुख लाभ हुआ कि उसका अपना एक छोटा सा घर हो गया। पर हसरत आदमी से तरह-तरह की कसरत करवाती है। महत्त्वाकांक्षा एक चाबुक है जो घोड़े पर बार-बार चमकायी जाती है। घोड़ा चैन से सो भी नहीं सकता। खड़े-खड़े ही नींद निकालता है। एक पांव ढीला किया और तीन पांवों पर ही झपकी ले ली। फिर दौड़ने लगे। दौड़कर कहां जाना है यह तो उसे भी मालूम नहीं किन्तु कहीं न कहीं तो पहुंचने की हसरत है, इसलिए सारी कसरत।

"इन्सां की हसरतों की कोई इंतहा नहीं, दो गज़ ज़मी भी चाहिए दो गज़ कफ़न के बाद।"

पंडित ने थोड़ा बहुत पढ़ भी लिया नौकरी भी लग गई, विवाह भी हो गया, बच्चे भी हैं और अपना घर भी हो गया। कर्ज़ का आवंटन हो ही गया था, हाउसिंग

बोर्ड का घर भी उसके नाम अंकित कर दिया था। तबादले पर अदालत के स्थगन ने अब तो तश्तरी में रखकर उसे मकान भी दे दिया? कोर्ट के चाबुक से अधिकारी सीधे सट्ट हो गए। वैसे पंडित सोचता है, कोई भी घर धर्मशाला से अधिक नहीं होता। शासकीय बस्ती के बंगले ऐसी धर्मशाला होते हैं जहां जल्दी-जल्दी यात्री आते जाते हैं। निज़ी बंगलों में या घरों में अधिक से अधिक सत्तर-अस्सी साल तक एक घूमंतु व्यक्ति रह लेता है, फिर तो उसे कोई अन्य लोक की यात्रा ही करनी होती है। बंगलों में कमरे और हॉल कई, किन्तु सदस्य प्रायः बहुत कम होते हैं। आउट हाउस में बंगले में रहने वाले सदस्यों से अधिक व्यक्ति रहते पाये जाते हैं। सारे घर ही बंगलों के आउट हाउस होते हैं। छोटे घरों के कम स्थान में अधिक सदस्य। प्रत्येक शहर में कुछ ही बंगले होते हैं, शेष आउट हाउस। पंडित आउट हाउस में भी खुश है।

जो व्यक्ति कार में मनहूस सी शक्ल बनाकर एकाकी रहकर भीतर बाहर हो रहा हो, समझ लें वह बंगले का निवासी है। वहीं जो सदस्य अभिवादन करता हुआ, परस्पर बातचीत में निमग्न रहकर बाहर पैदल निकलता हँसता मुस्कराता हुआ दिखे समझ लें, वह बंगले के आउट हाउस या बाहर के किसी घर में रहता है।

बड़े-बड़े बंगले प्रायः भुतहा महल या भूत बंगले कहलाते हैं, क्योंकि मनुष्य जाति के लोग, बहुत ही कम संख्या में उनमें रहते हैं। जहां तक स्वर्ग और नर्क का प्रश्न है छोटी झोपड़ी भी स्वर्ग हो सकती है, नंगा नाच करने वाले प्रेत अगर रहते हों तो वह बंगला भी नर्क बन जाता है। यह बात अलग है कि कम सुविधा वाले भी स्वर्ग भोगते हुए जल्दी स्वर्गवासी होते हैं, और अधिक सुविधा भोगी नर्क भोगते हुए लंबा जीवन जी लेते हैं, कई बार लंबा नर्क भोगने को मजबूर।

पंडित को तबादले पर स्थगन मिला है, पता नहीं कितने महीने खिंचे। स्थानांतरण अभी निरस्त कहां हुआ है? स्थगन काल में अपेक्षाकृत तेज़ दौड़ते हुए उसे अधिकाधिक काम कर लेने चाहिए। क्योंकि यदि इन कार्यों को करने से वह चूका तो बना रहेगा बिजूका कपड़ा पहने हुए एक निष्प्राण पुतला। अपने उच्च अध्ययन वाला तथा घर को व्यवस्थित करने वाला काम यथाशीघ्र पूरा करना अब पंडित का आगामी लक्ष्य हो गया।

कभी-कभी जीवन में ठीक ठाक लोग आ जाते हैं जो गलत रास्तों पर व्यक्ति को आगे बढ़ा देते हैं। पंडित को यह अनुमान तो था कि उसे तबादले पर आज

नहीं तो कल जाना है किंतु घर की रखवाली तब कैसे होगी? दूसरे शहर जाकर भी घर का किराया तो उसे देना पड़ेगा। क्यों न एक कमरा किराये पर उठा दिया जाए? यहां से मिलेगा, वहां किराया देगा।

संयोग से इसी बीच तूफान सिंह लुढ़कते हुए या बहते हुए उसके निकट था टिका। उसे एक कमरे की ही आवश्यकता थी। तूफान सिंह बातचीत में रूखा, व्यवहार में खुरदरा था। पंडित के मन में एक बार तो आया कि मना कर दे किन्तु उसे वह कहावत याद आ गई कि अवसर एक बार ही द्वार खटखटाता है, यदि दरवाज़ा खोल दिया तो उससे भेंट हो जाती है, अन्यथा वह बाद में पलटकर भी नहीं आता। अवसर बड़ा गुस्सैल होता है, उसकी नाक पर नींबू नहीं ठहरता। तुनक मिज़ाज़ और स्वाभिमानी।

नाम तूफान सिंह है, कहीं काम भी, यथानाम न हो? क्या तबादले पर रहने वाली अवधि में घर का रखवाला तूफान सिंह हो सकता है? कहीं यह पहलवान सिंह का शिष्य तो नहीं है, जो पंडित को श्रद्धांजलि देकर ही जाए? घर को श्रद्धापूर्वक माथे से लगाकर हस्तगत कर ले? फिर यह घर उसके लिए पंडित का स्थायी स्मृति स्थल होगा। पंडित की वस्तुओं का संग्रहालय।

किंतु व्यवहार से पंडित को लगा कि तूफान सिंह का वास्तविक नाम गंभीरसिंह होना चाहिए। हर माह नियत तारीख पर किराया दे देता, जैसा उसे पंडित द्वारा निर्देशित कर दिया जाता वैसा ही उसका आचरण रहता। जब तक वह पंडित के घर के एक कमरे में किरायेदार रहा बहुत ही शालीन और न्यायसंगत तरीके से रहा।

एक दिन पंडित ने उससे पूछ लिया—''तेरा नाम तूफान सिंह क्यों रख दिया? तेरा नाम भगवानसिंह न होता गंभीरसिंह या कम से कम सज्जनसिंह तो होना ही चाहिए था?''

उसने उत्तर दिया—''भैया बचपन में मैं आग खाता अंगारे मूतता था। चुपचाप तो पल भर के लिए भी नहीं बैठता था, ऐसा मेरी माँ बताती हैं। तूफानी उत्पात करते रहने के कारण मुझे तूफान सिंह कहने लगे। गनीमत है मेरा नाम कल्लू, मोटू, गोंड्या, लंगड़ा आदि नहीं रखे जैसी उस समय की परंपरा थी। अन्यथा जीवन भर नाम के कारण ही हीनभावना से ग्रस्त रहता। नाम देखना हो तो अब देखो। एक से एक ऊंचे हैं। डरपोक, पर नाम बहादुर। बदशक्ल और काले कलूटे

पर नाम सुंदरलाल। अक्ल बड़ी कि भैंस, यह प्रश्न यदि पूछा जाए तो वे भैंस बतायें, ऐसे विद्धानों का नाम मनीष। आजकल काम कैसा भी हो नाम अच्छा होना चाहिए, उससे छवि बनती है। ऐसी बढ़िया छवि के सहारे ही तो नेता, मंत्री, विशिष्ट जन बन जाते हैं। अपने सरीखे तूफान सिंह को कौन पूछे?''

''ऐसा नहीं है तूफान सिंह, आदमी को उसके काम से परखा जाता है नाम से नहीं। तुझे तो हम सब ही पसंद करते हैं। जब तक तू इस कमरे में रहा हमें कोई शिकायत करने का तूने मौका ही नहीं दिया। अब तेरा विवाह हो रहा है, वृद्ध माता-पिता भी तेरे साथ रहने आने वाले हैं इसलिए यह कमरा छोटा पड़ेगा। तेरी मजबूरी है दो तीन कमरों का घर लेना अन्यथा तुझे हम जाने ही नहीं देते?''

मेरा भी समय बहुत अच्छा कट गया। ऐसे सीधे सादे लोग शहर में और वह भी राजधानी में ढूढ़ने से नहीं मिलते। जाएंगे उत्तर दिशा में और कहेंगे कि वे दक्षिण दिशा में जा रहे हैं। अपने कार्यकलाप इतने गुप्त रखते हैं कि कोई उन तक पहुंच ही न पाये? राजधानियों में हर छोटा बड़ा आदमी राजनीतिज्ञ होता है। कहेगा कुछ, करेगा कुछ। औरों की क्या कहें भगवान भी इन लोगों से राजधानी में रहकर राजनीति सीख लेता है, सहानुभूति तो गरीबों से रखता है, पर मदद अमीरों की ही करता है।

धीरे-धीरे वह घड़ी भी आ गई जब तूफान सिंह को किराये का कमरा छोड़ना पड़ा। नम आंखों से, दुखी मन से वह अन्यत्र गया। उस दिन पंडित के चेहरे पर भी दिन भर हँसी न आयी। किसी भी रूप में यदि अच्छा आदमी पड़ोस में रहता है तो चैन की नींद सोया जा सकता है। कहा भी गया है मित्र तो बदले जा सकते हैं पड़ोसी नहीं।

इधर पंडित के स्थानांतरण पर भी रोक लगी है, अस्थायी रोक। तबादला निरस्त कहां हुआ है? तबादले की तलवार अभी सिर पर लटक रही है। अब गिरी तब गिरी। तारीखों पर तारीखें दी जा रही हैं। देखते ही देखते चार साल तो निकल गए? पर बकरे की माँ कब तक खैर मनायेगी? यह लाभ पंडित को अवश्य हुआ है कि कोर्ट की कृपा से उसकी पढ़ाई पूरी हो गई और मकान उसे मिल गया। राम-राम करते हुए एक-एक कदम बहुत सोच समझकर वह बढ़ाता रहा तब जाकर अनपढ़ और बेघर लोगों की सूची से किसी तरह बाहर निकल पाया?

पंडित ने वकील साहब से निवेदन किया, ''जिस राहत को पाने के लिए मैंने स्थानांतरण प्रकरण अदालत में डाला था, वह तो प्राप्त हो चुकी है। पढ़ाई पूरी हो गई है। अब क्या विधि है जिसकी सहायता से मामला लंबा खिंच सकता है? अब घर की चिंता हो गई।''

''जज साहब के रीडर को कुछ पैसे देकर लंबी अवधि की पेशी ली जा सकती है। दो चार पेशियां लंबी ली कि एकाध साल और निकल जाएगा?''

''ठीक है, मंत्री और उसके पी.ए. को बड़ी रिश्वत देने के बजाय, छोटी राशि रीडर को देने से अपने घर में कुछ दिन और बने रहेंगे। दान दक्षिणा पूजा अनुष्ठान के बिना कोई कार्यालीय काम भी कहीं पूरा हुआ है?'' पंडित ने कहा।

पंडित का कुछ समय ऐसे निकला।

साल भर की अवधि में भी एक दो कलाकार किरायेदार बारी-बारी से आए।

गृहस्वामी और किरायेदार के परिवारों में से किसी में भी यदि एक दो सुंदर कन्याएं हों तो परस्पर समीकरण कुछ नई तरह के बनते हैं। भविष्य को ध्यान में रखकर भाड़े का घर कुछ सस्ता मिल सकता है।

मकानमालिक की यदि एक ही सुंदर कन्या है तो किरायेदार घर का किराया कुछ अधिक देने में भी संकोच नहीं करता। वह इसे दर्शन शुल्क मान लेता है। कुछ आशाओं अपेक्षाओं के साथ उसकी अंतरंगता बढ़ती चली जाती है। ऐसा किरायेदार पैसे से लुटकर भी वहीं रहना चाहता है। पता नहीं किस्मत खुल जाए यदि पाणिग्रहण हो ही जाए तो संपत्ति का कुछ हिस्सा तो मिलेगा? जीवन सचमुच सुंदरता से भर जाएगा।

यदि मकानमालिक की छवि एक सीधे सादे शांतिप्रिय व्यक्ति की है तो अधिकाधिक किरायेदार आने को उत्सुक रहते हैं। लड़ झगड़कर कम किराया देकर पंखे, ट्यूब लाइटों को अनधिकृत रूप से निकालकर साथ लेकर चल देते हैं।

कई गृहस्वामी भी सौंदर्य प्रेमी होते हैं यदि किरायेदार की पत्नी आकर्षक हो तो चुंबक की तरह खिंचने की नैसर्गिक प्रक्रिया के अंतर्गत नगण्य किराये में भी घर दे देते हैं। यह एक अलग बात है कि बाद में पड़ोसनों में कलह शुरू हो जाती है। अपनी गृहिणी की अनुपस्थिति में ही ऐसे किरायेदार से अनुबंध कर सकते हैं? गृहिणी यदि किरायेदार महिला पर अनुबंध से पूर्व दृष्टिपात कर

लेती है तो उसे कुलटा, चमकचांदनी, छम्मक छल्लो आदि विशेषणों से विभूषित कर अपने विचार क्षेत्र से बाहर कर देती है। फिर गृहस्वामी पति लाख किरायेदार के गुणों, उससे मिलने वाली भावी सहायता का वर्णन करे, गृहिणी उनमें से एक भी सुनने वाली नहीं। ऐसे किरायेदार को गृहस्वामिनी फटकने भी नहीं देती।

पंडित और पंडिताइन घर खाली होने के बाद यही सोचते रहते हैं कि किस तरह के व्यक्ति को घर दिया जाए?

पंडिताइन ने एक दिन कहा, ''क्यों जी लड़कियों को दे दें, जो कॉलेज की पढ़ाई करने कस्बों, गांवों से यहां आकर रहती हैं? इंजीनियरिंग कॉलेज की लड़कियों को।''

''मुझे कोई आपत्ति नहीं है किंतु उनके कमरे में कौन आता है, क्या करता है? यह निगरानी भी रखनी पड़ेगी। फिर लड़के-लड़कियों को देना हो तो कमरे से पंखे निकाल लेना चाहिए।''

''क्यों, गर्मी के मौसम में हवा के लिए क्या हाथ पंखा काम में लेंगे?''

''आप समाचार पत्र नहीं पढ़ रही हो? गले में रस्सी बांधकर पंखे में लटक जाने की घटनाएं आम हो गई हैं। इंजीनियरिंग कॉलेज इन दिनों पढ़ाई के कम, प्रेम प्रसंगों के केन्द्र अधिक हो गए हैं। प्रेम एक रोग है जो हो गया तो पढ़ाई पर कम, युवा वर्ग इस बीमारी से मुक्त होने के चक्कर में अधिक रोगग्रस्त होता जाता है। इधर प्रेम की डोर टूटी और उधर किसी एक ने पंखे का सहारा लिया?''

''सही बात है आजकल पंखे में लटकने की घटनाएं बहुत हो रही हैं। फिर पुलिस का घर में आवागमन। लड़के या लड़की पंखे से लटकें, और मकानमालिक थाने कचहरी भटकें?''

पिछले दिनों एक कवि हैं कैलाश गौतम उनकी चार पंक्तियां मैंने पढ़ी, मुझे अच्छी लगी

''कचहरी का पानी, कचहरी का दाना,
तुम्हें लग न जाए तू बचना बचाना।
भले और कोई मुसीबत बुलाना
कचहरी की नौबत कभी कर न लाना।''

स्पष्ट है घर की बात घर में ही रहनी चाहिए, लेकिन बहुधा सड़क पर आ जाती हैं, फिर सड़क पकड़ कर थाना।

''ये बात तो सच है पंडित जी कि लड़के-लड़कियों के प्रेम प्रसंगों में लड़ाई होती हैं, पर वे मकान खाली तो कर देते हैं? परिवार वाले को दिया तो वह घर खाली करने में हीला हवाला करते हैं। अभी परीक्षाएं निकट हैं, पत्नी बीमार है, बरसात का मौसम है, कई बहाने हैं, घर न खाली करने के?''

''मुझे तो कोई आपत्ति नहीं, मैं तो दिनभर अपने काम पर बाहर रहूंगा दिनभर तो आपको ही निपटना है, अच्छी तरह सोच समझ लो आपका पड़ोसी कैसा हो?'' पंडित ने कहा

यह भी सच है कि एक बार किरायेदार ने घर छोड़ दिया फिर वह मकान मालिक को मुंह नहीं दिखाता। मजबूरी में आधा अधूरा किराया देकर मकान छोड़कर भाग जाता है। पड़ोसी मकान मालकिन ने पूर्व किरायेदार से एक दिन प्रश्न किया था, ''आजकल पुराने घर में कभी नहीं आते?'' उसने उत्तर दिया, ''कुछ उधार दे दें तो आ सकता हूँ। दाहिनी ओर से आऊं तो किराने वाला पकड़ लेता है, पहले उधारी का पैसा चुकाओ तब आगे जाने दूंगा। बायीं ओर से आता हूँ तो दूध डेरी वाला डंडा लेकर सामने खड़ा हो जाता है, कितने महीने हो गए हैं घुमाते-घुमाते अब पैसे लौटाऊंगा, तब लौटाऊंगा, पर उधारी चुका नहीं रहे हो?'' इसलिए आप तो मकान मालकिन हो कुछ पैसे मुझे उधार दे दें, पहले उन्हें चुकाऊं तब ही आ सकता हूँ।

13

पंडित जानता था कि सांस लेने का समय ही मिला हुआ है, फिर उसे तबादले की मैराथन रेस में भागना है। कुछ महीनों बाद चुनाव होने हैं, उसके विभाग के मंत्री को भी चुनाव लड़ना है, और चुनाव लड़ने में पैसा खर्च होता है। पंडित सरीखे कर्मचारियों से ही तबादले की तलवार दिखाकर पैसा वसूला जा सकता है। सरकारी नौकरी का यह लाभ तो है कि सरकारी खर्च पर प्रदेश भर के स्थान देख सकते हैं, किंतु वे स्थान कर्मचारी की यात्रा के लिए कष्टसाध्य होते हैं। कष्टकारी जगहों के लिए स्थानांतरण आदेश निकलेगा तभी तो कर्मचारी निरस्त कराने के लिए अंटी ढीली करेगा। नींबू निचोड़ने से ही रस निकलता है। मंत्री को अपने पी.ए की सहायता से कर्मचारी का रस और कस दोनों निकालना है। उसे ढीला और सूखा करके किसी भी खराब जगह फेंक देना है।

इसीलिए पंडित चाहता था कि दो कमरे भाड़े पर उठा दें ताकि बाहर चले जाने की स्थिति में मकान सुरक्षित रहे। अनाथ न हो जाए भुतहा न बन जाए? चोर को भी मालूम हो जाए कि घर सूना नहीं है, कोई रह रहा है। बत्ती हमेशा ही बुझी नहीं रहती, कभी-कभी जल भी जाती है? पंडित की टयूब लाइट भी ठीक से जल रही थी। इसी बीच एक भावी किरायेदार ने पंडित के मकान की कुंडी सुबह-सुबह खटखटायी।

पंडित ने दरवाज़ा खोला, "कहिये। कैसे कष्ट किया?"

"क्या आप एक दो कमरे किराये से देंगे। यदि देने के मूड में हो तो देख लूं?"

(इसी बीच पंडित की श्रीमती पुतलीबाई की मुद्रा में आ धमकी। रसोईघर में काम कर रही थी बेलन हाथ में था ही, उसी स्थिति में क्या घट रहा है यही देखने समझने मौका ए वारदात पर पहुंची)

जब श्रीमती जी होती हैं तो पंडित की क्या मज़ाल जो चर्चा में भाग ले ले? या तो दुम दबाकर वहां से खिसक जाता है अथवा भीगी बिल्ली बनकर चुपचाप बैठा रहता है।

श्रीमती पंडित ने कड़ककर पूछा, ''कमरे देखने के पहले यह तो बताइये परिवार कितना बड़ा है? छोटे-छोटे दो कमरे, बड़े परिवार का बोझ उठा भी पायेंगे?''

''पत्नी हैं और मैं हूँ अभी पिछले दिनों ही विवाह हुआ है? मेरा नाम गुलाबसिंह है और पत्नी सुमन है।'' पत्नी से कहा नमस्ते करो जी ये अपनी मकान मालकिन होने वाली हैं।

सुमन झल्लाकर बोली, ''तुम्हारे लिए गृहस्वामिनी मैं हूँ या ये हैं? हम लोग तो कुछ दिन किरायेदार हैं। इनके सेवादार तो नहीं कि यह हमारी मालकिन हो गई?''

पंडित ने मन ही मन कहा, ''प्रथम ग्रासे पक्षिका पातम्'' याने सिर मुँड़ाते ही ओले पड़े।

पंडिताइन ने आग के गोले की तरह पहला प्रश्न फेंका, ''विवाह कहां हुआ है, घर में या कोर्ट में? सुमन पारिवारिक है या भगाकर लाये हो?''

''घर से ही हुआ था मैडम, कानून से नहीं कायदे से बारात लेकर इनके घर गए थे।'' गुलाबसिंह ने उत्तर दिया।

''माता-पिता हैं? दोनों के हैं? हैं तो कहाँ हैं?'' पंडिताइन ने खोज बीन की।

''जी हाँ मैडम हैं, दोनों के हैं और सासाराम में हैं।

''सासाराम तो बिहार में है? तो बिहार से यहाँ आकर विहार करेंगे। हाँ वहाँ बेरोजगारी अधिक है इसलिए! वहाँ से कई लोग पलायन करके यहाँ आ जाते हैं।'' पंडिताइन बोली।

पंडित ने शंका समाधान करने के लिए मुंह खोला, ''अच्छा तो गुलाबसिंह जी आपका सासरा, सासाराम में है? अच्छा है। सासाराम में आप खुश हैं, मैं तो बहुत दुखी हूँ।''

''जब तक मैं बात कर रही हूँ आप एक शब्द नहीं बोलेंगे।'' पंडिताइन ने चेतावनी दी, पंडित अपना सा मुंह लेकर चुपचाप बैठ गए।

''अच्छा तो गुलाबसिंह जी आप ससुराल में ही रहते हैं या अपने घर?''

''मैडम हम लोग तीन भाई हैं ससुराल में बूढ़े सास-ससुर ही हैं उनका कोई बेटा नहीं है, इसीलिए मैं ससुराल में ही रहता था।''

पर ससुराल में जो दामाद रहता है उसकी इज़्ज़त तो कुत्ते से अधिक नहीं रहती फिर आप दोनों को देखकर एक कहावत मुझे याद आ गई ''माँ टेनी बाप कुलंग बच्चे निकलें रंग बिरंग। या माँ चील बाप कौआ।''

''ये आप क्या कह रही हैं मैडम, हम परिस्थिति के मारे ज़रूर हैं पर कुत्ता, चील, कौआ तो न कहिये? हम भी इंसान हैं, हमें पशु-पक्षी क्यों बना रही हैं?''

''अच्छा आइये दोनों कमरे देख लीजिये, साथ में छोटा किचिन भी है। आए हैं तो देखते जाइये।'' पंडिताइन ने दया भाव दर्शाते हुए कहा

''मकान देखने के बाद जब नवागंतुक हाथ पांव चलाने में देर कर रहे थे तो पंडित ने कह दिया ''दो हज़ार''। पंडित ने दो हज़ार इस आशा से बताया कि पंडिताइन अनुमोदन कर देंगी, किंतु पंडिताइन ने पहले तो पति को चार बातें टिकायीं फिर कहा–''दो हज़ार में कहीं किराये का मकान मिलता है, वह भी अढ़ाई कमरे का? पंडित जी तो कभी-कभी लट्टू हो जाते हैं। पावडर लिपस्टिक पुता हुआ चेहरा देख लिया है न इसलिए?''

फिर अपनी वीटो पावर का उपयोग करते हुए कहा–''तीन हज़ार रुपये और बिजली का अलग।'' (पंडिताइन पंडित को चिकोटी भी काट रही थी। गुलाबसिंह समझ गया कि मकान मालकिन की सांकल में घर का रखवाला कुत्ता बंधा हुआ है। सिवाय पूंछ हिलाने और कूं कूं करने के वह कुछ कर ही नहीं सकता)

''लेकिन पंडितजी तो दो हज़ार ही बता रहे हैं? हम उनकी बात से सहमत हैं।'' सुमन ने कहा

''असल में आप बहुत सुंदर हैं और यह ठहरे सौंदर्य प्रेमी। इसीलिए फिसलकर नीचे चले गए थे। इनको जकड़कर रखने वाली तो मैं हूँ। आप इनकी बात को न पकड़ें, इन्हें तो कोई भी सुंदर महिला बुद्धू बना सकती है?'' पंडिताइन ने उत्तर दिया,

''फिर कितना किराया मानें दो या तीन हज़ार?' गुलाबसिंह ने अंतिम उत्तर चाहा पंडित ने चुप रहना ही उचित समझा। उधर पंडिताइन के बेलन की ओर देखते हुए और पंडितजी के सुंदरता के प्रति आकर्षण को समझते हुए गुलाबसिंह भी थोड़ी देर चुप रहे। फिर बोले, ''अच्छा अढ़ाई हज़ार और बिजली में देना हो तो हम सोचते हैं, नहीं तो आपका मकान है, हम तो ये चले।''

पंडिताइन भी रस्सी को उतना ही खींचना चाहती थी जिससे वह न टूटे, उसने भी कुछ शर्तों के साथ हामी भर दी। घर की ठीक से साफ सफाई होती रहे, हमें शिकायत करने का अवसर न मिले? गुलाबसिंह ने कहा—''कल सुबह हम एडवांस भी दे जाएंगे और संभव हुआ तो शाम तक शिफ्ट भी कर लेंगे।''

अनमने भाव से पंडिताइन बोली ''ठीक है, कल आ जाना वैसे आज ही एडवांस दे जाते तो बात पक्की हो जाती। बात ऐसी है कि इस बीच कोई और किरायेदार आ गया तो हम उसे भी इनकार न कर पायेंगे। एडवांस देने के बाद ही बात पक्की मानी जाती है।''

कोई बात नहीं आप जैसा ठीक समझें। हम कल आपके पास आते हैं और दोनों पति-पत्नी वहां से रवाना हो गए।

थोड़ी देर चलने के बाद गुलाबसिंह ने सुमन से प्रश्न किया, ''पंडित वैसे तो पूजा पाठी दिखायी देता है, किंतु सुंदरता का भी पुजारी है जैसा पंडिताइन बता रही थी, कहीं उसकी आदत फूल तोड़कर जेब में रखने की तो नहीं है? सिर्फ देखना अलग बात है नाक पास में लाकर सुगंध का आनंद लेना, फूल को हस्तगत करना अगला कदम हो सकता है। ऐसे गृहस्वामी के पास किरायेदार के रूप में रहना कितना सुरक्षित होगा? अच्छी तरह सोच लो।''

इधर पंडिताइन भी पंडित पर बरस रही थी। ''आपको तो चमक चांदनी दिख गई न? कह देते ले लो मकान एक हज़ार में? आप तो मुफ्त में ही हमारे घर में रहना शुरू कर दो। मैं समझ गई थी आप तो सुमन की सुगंध पर निछावर हो रहे थे। मैं नहीं होती तो घर और सस्ते में तय कर दिया होता? बस सामने वाली लिपस्टिक पावडर पुती हुई दिख जाए?''

''नहीं-नहीं, तुम्हारी राय के बिना मैं मकान किराये पर कैसे दे देता? जहां तक सुमन की सुंदरता का सवाल है मैं क्या कहूँ? कोई भी सुंदर महिला या लड़की अपने घर आकर घंटे दो घंटे बैठती है कि तुम परेशान होने लगती हो? क्या

मेरे पास सौंदर्य दर्शन के अलावा और कोई काम नहीं है? किसी भी अन्य सुंदर महिला के प्रति इतनी ईर्ष्या ठीक नहीं। तुम्हारे में और फुफकारती हुई नागिन में मुझे तो कोई अंतर ही दिखायी नहीं देता।''

''हाँ हाँ और आपका किसी भी छम्मक छल्लो से आंखों में आंखें डालकर बात करना ठीक है? आप तो ऐसी औरतों में घुसते चले जाते हो, मैंने एक बार नहीं सैकड़ों बार देखा है। यदि मैं नहीं होती तो आप तो मुफ्त में मकान ही नहीं देते यह भी कह देते कि आपके घर का सारा खर्च भी मैं ही उठा लूंगा। हमारे साथ ही रह लो।''

''तुम्हारा यह सोच ठीक नहीं है। मैं चाहता था मैं तो दिन भर ऑफिस में व्यस्त रहता हूँ तुम्हें भी दिन में बोलने चालने के लिए वह लड़की ठीक रहती? तुम्हारी बोरियत समाप्त होती? पर तुम तो मुझे ही बोर कर रही हो?''

''मुझे तो यह डर है कि कहीं वे दोनों आकर रहने लगे तो आप ही ऑफिस से बीच-बीच में घर आ जाया करोगे। और मुझसे कम उससे अधिक बातें करते रहोगे। मैं तो आपकी नस-नस से परिचित हूँ।''

''प्रत्येक महिला अपने पति पर ऐसा ही शक करती है। यह बात कोई नई नहीं है। पंडित बोला

''पति होते ही ऐसे हैं उनकी साधना-आराधना पूजा पाठ पर दृष्टि न रखी जाए तो पता नहीं कैसे-कैसे महाभारत प्रतिदिन हों?'' पंडिताइन भी कहने में पीछे न रहीं।

''अच्छा बाबा आप जैसा ठीक समझो करो? उस परिवार को किराये पर कमरे देना या न देना आप तय करो। मेरी जान छोड़ो। जब कई-कई दिन तक कमरे खाली रहते हैं तो मेरे प्राण खाती रहती हो? 'देखो जी हमारा ट्रांसफर हो गया तो इस घर का क्या होगा? लोग दरवाज़े खिड़की भी न छोड़ेंगे उखाड़-उखाड़कर ले जाएंगे। कोई न कोई चौकीदारी करने वाला, घर में रात में एकाध बल्ब जला कर रखने वाला तो हो?' अब मैं किरायेदार संबंधी कोई निर्णय करने वाला नहीं।''

इस तरह उस दिन पति-पत्नी की कुश्ती बराबरी पर छूटी। पंडिताइन बेलन हाथ में थामे अपने किचिन में चली गई, पंडित बेचारा बाहर चुपचाप जाकर बैठ गया। किचिन में जाकर भी पंडिताइन ने पंडित का पीछा नहीं छोड़ा, ''देखो मुझे

भला बुरा कहते रहे, आधा घंटे तक भाषण दिया, इसी बीच रोटी जलकर राख हो गई और दाल भी फेंकने लायक ही रह गई है।"

पंडित ने मौन व्रत धारण करना ही उचित समझा। कीचड़ में पत्थर फेंककर क्यों छींटे उड़ाना? यद्यपि वह भी मन ही मन कह रहा था ट्रांसफार पर चला गया तो आटे दाल का भाव मालूम हो जाएगा। पर सोचा एक हाथ से ताली थोड़े ही बजती है, अतः वह अपने सुर ताल बंद कर चुपचाप सुनता रहा। बहुत देर तक एक हाथ से ताली बजती रही।

किसी तरह पंडित ने थोड़ा बहुत खाया और सोने जाने लगा। "पंडिताइन पूछ रही थी आज तो कुछ भी नहीं खाया, थोड़ा बहुत खा लो नहीं तो नींद भी न आएगी?"

आज गालियों से, जली कटी चीज़ों से पेट भर गया, अब क्या खाना शेष रह गया है, मेरा पेट भर चुका है। दोनों विपरीत दिशा में मुंह करके सोये रहे। जहां तक बच्चों का सवाल है, ऐसे युद्ध मल्ल युद्धों को वे सामान्य रूप में लेते हैं। कोई नई बात नहीं है, अक्सर होते ही रहते हैं। वे जानते हैं माँ कभी पांव पटक-पटक कर किचिन में चली जाती हैं। यदि बीच में बीच बचाव करने भी वे चले जाएं तो चोटी पकड़कर बेटी को और गर्दन पकड़कर बेटे को भी पटक देती हैं। अब जो छोटा होगा वही तो पटकनी खायेगा? घर में कोई नई गतिविधि हो तो पढ़ाई छोड़कर देखने आएं, ऐसा सुसंवाद तो प्रतिदिन होता ही रहता है, बहाने अलग-अलग होते हैं। आज किरायेदारी का प्रसंग रहा।

खैर जैसे तैसे रात निकली। सुबह-सुबह चिड़ियां चहचहाने लगीं, थोड़ी देर पहले मुर्गे ने बांग भी दी थी। पंडित की चुप्पी बरकरार थी, कहीं कुछ बोल दिये तो खुद ही मुर्गा बना दिये जाएंगे। बच्चों को स्कूल में मास्टरनी बनाती हैं, घर में पंडित को पंडिताइनजी।

सुबह नौ बजे के लगभग गुलाबसिंह फिर आ धमके। कुंडी खटखटायी और अढ़ाई हज़ार रुपये हाथ में लिये हुए पंडितजी को देने लगे। भीतर से सनसनाती पंडिताइन आयी, गुलाबसिंह पर पंडित को ही सर्वेसर्वा मानने के लिए बरसने वाली ही थी कि आती लक्ष्मी को अपमानित नहीं करना चाहिए यह सोचकर स्वयं ने पहले हाथ बढ़ाकर राशि ले ली। नेत्रों से आग तो भभक रही थी किंतु ज्वाला अंदर ही अंदर दबी रही।

गुलाबसिंह ने सोचा कोई अंदर की बात होगी जिससे पंडिताइन क्रुद्ध हैं। फिर भी उसने पूछ लिया, ''आप खुश तो हैं? कि और भी कुछ राशि दूँ?'' पंडिताइन बोली, ''और बिजली पानी का एडवांस?''

मैडम बिजली की बात हुई थी, जितना खर्च आएगा हम देते जाएंगे?

जहां तक पानी का प्रश्न है उसका किराया तो छोड़ें कुछ हमें भी पानीदार रहने दें? यदि और किराया हमने दिया तो हमारे चेहरे का पानी उतर जाएगा। ''ठीक है ठीक है, तो जब चाहें आप आ जाएं किन्तु याद रखें हमारे घर रहने का भी एक संविधान है, जिसके अनुसार अनुशासन में आपको रहना होगा। मेरी मर्ज़ी के विरुद्ध इस घर में पत्ता भी नहीं खड़कता।''

''ठीक है मैडम, हमें आपके कायदे कानून स्वीकार्य हैं।'' गुलाबसिंह ने कहा और शाम को सुमन और गुलाबसिंह बोरिया बिस्तर समेटे दो हाथ ठेलों में सामान रखकर आ धमके।

वस्तुतः पंडिताइन के वीटो पावर से ही घर के सारे काम होते रहे हैं, किरायेदार के लिए कमरे भी। स्नानागार शौचालय सभी अलग। मात्र एक दरवाज़ा बीच में था ताकि खाली होने की स्थिति में पूरे घर की मालकिन होने पर वह गर्व करती रहें।

नए किरायेदार के आते ही पंडितजी घर में नज़रबंद होने को विवश हो गए। पंडिताइन की चकोर दृष्टि सुमन की सुंदरता और उसके हाव-भाव पर टिकी रहती। पंडित का भी उसी सतर्कता से पीछा करती रहती। यदि नया किरायेदार पंडितजी से बात करने बाहर से भी आ जाता तो भी किसी न किसी बहाने पंडिताइन आ धमकती और शंका की पुष्टि कर लेती कि कहीं वो तीसरी तो नहीं आ गई है? कभी दो गिलास पानी लाकर रख देती, कभी चाय किंतु यह हाव-भाव से यह बता देती कि पहले भी कई को वह पानी पिला चुकी है?

किरायेदार गुलाबसिंह बीच में कहता भी—''व्यर्थ ही आप बार-बार कष्ट करती हैं। दौड़-दौड़ किचिन से ड्राइंग रूम तक पानी चाय लाती रहती हैं, मुझे अच्छा नहीं लगता। मुझे कह दिया करें, मैं ले आया करूंगा, आपसे छोटा हूँ।''

अच्छा तो मुझे भी नहीं लगता किंतु पंडितजी की आदतें अच्छी नहीं हैं। ये तो किसी काम के नहीं हैं, इसलिए मुझे घर के सारे काम देखने पड़ते हैं। ''पंडितजी क्या आप कई बार चाय पानी लेते हैं?'' किरायेदार ने पूछा, ''आप

आ जाते हैं तो मुझे मिल जाते हैं वरना कौन पूछता है अपने को?'' पंडित ने कहा।

''इस बुढ़ापे में क्यों झूठ बोल रहे हो? दो साल बचे हैं, अभी से सठिया रहे हो? मैं बीमार हो जाऊं तो मुझे पानी न दें, ऐसे हैं पंडितजी?'' पंडिताइन बोली।

''अच्छा बीमार होकर देखो। मैं उतनी सेवा करूंगा जितने बच्चे भी नहीं करेंगे।''

इसी तरह खरामा-खरामा समय निकलता जा रहा था। एक दिन सचमुच पंडिताइन को बुखार आ गया। दिन भर वह कराहती रही। बच्चे स्कूल गए थे, किरायेदार भी ऑफिस में थे। पंडितजी श्रीमतीजी को देखने कुछ जल्दी आ गए। इधर पंडितजी घर में आए। उधर से सुमन भी पंडिताइन की तबीयत देखने आयी। दसेक मिनिट का अंतराल ही रहा होगा। इस दृश्य को पंडिताइन की काग दृष्टि या कहें गिद्ध दृष्टि ने कैद कर लिया। इस सीन ने पंडिताइन के मस्तिष्क में आग में घी डाल दिया किंतु ज़हर का घूंट पीकर भी वह मौन रही।

''कहो कैसे आयीं सुमन?'' पंडिताइन ने प्रश्न किया

''ये कह रहे थे आप की तबीयत कुछ ठीक नहीं है। सोचा हाल-चाल लेकर आऊं।''

''सुबह कुछ ज्यादा बेचैनी थी, अभी तो ठीक हूँ।''

''मुझे कोई काम हो तो निःसंकोच बता दिया करें, हम लोग छोटे हैं, हमारा धर्म है बड़ों की सेवा सुश्रूषा करना।'' सुमन ने कहा।

(तुझे यही समय मिला था मुझसे मिलने का जब पंडित जी आये हों? मेरी क्या तू तो पंडितजी की सेवा करने को एक पांव पर खड़ी है। तू सोचती है पंडित को साध लिया याने सबको साध लिया। मैं भी उस मंत्र को जानती हूँ कि एक के साधे सब सधे, सब साधे सब जाये। पर तेरी एक न चलने दूंगी। करमजली! मुझे तो तेरी नीयत में अभी से ही खोट नजर आ रही है) यही सब पंडिताइन ने सोचा किंतु मुंह से एक शब्द न निकाला।

''ठीक है जब कोई काम होगा तुझे बता दूंगी'' पंडिताइन ने उत्तर दिया। थोड़ी देर में सुमन चली भी गई पंडितजी ने तत्काल दरवाज़ा बंद किया। इधर पंडितजी पर आग के गोले बरसने लगे। क्या तय करके आए थे, कि इधर मैं

ऑफिस से आऊं उधर से तू आ जाना। पंडिताइन तो बीमार है, बिस्तर में पड़ी है, हम दोनों ही रंगरेलियां मनायेंगे।''

पंडित ने चुप रहने में ही अपनी भलाई समझी। कोई बीमार की तबीयत पूछने आए यह भी पंडिताइन को अच्छा न लगे? इस अनबूझ पहेली को वह कैसे सुलझाये? यही वह सोचता रहा।

कुछ समय बाद पंडित ने कहा, ''हमारी कामना है कि तुम तुरंत पलंग को लात मारकर खड़ी हो जाओ।''

''मैं इतनी मूर्ख नहीं हूँ, खूब समझती हूँ। मैं पलंग को क्या लात मारूंगी, आप दोनों ही मुझे लात मारकर खड़ी कर दोगे। खड़ी ही नहीं कर दोगे घर के बाहर चलता कर दोगे। वरना योजना बनाकर एक साथ मेरे हाल-चाल जानने की क्या जरूरत थी? जरूर दाल में कुछ काला है?'' पंडिताइन ने बीमारी की हालत में भी अपना रौद्ररूप दिखा दिया।

उस दिन पंडितजी के ग्रह बहुत खराब थे, एक-एक कर ऐसी घटनाएं होती गई कि पंडितजी को दिन में तारे दिखायी देने लगे। पंडिताइन की जली कटी बातें, लातों से कम नहीं थी। वह श्रीमतीजी को ऑफिस जल्दी छोड़कर घर देखने क्या आ गए मानो पहाड़ टूट गया? एक मियां बावरे ऊपर से पी ली भांग! पहले ही कोढ़ थी ऊपर से हो गई खाज?

इधर वाकयुद्ध नहीं एक तरफा प्रहार जारी थे ही, सुमन ने फिर कुंडी खटखटायी।

पंडिताइन तो बिस्तर छोड़ने से रही, पंडित को ही दरवाज़ा खोलना पड़ा। इस बार हाथ में एक कटोरी थी। आते ही बोली—''मालकिन मुझे थोड़ी शक्कर दे दें, अभी गुलाबसिंह जी आते से चाय मांगेगे और घर में शक्कर का एक दाना भी नहीं है। शाम को मैं शक्कर लौटा दूंगी।''

''चाय के साथ कुछ मिठाई शिठाई खिलाओ तो पंडितजी को भी बुला लेना। उनका मुंह भी मीठा हो जाएगा।''

''मालकिन! मिठाई कौन सी बड़ी बात है? आप दोनों को ही कल परसों चाय नमकीन पर बुलाऊंगी। अभी मेरा छोटा सा काम करने का कष्ट करें।''

''जाइये पंडितजी रसोईघर में जाइये, सुमन को भी साथ में ले जाइये जितनी शक्कर उन्हें चाहिए दे दीजिए।''

पंडिताइन की शारीरिक दुर्बलता को देखकर पंडित स्वयं उठे भीतर से लाकर शक्कर कटोरी में उंढेली और किचिन में चले गए। उधर सुमन पंडिताइन के बिस्तर के पास खड़ी रही। कह रही थी आप जल्दी अच्छी हो जाएं तो हमें भी अच्छा लगे। आपकी सहायता के लिए कहें तो शाम को, रोटी सब्ज़ी मैं ही बना दूंगी। मन मारकर पंडिताइन मौन रही। सुमन के जाने की प्रतीक्षा कर रही थी ताकि मौन रहने में विप्लवी विचार एकत्र हुए जा रहे हैं, उन्हें बाढ़ के पानी की तरह अभी पंडित पर छोड़ने वाली हैं। बाढ़ के पानी में गंदगी फैलती है, कोई सभ्यता अनुशासन नहीं रहता। शायद वही सब होने वाला है।

पंडित के लिए इधर कुआं उधर खाई की स्थिति बन रही थी। मन ही मन वह भगवान से प्रार्थना कर रहा था कि सुमन जल्दी से जल्दी चली जाए। जब तक खड़ी रहेगी पंडिताइन के मन में अधिकाधिक ज्वाला धधकती रहेगी और जैसे ही वह बाहर होगी कि जली कटी बातों से पंडित को अग्निस्नान करना पड़ेगा।

कुछ क्षणों बाद वही साकार हुआ जो कल्पना में था। सुमन बाहर गई और पंडित पर आग के गोले बरसने लगे। पंडित अग्निस्नान करता, आग के दरिया को झेलता, पंडिताइन की बातें सुनते-सुनते वह अब मरा तब मरा कि स्थिति में आ गया। मारने वाले का हाथ पकड़ा जा सकता है, बोलने वाले की जीभ को कौन रोक सकता है? आलमारी से बार-बार झांके दुलारी।

पंडित अभिशप्त था, सब कुछ सुनने को विवश।

पंडिताइन बिना विराम के कहे जा रही थी—''उसकी कटोरी में शक्कर उंढेल दी। और क्या-क्या उंढेलोगे? आप उसके लिए मीठे और वह आपके लिए नमकीन। मैं बिस्तर में पड़ी रहूँ गमगीन। मुझसे कह रही थी कि जल्दी ठीक हो जाऊं? ऊपरी मन से कह रही होगी? मन में तो लड्डू फूट रहे होंगे कि और लंबी बीमारी में पड़ी रहे। अभी किचिन में दोनों एक साथ पहुंच गए। शक्कर तो एक बहाना था? मैं तो काली चीटी हूँ। यही सफेद शक्कर है। मैं तो काटती हूँ काटने दौड़ती हूँ बस यही है जो मन को भाने वाली मीठी लग रही है।''

पंडितजी का मौन व्रत जारी था। वह जानते हैं कि जो पति जितनी अधिक गालियों को बिना प्रतिक्रिया दिये आत्मसात कर सकता है, वही सफल पति कहलाने की क्षमता रखता है।

इस शक्कर ले जाने वाली घटना को एक सप्ताह भी गुजरा न था कि गुलाबसिंह ने पंडितजी को अपने यहां चाय पर बुला लिया। सुमन तो पंडिताइन को भी साथ में बुलाने खुद आयी थी, किंतु पंडिताइन के पास बहाना था, "अभी घर से निकलने लायक स्वस्थ नहीं हो पायी हूँ।"

और पंडित ने किरायेदार के घर जाकर चाय पीने का गुनाह कर लिया। पंडित ने कल्पना भी नहीं की थी कि चाय वाय पर जो आमंत्रित करता है, वह चाय तो कम (वाय याने क्यों वाले) अनेक प्रश्न साथ में उदरस्थ करा देता है? जिन पर बाद में विश्लेषण होता रहता है।

जैसे ही सुमन के हाथ के चाय, मिठाई, नमकीन खाकर पंडितजी ने अपने कमरे में प्रवेश किया कि उन्हें आभास होने लगा कि आसमान टूटने लगा है। पंडिताइन की त्यौरियां चढ़ने लगी थीं। भृकुटि तन गई थी। भूमिका बनाने के लक्ष्य से बड़ी आत्मीयता से पहले पूछ लिया, "वाय में क्या-क्या खाने को मिला, खैर चाय तो बाद में मिली होगी।"

पंडित ने सहज ही उत्तर दिया, "शायद घर पर ही बने मिठाई और नमकीन, थे। सचमुच बड़े स्वादिष्ट थे।"

"और चाय कैसी बनी थी?"

"वह भी बहुत अच्छी। तुम भी साथ चलती तो अच्छा रहता। शायद सुमन को नई-नई वस्तुएं बनाने का शौक है। तभी तो नमक मिर्च शक्कर का अनुपात बड़ा संतुलित था।"

पंडित को कल्पना भी न थी कि सुमन की यह प्रशंसा घर में तूफान खड़ा कर सकती है। भले ही प्रशंसा अनजाने में लापरवाही में मुंह से निकल गई हो? "जबसे किरायेदार के रूप में सुमन आयी है, तुम्हें उसकी हर चीज़ पसंद आने लगी है। उसकी बनी मिठाई, उसकी नमकीन, उसकी चाय और न जाने क्या क्या? मेरी तो आज तक एक बात के लिए भी तारीफ़ करने की फुर्सत नहीं मिली? मैं अच्छी तरह समझ रही हूँ तुम्हारे ऊपर डोरे डालने में वह कामयाब हुई जा रही है। आजकल मुझसे तो बातें ही कम करते हो दिन रात सुमन के बारे में ही सोचते रहते हो।"

पंडिताइन ने दिल की बात होठों पर ला ही दी?

"अब मैं क्या कहूँ तुम्हारे शक्की मिज़ाज पर। तुम जो कुछ भी सोचो,

स्वतंत्र हो सोचने विचारने के लिए। मुझे गुलाबसिंह या सुमन से क्या लेना देना? किरायेदार तो आएंगे चले जाएंगे, तुम क्यों बात का बतंगड़ बनाकर बीमार हुई जा रही हो?''

पंडित ने शांतचित्त रहकर धीरे से कहा, ''मैं तो उसी दिन से सुमन और उसके पतिदेव को देख रही हूँ जिस दिन से उन्होंने किरायेदार के रूप में प्रवेश लिया है। दोनों मुझको तो घास ही नहीं डालते? जब देखो तब आप से ही घनिष्ठता बढ़ाने की कोशिश में लगे रहते हैं। मुझे तो उनके रंग-ढंग ठिकाने के नहीं दिख रहे। जल्दी ही उनसे मकान खाली कराऊंगी यह तो समझ में आता है कि आदमी-आदमी से बात करे, स्त्री-स्त्री से। यह क्या कि किरायेदारिन आप में ही घुसी जा रही है। और आप भी क्या कम हो? सुमन की सुगंध भी आपको रुचने लगी है। यह मिली भगत अधिक नहीं चल पायेगी? मैं मकान खाली कराकर ही दम लूंगी।''

पंडित समझ चुका था कि एक ही छत के नीचे दो सुंदर महिलायें परिवेश को कुरूप तथा पतियों को पागल बनाने के लिए काफी हैं। पंडित यदि प्रतिदिन के इन घरेलू झगड़ों को सुलझाता रहेगा तो मानसिक विक्षिप्तता का शिकार हो जाएगा।

अगले दिन पंडिताइन किरायेदार के परिक्षेत्र में जा धमकी। सारा किराया माफ़ कर देंगे। मुझे तो कई वर्षों से देख रहे हैं, कब तक मुझे देखने का आकर्षण बना रहेगा? तुम अभी नई नवेली हिरनी हो, तुम्हारी बात ही कुछ और है? किचिन में सीधे घुसकर पंडितजी से शक्कर मांग लो। आंख में आंख डालकर हँस-हँस के उनसे बात करती रहो। धीरे-धीरे घर की मालकिन बनने की कोशिश खुद ही कर रही हो?''

''ये आप क्या कह रही हैं पंडिताइनजी। हम लोग इतने गिरे हुए नहीं हैं। मैं भी खानदानी लड़की हूँ ऐसे वैसे परिवार से नहीं आयी हूँ।''

''हाँ हाँ तभी तो पंडितजी को अकेले-अकेले चाय पर बुला लेती हो। क्या मैं लंगड़ी हूँ या बिस्तर से उठने वाली नहीं। मुझे तो नहीं बुलाया। पंडितजी में ऐसा क्या मीठा है?''

''आप तो तिल का ताड़ बना दे रही हैं पंडिताइनजी। मैं भी देख रही हूँ अब पानी सिर के ऊपर से निकल चुका है, मैं भी कलहप्रिय पंडिताइन के घर

में रहना नहीं चाहती। जितनी जल्दी होगा हम मकान छोड़ देंगे।'' सुमन ने भी ऊंची आवाज़ में उत्तर दे दिया।

''तुम मकान जल्दी खाली करो या न करो जो कुछ मैंने अपनी आंखों से देखा है वही बता रही हूँ। इस घर में आने को चार दिन हुए हैं और पंडितजी से आंखें चार होने लगी हैं। उनके मन में इतनी समा गई हो कि दिन रात वे सुमन का जाप करने लगे हैं। उसे सहायता कर दिया करो। नई-नई शादी हुई है कोई दिक्कत हो तो पूछ लिया करो। ऐसी दया तो मुझ पर आज तक नहीं दिखायी? सुमन ने क्या जादू कर दिया है?''

शाम को सुमन ने पति गुलाबसिंह को सारा चिट्ठा सुनाया। ''बताइये पंडिताइन मुझपर तरह-तरह के लांछन लगा रही हैं। अब हम क्या करें?''

''जब पंडिताइन इतना सब कह रही है तो उसमें भी कुछ सच्चाई तो होगी ही? कुछ न कुछ तो उन्हें नागवार गुजरा है। यह तो मैंने भी मार्क किया है कि तुम आजकल पंडित की तारीफों के पुल बांध रही हो।''

''अरे तो आप भी मुझ पर शक करने लगे हैं। शक की दवा तो सुषेन वैद्य के पास भी नहीं है। ठीक है तो जल्दी ही यह मकान खाली कर दो। देख लें कोई नया घर। अपने को तो भाड़ा देना है कहीं भी देंगे? यहीं क्या मीठा है?''

''याने ऑफिस का सारा काम धंधा छोड़कर मैं बार-बार मकान ही बदलता रहूँ? मिठास अधिक बढ़ जाती है तो कीड़े पड़ जाते हैं। मैं समझ रहा था जितनी तेजी से तुम मकान मालिक के परिवार में घुल मिल रही थी, ऐसा ही कुछ घटने वाला था। वैसे तो तुम स्वयं को उड़ती चिड़िया को हल्दी लगा देने में सिद्धहस्त समझती हो, पर कभी-कभी उलटी आंतें गले में भी आ जाती हैं?''

''अरे आप तो ककड़ी के चोर को कटारी से मारने पर तुले हो। पंडित तो कब्र का मुंह झांक आया है उससे घनिष्ठ होकर मैं क्या करूंगी?''

''आप लोगों की गुत्थमगुत्था देखकर तो मेरा कलेजा भी डुकर पुकर करने लगा है। ठीक है दूसरा घर ढूंढ लेते हैं। दो महीने में यहां भी घर जमा लिया था, अब फिर सामान समेटना पड़ेगा।''

''जो भी हो मेरा दम भी इस घर में अब घुटने लगा है। जल्दी ही यहां से चलो।''

और सचमुच एक दिन वे मकान खाली करके चले गए।

14

जिस दिन से पंडित ने घर खरीदा है, कुछ किरायेदार बारी-बारी से आये और घर खाली करके जाते रहे। पंडिताइन के मृदु व्यवहार के चलते भी ऐसी स्थितियां कभी-कभी निर्मित हो जातीं। उन्हें सामान समेटकर जाना ही पड़ता। कोई चार माह टिकता, कोई छः माह।

प्रत्येक चर्चा में पंडिताइन मान न मान मैं तेरी मेहमान की शैली में बीच में आ टपकती और "भुस में चिनगी डाल जमालो अलग खड़ी" की तरह हाथ झाड़कर दूर खड़ी हो जाती। अब मूंछों से पंडित चिनगारी भी तो नहीं निकाल सकता। उम्र चली गई। अब पंडित भी रिटायर हो चुका है, पेंशन कम पड़ने लगी है।

दैनंदिन कार्यक्रम के अनुसार पंडिताइन तो चमचमाती टंकार करती हुई तलवार सदा हाथ में लिये रहती थी, पंडित बेचारा बलि का बकरा बना रहता। ऐसी शीतोष्ण प्रक्रिया से युद्ध हमेशा स्थगित बना रहता। जब-जब पंडिताइन के नेत्र अग्निपुंज होते, पंडित के हाव-भाव शीतल जल छींटते जाते। पंडित द्वारा बरती जाती शांति और सहनशीलता के फलस्वरूप गृहयुद्ध हर बार भड़कने से पूर्व ठंडा हो जाता! इस सब का एक लाभ यह अवश्य होता कि किसी भी किरायेदार की जड़ जम नहीं पाती। वह जड़ जमाने की सोचता इससे पूर्व ही उखड़ जाता। जमती हुई प्रत्येक जड़ में पंडिताइन मट्ठा डाल देती थी।

रिटायर हो जाने और बेटों की दूरदराज़ के शहरों में नौकरी लगने के कारण माता-पिता पर यह दबाव रहता है कि वे लंबे समय तक बेटों के पास रहें। बेटा

एक हो या अनेक सभी का ही विचार होता है कि पिताजी रिटायर हो चुके हैं, अब तो कोई काम उस शहर में रह नहीं गया है अतः माता-पिता बेटे के पास रह ही सकते हैं। हाँ बहू के बहु विचार हो सकते हैं।

पंडित पंडिताइन भी बेटे के पास दूसरे देश जाना चाहते हैं किंतु मूल समस्या वही है। घर ही समस्या की जड़ है। जब तक पास में रहकर मकानमालिक की निगरानी है तभी तक घर सुरक्षित है। यदि लंबे समय तक मकान में न रहें तो घर भी अनाथ हो जाता है, दर-दर की ठोकर खाने वाला। निर्वस्त्र और भूखा। पंडिताइन दिल से तो अच्छी थी किंतु पंडित की तुलना में दुनियादारी से अधिक ही परिचित। आसमान में उड़ती चिड़िया की भावी दिशा पहचान लेती थी। धीरे-धीरे पंडित का मौन भी बढ़ता गया। वह भी एक मजबूरी हो गया। न पेट में आंत न मुंह में दांत कुढ़ापा स्वास्थ्य के प्रति बुढ़ापा होने लगा। पंडित साक्षात पोंगा पंडित हो गए। किरायेदारों के बारे में पंडिताइन का स्थायी विचार है कि शुरू-शुरू में आकर वह गिड़गिड़ाता है कुछ समय बाद गुर्राता है। शुरू में मिनमिनाना, बाद में भिनभिनाना।

''ठीक कह रही हो पंडिताइन घर की सारी बागडोर ही किरायेदार को नहीं सौंप देनी चाहिए। न ही उससे चारों ओर से घिर जाना चाहिए। ऐसे कमरे हो कि वह दायें बायें ही बना रहे? उस पर सतर्क दृष्टि बनाये रखना जरूरी है।'' पंडित ने कहा।

पंडिताइन ने बचपन में पढ़ी कहावत सुनायी, ''गदहा उदासा क्यों, राही प्यासा क्यों? क्योंकि लोटा न था। इसी तरह किरायेदार अड़ा क्यों, पान का पत्ता सड़ा क्यों? क्योंकि और बार पलटा न था। इसीलिए किरायेदार को उलटते-पलटते रहना चाहिए।'' पंडिताइन व्यावहारिक थी। गुणवंत धंधेवान था, नौकरी चाकरी वाला नहीं। फिर भी किरायेदार से यथा संभव मधुर संबंध बनाकर रखना चाहिए। उससे घर में तथा पास-पड़ोस में शांति रहती है। शर्मा जी और सिंह साहब का वह किस्सा तो सारे शहर को मालूम है ही जिसमें दोनों ने एक-दूसरे को परेशान करने के लिए क्या-क्या न किया? आखिर में मकान तो खाली हुआ किंतु गृहस्वामी को वे सज्जन बहुत कष्ट देकर गये। थोडा बहुत कष्ट तो प्रत्येक किरायेदार देता ही है? पर ऐसे नहीं रूलाता?

''क्या हुआ था? उस मकान में।'' पंडिताइन ने पूछ लिया।

''असल में शर्माजी नीचे की मंज़िल में रहते थे और सिंह साहब ऊपर के कमरों में। शर्माजी अपने आंगन में रोज सुबह कोयले की सिगड़ी (अंगीठी) जलाते थे। थोड़ा बहुत धुआं सिंह साहब के घर में ऊपर घुसता ही था। एक दिन सिंह साहब ने शिकायत की कि शर्माजी! धुआं ऊपर आता है और श्रीमतीजी पहले ही दमे की मरीज़ हैं उन्हे बहुत खांसी चलती है। कुछ ऐसी व्यवस्था करें कि धुआं ऊपर न आए?''

''फिर शर्माजी ने क्या किया?'' पंडिताइन ने उत्सुकता प्रकट की। हँसकर शर्माजी बोले–''धुएं की प्रकृति है, ऊपर जाना। वह नीचे नहीं आ सकता, हमेशा ऊपर को ही जाता है, आपसे मान जाए तो उसे कहें कि वह नीचे ही रहे?'' इस उत्तर पर सिंह साहब मौन रहे किन्तु इस पहेली का हल ढूंढते रहे। इस समस्या से कैसे निपटा जाये, विचार मंथन करते रहे। कुछ समय बाद सद्विचार आ ही गया।

एक दिन सिंह साहब ने शर्माजी की अनुपस्थिति में एक छोटा छेद फर्श में कर दिया ताकि पानी उनके कमरे से शर्माजी के किचिन व ड्राइंग रूम में सुविधा से टपक सके? और फिर उदारतापूर्वक लघुशंका निवारणार्थ उस रंध्र का प्रयोग करने लगे।

जब दुर्गंध युक्त जल प्रवाह शर्माजी के किचिन और ड्राइंग रूम में आने लगा तो नीचे भी पूजा पाठ में असुविधा होना शुरू हो गई। एक दिन शर्माजी ने सिंह साहब से कहा, ''भाई यह बदबूदार पानी हमारे रसोईघर तथा ड्राइंग रूम में गिरता रहता है इससे हम ही नहीं अतिथि भी परेशान हो जाते हैं कृपया इसे बंद करें?''

सिंह साहब ने भी वैसा ही उत्तर दे दिया, ''भाई साहब पानी की प्रकृति नीचे गिरना है, आपसे मान जाए तो उसे कहें कि वह ऊपर की ओर बहना शुरू कर दे?''

''गृहस्वामी किरायेदार के संबंध मधुर हों यह तो मैं भी समझती पर कई बार ऐसा नहीं होता।''

इस कहावत को चरितार्थ करने वालों की कोई कमी नहीं कि मूर्ख लोग मकान बनवाते हैं और समझदार लोग उनमें सिर्फ रहते ही नहीं शनैः शनैः हड़प भी कर लेते हैं। चूहे बिल बनाते हैं और सांप यायावर की तरह आते और चूहे

तथा बिल दोनों को चट कर जाते हैं। रेंगने वाले कभी-कभी चलने वालों से भी तेज चल लेते हैं। चलने वाले चालू होते होंगे पर गहरा रंग तो रेंगने वाले ही जमाते हैं। फिर गुणवंत तो पहलवान सिंह का पट्ठा था, बड़ा गुणी है। जब भी मकान मालिक से किराये पर घर लेने जाता ईमानदारी की, भगवान के भक्त होने की साक्षात प्रतिमूर्ति बन जाता। गृहस्वामी के चरणों में बिछ जाता। जाते और आते दोनों समय चरण स्पर्श करना कभी न भूलता। मकान मालिक लाख अपना पांव छुपाये पर वह चरण कमल पकड़े बिना न मानता। गुणवंत का यही कार्यकलाप जब सर्वज्ञात हो गया तो गृहस्वामी पहले ही कह देते हमारे पांवों से दुर्गंध आती है खाज खुजली है घाव रिसते हैं छूना नहीं। यह बात हवा में फैल चुकी थी कि गुणवंत शुरू में तो पांव दबाता है पर किराये से मकान ले लेने के बाद गृहस्वामी का गला। पहले सम्मोहन फिर दोहन, पर गुणवंत यह जरूर कहता, "चरणों का स्पर्श सुख तो मुझे लेने दें?"

आठों पहर रेकी करता हुआ टटोलता रहता। बहुधा वृद्ध कृशकाय या गंभीर रूप से बीमार गृहस्वामी उसे संभावनाशील दिखायी देते। वह दिखाता कि वह बड़ा सेवाभावी है, मात्र जरूरतमंदों की सेवा करने के लक्ष्य से आया है। किरायेदारी तो एक बहाना है उसे तो बुजुर्गों की, अशक्तों की सेवा सुश्रूषा कर पुण्य कमाना है बहुधा गृह स्वामी से एक प्रश्न पूछता, "आप स्वस्थ तो हैं? घर में पति-पत्नी दोनों ही हैं न?" यदि उत्तर नकारात्मक होता तो उसका मन बल्लियों उछलने लगता। मालिक को अपने पेट का पानी भी न हिलाना पड़ेगा। सारे काम हो जाएंगे।

जब भी वह किराये का मकान लेने आता तो सामान्य वाक्य वह शायद उनके काम तमाम होने तक जो प्रयोग करता वे ऐसे होते—

"सुना है आपका स्थानांतरण हो गया या कहीं जा रहे हैं और घर के दो तीन कमरे आप किराये से देने की भी सोच रहे हैं?"

"हाँ कोई ढंग का किरायेदार मिल जाएगा तो दे देंगे। बाहर तो जाना है।"

"मेरे पिताजी ब्राह्मण परिषद के अध्यक्ष हैं, मैं भी मंदिर में जल चढ़ाने आया था सोचा आपका आशीर्वाद लेता चलूं? अपने पिता से भी कहलवा दूंगा, आप जिस दिन कहेंगे मकान खाली कर दूंगा। और किराये की तो आप चिंता ही न करें।"

‘‘पहली तारीख से दूसरी न होगी। यद्यपि अपना पूर्व का पता कभी न बताता किंतु यह अवश्य कहता कि मैं पास वाली कॉलोनी में ही रहता हूँ। घर के मालिक मुझसे बहुत स्नेह रखते हैं वह तो मकान का पुनर्निर्माण उन्हें करना है इसीलिए चाहते हैं, कुछ दिन के लिए रहने के लिए अन्यत्र चला जाऊं? मुश्किल से साल भर की बात है, जैसे ही घर बनकर तैयार हो जाएगा, मैं वापिस उसी घर में पुनः चला जाऊंगा।’’

पंडित ने कहा ‘‘अभी विचार नहीं किया है कौन सा हिस्सा किराये से देना है। सोच विचार कर बता पाऊंगा पिता का संदर्भ दे रहा है कहीं ऐसा न हो जाए कि चाचा चोर भतीजा काज़ी, कौन करेगा हाँ जी हाँ जी’’।

‘‘कोई भी हिस्सा दे दें, जो आपके प्रतिकूल हो। समझदारी होगी तो प्रतिकूल हिस्से को भी हम अनुकूल बना लेंगे। आपके बच्चों के लिए भी तो कुछ कमरे, आपको रखने होंगे? वे रख लें, बचे खुचे हमें दे दें।’’ गुणवंत कहता।

इस प्रश्न का लाभ गुणवंत को यह होता कि गृहस्वामी के बच्चे हैं या नहीं? इसी शहर में हैं या मुंबई दिल्ली में रहते हैं। विदेश में रहते हों तब तो कहना ही क्या? जानकारी मिल जाती। बच्चों के न होने या बहुत दूर होने की स्थिति को मकान के लिए बहुत शुभ मानता। किराये पर घर लेने के बाद किसी तरह का हस्तक्षेप पसंद नहीं करता।

गुणवंत का अगला प्रश्न होता, ‘‘शाम को टहलने तो जाते ही होंगे, खुली हवा में टहलना डॉक्टरों ने पहले ही बता दिया होगा। आपके स्वस्थ्य स्वास्थ्य की मैं भी चिंता करता रहूंगा प्लॉट छोटा है, अतः दो मंज़िल का घर है। बाहर तो सड़क पर बहुत ट्रैफिक है, इसलिए कम ही निकल पाता हूँ। रैलिंग के सहारे धीरे-धीरे पहली मंज़िल की छत तक ही जाता हूँ। वहीं आधा पौन घंटा चहलकदमी कर लेता हूँ।

‘‘अच्छा ऊपरी तल तक चढ़कर न जाते होंगे जैसे दूसरे या तीसरे माले तक?’’

‘‘बहुधा तो पहली मंज़िल तक ही जा पाता हूँ कभी कभार दूसरी तक भी धीरे-धीरे चढ़ जाता हूँ। थक जाता हूँ तो ऊपर की मंज़िल के किरायेदार से कुर्सी मंगा लेता हूँ और उसी पर बैठ जाता हूँ।’’

‘‘मुझे आ जाने दीजिये आपको शाम के समय घुमा दिया करूंगा घुमाने

को तो दिन में भी घुमाते रहने की लालसा रखता हूँ किंतु मेरे पास तब समयाभाव रहता है। अच्छा! मुंडेर किस तल पर नहीं है? कृप्या यह बतलायें''

''यह प्रश्न आपने क्यों पूछा? मुंडेर और घुमाने का क्या संबंध अभी इतना अशक्त नहीं हुआ हूँ कि मुंडेर रहित दूसरी मंज़िल तक न जा सकूं?''

''आप मुझे गलत न समझें पंडित जी, यदि छत पर मुंडेर न होगी तो चारों ओर से स्वच्छ और ठंडी हवा आएगी जो आपको स्वस्थ ही बनायेगी। मेरी कोशिश होगी कि आपको प्रति शाम ताज़ा और शीतल हवा खिलवाऊं। तन्दुरुस्ती के लिए खुली हवा अधिक लाभदायी होती है।''

''हाँ भाई, यहां तो फिलहाल हम दोनों ही हैं, ऐसा किरायेदार ही हम चाहते हैं जो हमारे लिए आर्थिक से अधिक शारीरिक सहारा हो। अब अधिक काम नहीं बनता। किसी न किसी पर तो निर्भर होना ही पड़ेगा। मजबूरी है।''

''इसी उद्‌देश्य से तो मैं आपके पास आया हूँ। रिटायर्ड व्यक्ति को दवादारू में, ऑटो टेक्सी में अधिक ही देना पड़ता है इसलिए इतना पैसा तो पास में रहना ही चाहिए कि हाथ चलता रहे फिर आसपास के एक दो लोग आवश्यकतानुरूप यदि दौड़ भाग कर लें तो बुढ़ापा आसानी से कटने लगता है, वह काटने नहीं दौड़ता। बिना मुंडेर वाली छत पर अकेले जाएं तो टपक भी सकते हैं।''

''आपका पवित्र लक्ष्य टपकाने का तो नहीं है? अच्छा गुणवंतजी जैसा आपने बताया आपके पिताश्री ब्राह्मण परिषद के अध्यक्ष हैं। आप ही पैंतालीस वर्ष से ऊपर के होंगे, आपके पिता भी वृद्ध हो चुके होंगे, आप उनके पास रहकर उनकी भी सेवा करते ही होंगे।''

''नहीं-नहीं पंडितजी, वह आपसे भी अधिक मजबूत हैं यद्यपि सत्तर से अधिक वह भी हैं, किंतु मुझे स्वतंत्र रहने के लिए कह दिया है। स्वाधीन देश में बेटा भी परतंत्र, पराश्रित क्यों रहे? उनका सोच आधुनिक है। तन से न सही मन से बहुत मजबूत हैं।''

''फिर तो आप सचमुच परमार्थी हैं, पिता को छोड़ अन्य वृद्ध जनों की सहायता करना अधिक पुण्य का कार्य है। आपका सोच प्रशंसनीय है। यह तो और भी खुशी की बात है कि इस सेवाकार्य हेतु आपने मुझे चुना है। याने मुझे पिता से भी ऊंचा दर्ज़ा दे रहे हैं। आपने पिता को तो पिता समान भले ही न माना हो, मुझसे अवश्य आग्रह कर रहे हैं कि मैं आपको बेटे समान मान लूं?

अपने बाप को बाप न मानकर किसी अजनबी को बाप बना लेना आपकी उदारता का लक्षण है। वैसे एक कहावत आपने सुनी होगी, जब समय पड़े बांका तो गधे को कहें काका।''

''पंडितजी, हमें तो सेवा करनी है। पिताजी की करना चाहते थे लेकिन उन्होंने कहा दूसरे भाई बहिनों से करा लूंगा और मैं स्वतंत्र हो गया। आपके बच्चे पास नहीं हैं, सोचा हम ही किसी काम आ जाएं? आपकी ही नहीं सारी संपत्ति की देख रेख हम कर लेंगे दवादारू भी लाते रहेंगे।''

''कितने भाई बहिन हैं आप लोग?'' पंडित ने पूछा।

''पांच बहनें और दो भाई। मैं सबसे बड़ा हूँ।''

''तब के समय में जिनकी अधिक बेटियां होती थी वही लोग जाति के अध्यक्ष या महामंत्री बनने की कोशिश में लगे रहते थे। पदाधिकारी बने रहने तक सफलतापूर्वक लड़कियों के ब्याह निबटा देते थे। आजकल स्थितियां बदल गई हैं। जिनके अधिक बेटे होते हैं वे समाज के पदाधिकारी बनने में रुचि लेने लगे हैं। तब जिनके अधिक बच्चे होते थे वे अधिक जात बताते थे। आजकल बच्चे कम होने लगे हैं अतः जात बताने की भी किसी को आवश्यकता नहीं पड़ती। अधिकांश लोग जात से बेजात हुए जा रहे हैं। मैं ठीक कह रहा हूँ न?'' पंडितजी बोले।

''अब आप तो इतने अनुभवी हैं। घर में मेरा और तीन बहिनों का विवाह हुआ है। दो बहिनों की शादी होने तक तो जाति की अध्यक्षता वह अवश्य करते रहेंगे। एक दिन कह रहे थे कि लड़कियों के विवाह हुए कि अध्यक्षता छोड़ दूंगा। ब्राह्मणों की अध्यक्षता म्लेच्छता से कम नहीं। कई मेंढ़कों को एक साथ तराजू में तौलना होता है। कोई भी सभा, सांपों की सभा से कम नहीं होती। सांपों की सभा में जीभों की लपालप के अलावा होता क्या है? एक-दूसरे को काटने दौड़ते हैं, फुफकारते तो रहते ही हैं, बड़ी मुश्किल से अपने पिटारे में बैठते हैं। ब्राह्मण लोग बुद्धिजीवी जो रहते हैं, भयंकर राजनीति करते हैं। एक राजनीतिज्ञ ने सही बात कही है राजनीतिज्ञों को राजनीति सीखना है तो बुद्धिजीवियों के चरणों में बैठ जाएं।''

''गुणवंतजी आप सचमुच गुणी इसीलिए हैं क्योंकि आपके पिताश्री महागुणी अध्यक्ष हैं। आपको राजनीति का अच्छा ज्ञान है। आपने वह कहावत भी सुनी

होगी ब्राह्मण कुत्ता नाऊ जात देख गुर्राऊ। और मैं भी ब्राह्मण हूँ, नेता पुत्रों को मैं कभी भी मकान किराये से न दूंगा। भले ही वे किसी जाति के नेता पुत्र हों?''

''मैं तो ब्राह्मण समझकर ही आपके पास आया था, किंतु आप तो कुछ और ही निकले। ब्राह्मण होकर भी ब्राह्मण नहीं हैं। आपकी भावना ब्राह्मण विरोधी और दूषित है। जो व्यक्ति सामने वाले दुखी व्यक्ति की कोई सहायता न करे वह कैसा ब्राह्मण? मैं तो हमेशा गंगाजल और तुलसी, पास में रखता हूँ। अड़ोसी पड़ोसियों के काम आते रहते हैं। पता नहीं कब उनकी आवश्यकता महसूस हो?''

''भैया गुणवंतजी इतनी जल्दी हम दोनों में से किसी को भी तुलसीपत्र और गंगाजल की आवश्यकता न पड़ेगी। आपकी पर दुख कातरता और सदाशयता के लिए धन्यवाद। अभी हम किसी को भी किरायेदार न रखेंगे। एक जो हैं उन्होंने कभी अपनी जात न बतायी आप तो आते ही बताने लगे। पहली मुलाकात में ही मुंडेर से ढेर करने की मंशा, दवा में दारू पिलाने का षडयंत्र फिर तुलसीपत्र और गंगाजल की सार्वकालिक उपलब्धता बढिया संकेत देती है?''

गुणवंत ने अभी भी उम्मीद नहीं छोड़ी थी, इसीलिए जाते-जाते पुनः पंडितजी के चरणस्पर्श करता गया।

पंडित ने भी इधर-उधर पूछताछ कर आखिर पता करा ही लिया कि गुणवंत कहां रहता है? एक दिन गुणवंत की अनुपस्थिति में किसी को भेजकर पुछवाया कि क्या ''पुराने गृहस्वामी घर का पुनर्निर्माण करा रहे हैं, इसलिए गुणवंत से मकान खाली करवा रहे हैं?''

संदेशवाहक से उस गृहस्वामी के बेटे ने प्रश्न किया, ''आपका परिचय? कृपया बतायें आप कौन हैं?''

उत्तर दिया गया, ''कि गुणवंत किराये पर घर मांगने आये थे, क्या उन्हें दे दिया जाए?''

''मैं पंडितजी द्वारा भेजा गया व्यक्ति हूँ बस आपकी राय चाहता हूँ।''

भीतर जाकर बेटे ने पिता से संक्षिप्त चर्चा की और बाहर आया।

''हाँ हाँ जरूर गुणवंत को किराये पर घर दे दें। उसका व्यवहार बहुत ही अच्छा है, और किराया देने के मामले में एकदम ईमानदार है।''

''लेकिन सुना है आपका ही साल भर से किराया नहीं दिया। दिन रात

झगड़े टंटे करता रहता है। आप ही उससे बहुत परेशान हैं? कभी छत टपकती है, कभी नाली बंद हो जाती है?''

''नहीं नहीं ऐसा नहीं है (उसके चेहरे पर प्रसन्नता की लहर दौड़ गई थी शायद इसलिए कि जितनी जल्दी हो उससे पिंड छूटे) आप निश्चिंत होकर उसे मकान दे दें आपको उससे कोई कष्ट न होगा।''

''क्या आपको भी पूर्व मकानमालिक ने गुणवंत की ऐसी ही प्रशंसा करके किरायेदार उपहार में दिया था?'' पुनः प्रश्न किया गया।

''क्या बकते हो? किंतु क्षणभर को उन्होंने खो खो के इस खेल को याद किया कि सचमुच पूर्व गृहस्वामी ने भी गुणवंत से पिंड छुड़ाने के लिए हमसे उसकी तारीफ़ की थी, तभी से इस दुष्ट को भुगत रहे हैं,'' किंतु पुनः संतुलन बनाकर बोले, ''नहीं नहीं ऐसी कोई बात नहीं है आप जितना जल्दी हो गुणवंत को किरायेदार बना लें।''

संदेशवाहक ने आकर पंडित को वार्तालाप का सार संक्षेप सुनाया। पंडित अनुमान लगा रहा था कि यदि किरायेदार अच्छा होता तो घर खाली कराने की इतनी जल्दी नहीं की जाती। भले ही पूर्व गृहस्वामी सही बात को होठों पर न ला रहा हो किंतु सच्चाई यही समझ में आती है कि गुणवंत के असली गुणों की कलई खुल चुकी है। वह दर-दर भटक रहा है उसे किराये का घर नहीं मिल रहा।

संदेशवाहक ने बताया कि भीतर, गुणवंत का वर्तमान मकानमालिक अपने बेटे को निर्देश दे रहा था कि जितनी प्रशंसा गुणवंत की कर सकता है कर देना। लोहा जब गर्म लाल हो तभी उसे मनचाहा आकार दो। किराये पर देने वाला कोई तो तैयार दिखायी देता है? गुणवंत की प्रशंसा के ऐसे पुल बांधों कि नया गृहस्वामी मूर्ख बनकर जाल में फंसे बिना न रहे। गुणवंत को किराये पर अन्यत्र मकान देने की बात सुनते ही बेटा सर्वप्रथम पिता से निर्देश लेने गया था।

पंडित भी अब तय कर चुका था कि गुणवंत को मकान नहीं देना।

उधर गुणवंत भी कम उस्ताद नहीं था। नए-नए हथकंडों पर विचार करने लगा जिनकी चपेट में वह पंडित को ला सके। अब उसने उन लोगों की सूची बनायी जो पंडित से मिलने जुलने आते रहते हैं। उनके नाम, पते टेलीफोन नंबर नोट कर लेता घनिष्ठता भी बढ़ाता। सबसे पहले उनका नाम लिखा जो प्रतिदिन

पंडित से मिलते, फिर उनका नाम पता जो कभी कभार मिलते थे। ऐसे कई लोगों से गुणवंत ने संपर्क साधा। सभी को आश्वस्त कर दिया कि वे सब गुणवंत के पुराने जीवन को भुला दें अब वह सभ्य, सुशील और सुसंस्कृत बन चुका है। उसका जीवन आमूल चूल परिवर्तित हो चुका है। बारी-बारी से सभी के चरण स्पर्श भी किये कि उनका आशीर्वाद उसे मिल जाये? एक बार वे पंडितजी को उसकी सिफारिश भर कर दें कि वह अब अपने बच्चों के लिए जीना चाहता है, खुद के लिए नहीं। अब तक जो उसकी छवि बिगड़ी हुई थी, अब पूर्णतः सुधर चुकी है। अभी तक शैतान भले ही था, अब साधु हो चुका है।

एक दो मित्रों ने धीरे से पंडित के कान में बात डाली भी। पंडित ने उत्तर दिया, ''बारह साल भी सीधी नली में कुत्ते की पूंछ रखोगे तो भी वह सीधी नहीं होगी।''

ऐसा नहीं है पंडितजी यदि सच्चे हृदय से आदमी पश्चात्ताप करे तो जीवन बदल सकता है। हर साधु का एक भूतकाल भी होता है और हर पापी का एक भविष्य।

आने को तो मेरे सामने भी युधिष्ठिर का अवतार बनकर आया था किंतु उसके कुछ प्रश्नों ने मुझे चिंतित कर दिया। उसने कहा आपकी दवा-दारू मैं नियमित लाया करूंगा। पता नहीं दवा में दारू मिला दे या कुछ और? फिर बोला दूसरी तीसरी मंज़िल की मुंडेर रहित छत पर घुमाना पसंद करूंगा। शाम को अंधेरे में क्या धक्का देने की भी सोचता है? अंत में उसने यह भी फरमाया कि आपको चिंता करने की कोई जरूरत नहीं, तुलसीपत्र और गंगाजल साथ में ही रखता हूँ। क्या ऐसी सोच वाला व्यक्ति किराये पर मकान लेकर हमें जीवित रहने देगा? देखिये पंडितजी आप छः माह के लिए बेटे के पास विदेश जा रहे हैं। सामने वाले कमरों में यदि बल्ब नहीं जलते रहेंगे। तो चोर उचक्कों की निगाह घर पर रहेगी। चोरी करेंगे डाका डालेंगे या मकान पर कब्जा कर लेंगे। किराये से देने में घर की रखवाली तो होगी?

तब अपरिचित चोर डाकुओं की जगह ये अनुबंधित चोर डाकू न सिर्फ घर का सामान हड़पेंगे बल्कि मकान पर भी आधिपत्य जमा लेंगे। ऐसे लोग शुरू-शुरू में एक दो महीने ही किराया देते हैं? फिर न किराया देंगे न घर खाली करेंगे।

धीरे-धीरे गुणवंत ने समझ लिया कि घर में पंडित और पंडिताइन दोनों ही रहेंगे इनसे तो आसानी से निपटा जा सकता है। दोनों की उम्र भी जीभ चलाने की ही रह गई है, हाथ चलाने की नहीं। वह स्वयं तो हाथ और लात दोनों अभी भी चला सकता है। पुराना मकानमालिक गुणवंत से भी चालू था, हाथ और लात ही नहीं आवश्यकता पड़ने पर छुरी और तलवार भी चला सकता है इसीलिए गुणवंत की यह चला चली की बेला सामने है।

दो तीन बार गुणवंत ने अपने पिता से कहलवाया। एक दो मित्रों से भी पंडित और पंडिताइन को कहलवाया कि अब गुणवंत बहुत बदल चुका है। अब वैसा नहीं रहा, जैसे कुछ वर्ष पूर्व था। उसकी पूंछ बारह साल पोंगली में रहने से सीधी हो गई है। उसने अब तो पोंगली में भी ऊपर नीचे करना बंद कर दिया है। एकदम सीधी सट्ट हो चुकी है। वे सब लिखकर देने-करने को तैयार हैं कि गुणवंत समय से किराया दिया करेगा, बहुत नम्र बनकर रहेगा और पंडितजी जब भी कहेंगे वह मकान खाली कर देगा।

पंडित को भी कुछ समय बाद छः महीने के लिए जाना ही था? इतने सारे लोगों की अनुशंसा पर उसने गुणवंत को 100 रुपये के स्टाम्प पर चिट्ठी लिखवाकर दो गवाहों के हस्ताक्षर कराकर नोटरी के समक्ष घर के दो कमरे किराये पर दे दिये।

घर में प्रवेश करने के पूर्व गुणवंत ने अग्रिम किराया दिया और पंडित पंडिताइन के चरण स्पर्श किये। मकानमालिक आश्वस्त हो गया। अब न सुख शांति छिन्न-भिन्न होगी न उनका घर।

एक दिन पंडित से गुणवंत ने स्वयं कहा, ''गेहूँ पिसा कर लाना है?'' ''मैं ले आता हूँ डिब्बा मुझे दे दीजिए।''

और पंडित को उस गृहस्वामी के किरायेदार की घटना याद आ गई जिसमें उसने सल्फास की गोली गेहूँ के साथ पिसा लेने की कोशिश की थी। भले ही कोशिश सफल न हुई किंतु किरायेदार ने प्रयास तो अच्छा किया था? गुणवंत भी अच्छा किरायेदार है। अपने भविष्य को ध्यान में रखकर अच्छा प्रयत्न करने से नहीं चूकेगा। इसी बात को ध्यान में रखकर भले ही पांच-पांच किलोग्राम गेहूँ एक बार में पिसते पर पंडित स्वयं जाते। अपने सामने गेहूँ पिसवाकर लाते।

जीवन में अब किसी काम की जल्दी नहीं। न आगे बढ़ने की न ऊपर

जाने की। शांति से जीना, अपनी सुविधाओं में चैन से रहना पंडितजी का दैनंदिन कार्यक्रम हो गया।

एक दिन गुणवंत पंडित को हाथ पकड़कर आहिस्ता-आहिस्ता सैर कराने अपने ही घर की दूसरी मंज़िल तक ले गया। उस छत पर जहां मुंडेर अभी नहीं थी, कुछ पैसों की प्रतीक्षा में रुकी हुई थी। धीरे-धीरे पंडित को छत के किनारे गुणवंत ले गया। पंडित को ऐसा आभास हुआ कि पीठ की ओर से कोई धक्का देने की कोशिश कर रहा है। यदि पंडित पूरी ताकत से अवरोध खड़ा न करता तो दूसरी मंज़िल से धड़ाम से नीचे आ गिरता। पंडित ने बिना कुछ बोले तुरंत सीढ़ी पकड़कर भूतल की राह पकड़ी।

गुणवंत ने लाख निवेदन किया, ''पंडितजी कितनी बढ़िया हवा बह रही है? मौसम कितना खुशनुमा है। कुछ देर और टहल लें? आपका स्वास्थ्य अच्छा हो जाएगा।''

पंडित ने कहा, ''मैंने दुनिया की हवा देख ली है। अब मुझे नीचे जाकर अपने कमरे में ही रहना है। गुणवंत के मौलिक गुणों से अधिक परिचित होने की ललक अब नहीं। एक धक्का ही काफी है, भावी घटनाक्रम को समझने के लिए?''

और पंडित सचमुच चिंतित हो गया। दो चार दिन में उसे बेटे के पास जाना है, जहां छः महीने रहना होगा। गुणवंत जब इस प्रकार अभी से ही घुमाने की नीयत रखता है तो आगे कैसे घुमायेगा, भगवान ही जानें? ''क्या यह बात गुणवंत के पिता को या अनुशंसा करने वाले लोगों को बतायी जाए?'' परंतु वह मौन रहा।

एकांत में बैठे-बैठे पंडित को पंडिताइन की बात याद आ गई कि काम कराने के लिए किरायेदार ढोक देकर घर में घुसते हैं, और कुछ समय बाद गृहस्वामी को ठोककर, भी घर में घुसे रहते हैं। आसानी से बाहर नहीं निकलते। कपड़े में आग लगाकर बिल में फेंककर या किसी तरह भय पैदाकर ही सांप को बिल से बाहर निकाला जा सकता है।

जब भी पंडित किसी से चर्चा करता तो घर की चिंता उसका मुख्य विषय होता। यदि बच्चे एक दो ही हों और वे भी बाहर हों तो घर का तिया पांचा हो जाता है। बुढ़ापे में सिर छुपाने को अपना घर तो होना? और जब बच्चे ही

सहायता के लिए पास में नहीं होते तो किससे आप आशा करें कि वह आपकी मदद करेगा? कई दूरदृष्टा घर को निगल जाने मुंह खोले खड़े हैं। कुछ धार्मिक वृत्ति के लोग तुलसीपत्र और गंगाजल सदा पास में रखते हैं।

उसके मित्र भी उसे बताते "घर में आयी जोय, टेढ़ी पगड़ी सीधी होय" पंडित पूछता यह कौन सी पहेली है? मित्र बतलाता, "घर में पत्नी और बाद में बहू के आ जाने के बाद आदमी की पगड़ी टेढ़ी नहीं रहती सीधी हो जाती है। याने वह स्वयं सीधा हो जाता है। बेटे के सामने ही पगड़ी टेढ़ी रखी जा सकती है? किरायेदार के सामने क्या करें?"

दूसरे मित्र ने बताया - घर होने के बाद में भी पैसा होना चाहिए उसे बार-बार चुस्त दुरुस्त बनाये रखना होता है। "जर है तो घर है नहीं तो खंडहर है।" खंडहर को बार-बार रहने लायक घर बनाने के लिए पैसा लगता रहता है। हाँ कभी-कभी ऐसा भी होता है कि "कोठी वाला रोये, छप्पर वाला सोये।"

कुछ दिन बाद ही गुणवंत अपने मौलिक गुण बताने लगा। जैसे ही पंडित पंडिताइन बेटे बहू के पास गए कि गुणवंत ने किराया देना बंद कर दिया। पंडित जब-जब टेलीफोन पर किराया देने की बात करता, गुणवंत कहता "पत्नी गंभीर रूप से बीमार चल रही है। अभी पैसे आएंगे आपके खाते में जमा कर दूंगा।"

बाहर रहकर टेलीफोन से बोला ही जा सकता है। एक दो मित्रों से भी उसे कहलवाया तो उसने अकड़कर उत्तर दिया—"आप कौन हैं? तकादा करने वाले? यह बात पंडित के और मेरे बीच की है। मैं तो जात से पंडित हूँ, वह नाम के पंडित हैं।"

"याने आप अपनी जात बताये बिना न मानोगे।" संदेशवाहक कहता। "मेरे पूर्व का इतिहास बड़ा खूंखार रहा है, कहें तो आपको भी अपनी जात बताऊं? इतिहास बहुत पुराना नहीं है, फिर से दुहरा सकता हूँ।" गुणवंत अपनी पर आने लगता।

संदेशवाहक सोचता बात को आगे बढ़ाना ठीक नहीं, और वहां से निराश होकर चल देता।

पहले गुणवंत ने किराया देना बंद किया फिर बिजली के बिलों का भुगतान करना बंद कर दिया। जब-जब भी बिजली विभाग के लोग लाइन को काटने आते वह सौ दो सौ रुपया देकर उन्हें चलता कर देता।

जब कभी पंडित की बात टेलीफोन पर गुणवंत की पत्नी से होती तो वह कहती, ''सर आपकी तो ये बहुत इज़्ज़त करते हैं, आपकी बहुत तारीफ करते हैं, ऐसा साधु मकानमालिक पहली बार मिला है?''

''तभी तो आप लोगों ने किराया देना बंद कर दिया है?''

पंडित सोचता बिना झगड़े टंटे के किराया देकर यह घर खाली कर जाए तो अच्छा हो?

पंडित ने पूजा पाठ का समय और बढ़ा दिया। शायद भगवान उसकी पीड़ा को समझ लें? किंतु भगवान भी परीक्षा लेता है। पंडित और कितना परेशान हो सकता है?

जब तक पंडित, गुणवंत को कभी कभार दिखायी दे जाता था, गुणवंत किराया भी देता जाता था। जैसे ही पंडित आंखों से ओझल होकर दूरदराज़ चले गए कि गुणवंत भी निश्चिंत हो गया। पंडित की ओर से आंखें मूंद लीं। पंडित कहता मकान खाली कर दो - गुणवंत कहता किराये का एक-एक पैसा देने के बाद मकान खाली करूंगा। अभी भले ही पैसा नहीं है, पर पहले पूरा किराया दूंगा फिर मकान खाली करूंगा।

गुणवंत था तो पहलवान सिंह से दीक्षा प्राप्त किया हुआ। पहलवान सिंह तो मात्र शोक श्रद्धांजलियों का विशेषज्ञ था, यह तो एक कदम आगे बढ़कर जिस घर में किराये से रहता उसके मकानमालिक के लिए गंगाजल और तुलसीपत्र सदा पास में रखता और निरंतर कोशिश करता कि शीघ्रातिशीघ्र मकानमालिक के मुंह में डालना पड़े।

अब पंडित वहां से टेलीफोन करता, गुणवंत टेलीफोन उठाता भी नहीं। क्योंकि पहले तो गुणवंत ने पांचों मोबाइलों से अलग-अलग कई बार टेलीफोन किये जिन्हें पंडित ने सेव भी कर लिये। कई बार उन नंबरों से गुणवंत से बात भी हुई किंतु अब वह अपना सही रंग दिखाने लगा। कई बार पहले नंबर पर पंडित टेलीफोन करता, घंटी पूरे समय बजती किंतु गुणवंत को उत्तर देने की फुर्सत नहीं मिलती। वह नंबर देख लेता, फिर सभी अन्य चारों मोबाइलों के स्विच बंद कर देता। याने एक पर घंटी गई, अब सब निरुत्तर रहते।

पंडित ने पांचों में से एक के लिए डायल किया तो उधर से उत्तर आया मैं ''वहीद खां बोल रहा हूँ यह तो मेरा नंबर है?'' याने अभी तक कई महीनों

से जिनपर गुणवंत बोला करता था, अब रशीद खां, वहीद खां, उबैद मियां बोलने लगे। एक दो बार तो आवाज़ गुणवंत की होती थी, किंतु नाम बताया जाता था रशीद खां, बशीर खां का याने सारे मोबाइल से अब गुणवंत नहीं कोई और ही उत्तर देता।

गुणवंत ने एक बार कहा मैंने आपके खाते में पैसा जमा करा दिया है। जब पंडित ने इन्टरनेट से देखा तो गुणवंत की सूचना झूठी निकली। जब गुणवंत से फिर बात की तो उत्तर दिया श्रीमतीजी ने उनके खुद के खाते में जमा कर दिया होगा अभी चैक करता हूँ।

अब वह कभी टेलीफोन नहीं करता था, जब भी करना होता मकान की चिंता में पंडित ही करता। कभी-कभी कृपादृष्टि रखते हुए वह बात कर लेता था। एक दिन उसने प्रस्ताव किया ''पंडितजी मकान मैं खरीदने का इच्छुक हूँ कितनी कीमत रखी है?''

पंडित ने कहा ''किराया देने के पैसे नहीं हैं मकान खरीदने की सोच रहे हैं? काफी अच्छा विचार है? बालू में नाव चलाने की मंशा है?''

गुणवंत ने उत्तर दिया, ''इरादे तो ऊंचे रखना चाहिए।''

पंडित समझ चुका था गुणवंत पहलवान सिंह का शिष्य है दोनों व्यवहार में समान हैं। ''एक तवे की रोटी, क्या छोटी क्या मोटी?'' बल्कि गुरू तो गुड़ ही रह गया यह चेला शक्कर बना जा रहा है। प्रत्येक घर में किराये से रहना शुरू करता है फिर उस घर को हज़म करने की कोशिश करता है। बाद में जूते खाता है तब बाहर जाता है। पर अपनी आदत छोड़ता नहीं।

गुणवंत अपने गुरू पहलवान सिंह से भी अधिक समझदार निकला, कहता है ''टका है जिसके हाथ में, बड़ा है वही जात में।'' वह यह भी जानता था कि ''बनी के सौ साले होते हैं, बिगड़ी का एक बहनोई भी नहीं होता।'' इसलिए पैसा बनाकर रखो, भले ही किसी को चूना लगाकर झांसा देकर या लूट कर। पहले भी उसने कई मकानों पर कब्जे करने की कोशिश की जब तक पुलिस विभाग ने सक्रियता नहीं दिखाई, गुणवंत निष्क्रिय नहीं हुआ। लातों के भूत बातों से नहीं भागते।

पंडित ने उससे निवेदन किया भाई मकान खाली कर दो? वह बोला पैसे नहीं हैं। सामान को यहां से वहां रखने में भी तो पैसा लगता है, वही नहीं है।

पंडित के बेटे ने टेलीफोन पर धमकी दी। गुणवंत ने टेलीफोन पर और जोर से धमकी दी। ''आजा मेरे सामने तुझसे यहीं निपटता हूँ।''

छः माह की यात्रा में जब तक पंडित भोपाल से बाहर रहा गुणवंत ने एक पैसा भी किराये का न दिया। न ही मकान खाली किया।

पंडित भी उम्र के सातवें दशक में पहुंच चुका था। दौड़ भाग करने की भी एक उम्र होती है। धीरे-धीरे शरीर पीला पत्ता हुआ जा रहा है पता नहीं कब हवा का जोर का झोंका आये और पवन पत्ते को ले उड़े? उसकी रात की नींद तिरोहित होने लगी। उसके प्राण मकान में भटकने लगे थे। उसे शंका होने लगी थी कि पंडित जब यात्रा पूरी करके भोपाल जाएगा तब उसे अपने कमरे भी रहने को मिलेंगे या नहीं?

पंडित की यात्रा के अंतिम दिन बेचैनी और चिंता में कटे। जब वह भोपाल आया तो गुणवंत अब उसका शत्रु हो चुका था। घर बैठे बैर दौड़ाने में वह सचमुच गुणवान निकला। उसने मुहल्ले में कई लोगों से संबंध भी बढ़ा लिये थे। घर न बार, मियां मुहल्लेदार हो गया।

संतोष की बात यह थी कि पंडित जब दूर की यात्रा पर निकला था तो घर के अपने कमरों की चाबी जिनमें वह रहता था अपने एक मित्र को दे आया था जो कभी-कभी आकर ताला खोलकर घर देख लिया करता था। इसीलिए घर के वे कमरे सुरक्षित थे। उसे यात्रा का सामान सड़क पर नहीं रखना पड़ा? वह उस कहावत के पूरी होने से बाल-बाल बचा है कि किरायेदार घर में गृहस्वामी अधर में। उसे उम्मीद थी कि किरायेदार घर की देख रेख करेगा, किंतु वह तो घर को हड़पने की मंशा लिये था।

जब पंडित भोपाल लौटा तो इतना ही संतोष मिला कि घर, आंगन न हुआ?

यात्रा पर जाने से पूर्व जो किरायेदार मित्रवत रहता था, अब शत्रुवत रहने लगा। पहले जो पंडित के पांव छूने को लालायित रहता था अब लात लगाने को उद्यत है। मकान लेने से पूर्व जो स्वयं दसियों चक्कर लगाता था, अब पंडित की किसी बात का उत्तर देने को खाली नहीं है। गुणवंत की अपेक्षा हर जगह इसी तरह घरों पर कब्जा करने की रही। पांचवे या छठवें घर में वह घुसपैठिया बना है। जब पंडित ने गुणवंत के पूर्व मकानमालिक से बात की तो उसने समझाया जैसे हमने आपके सामने उसकी प्रशंसा की, ऐसी ही प्रशंसा आप भी किसी बड़े

मकान वाले से करो ताकि गुणवंत को वह एक दो कमरे किराये से दे दे। कचरे को अपने पास मत रखो, जितने दिन रहेगा सड़ांध और बदबू मारेगा।

धीरे-धीरे गुणवंत ने किसी से पंडित को कहलवाना शुरू किया "खाली कराना है तो उसे पैसे दें। अगले मकान में उसे छः माह का अग्रिम किराया देना पड़ेगा। गोबर का पोयटा भी थोड़ी बहुत धूल मिट्टी लेकर ही उठता है?"

पंडित ने सोचा यदि वह अदालत में प्रकरण को ले जाता है तो आगामी कई साल कोर्ट का निर्णय नहीं होगा तब तक गुणवंत सिर पर सवार रहेगा। बार-बार वह जाकर तारीखों पर तारीख लेता जाएगा और निर्णय ही न होने देगा। अदालत में मामले को ले जाना गुणवंत को चिंतामुक्त कर देना है। इसके पूर्व के किसी मकानमालिक ने कोर्ट का दरवाज़ा नहीं खटखटाया। गुणवंत का दरवाज़ा खटखटाओ तो यह खोलता नहीं। कुछ भी बोलता नहीं।

पांच-पांच मोबाइल हैं गुणवंत के पास उदारतापूर्वक कार से घूमने के लिए रुपये भी हैं। पत्नी और बच्चों को ठाठ बाट से खरीदी करने के लिए राशि है, बस मकानमालिक को किराया देने के मामले में वह कन्या राशि है। बिजली पानी का बिल भरने के लिए भी पैसे नहीं हैं। फिर भी स्वयं को "काम के न काज के दुश्मन अनाज के" मानने को तैयार नहीं।

ऐसा भी नहीं कि घर में "परदे की बीवी चटाई का लहंगा" हो? बहाने बाज़ी और तरह-तरह से झूठ बोलने में कोई कृपणता नहीं। रीछ के शरीर में बालों का टोटा? अपने कार्यकलापों से उसने उस कहावत को चरितार्थ कर दिया है कि जर-जोरू और मकान उसी का जिसकी ताकत हो? रहस्यों की सारी बात गुप्त ही रखे, इस तरह कि मुंह से भाप न निकले? गुणवंत सचमुच बहुत गुणी व्यक्ति है।

पंडित को याद आया वह वार्तालाप जो गुणवंत के साथ आखिरी बार उसने किया था, क्योंकि वार्तालाप के कुछ दिन बाद ही उसे अपने बेटे के पास विदेश जाना पड़ा जहां वह नौकरी में है। गुणवंत को लगा कि ऐसा मौका फिर कहां मिलेगा? पंडित आंखों से तो ओझल हो ही गया है पता नहीं दुनिया से ही बाहर हो जाए? विमान दुर्घटना होती रहती हैं। तरह-तरह के अन्य बमबारी, दंगों के हादसे भी होते रहते हैं, यदि पंडित एकाध की चपेट में आ जाए तो क्या कहने? कभी तो दीनदयाल के भनक पड़ेगी कान? गुणवंत का सोच सचमुच प्रगतिगामी था।

अंतिम वार्तालाप के समय पंडित ने उसे कहा था, ''क्योंकि बाड़ा या पायगा होते हैं अतः गाय, बैल बछड़े यहां तक कि सांड भी अपने खूंटे पर सिर झुकाकर खड़े रहते हैं। काठ खूंटा ही उनका घर होता है जो रात्रि का विश्राम स्थल होता है जहां वे दिन भर की दौड़भाग के बाद शांति की अनुभूति करते हैं। रात में उन्हें उनके खूंटे से दूर करोगे तो वे न जाएंगे। गाय का छोटा बछड़ा भी यदि दिन भर से बाड़े या पायगा में है तो शाम को दिनभर की मेहनत करती, खाना खुराक पाती, गाय भी रंभाती हुई दौड़कर बछड़े के पास आती है। बछड़ा भी प्रतिउत्तर में आवाज़ लगाता है। कभी ऐसा वात्सल्यपूर्ण पशुओं का दृश्य भी देखा है?''

गुणवंत ने उत्तर दिया था, ''पंडितजी आप बेज़ुबान चौपायों जानवरों को ही अपने घर के बाहर बाड़े या पायगा में खूंटे से बांध सकते हैं। आगे कुछ नहीं कर सकते? हम तो दो पाये आदमी को भी उसके घर से बाहर कर खुली सड़क पर खूंटे से बांध दें? पहले भी कई बार ऐसे करतब हम कर चुके हैं?''

ठीक है गुणवंत ''बया के घोंसले को बंदर ऐसे ही तहस-नहस कर देता है, चूहे के बिल पर सांप भी आधिपत्य करता है। तुम्हें कौन सा तरीका अच्छा लगता है?''

''कुछ भी मान लो लेकिन अपुन ने कभी घर बनाने की चिंता नहीं पाली। कभी बेघर भी नहीं रहे। भगवान छप्पर फाड़कर कुछ न कुछ देता ही रहता है। भगवान की कृपा से कोई न कोई घर फिर किया और किराये के मकान को अपना घर ही समझकर सदा रहे। कमजोर प्राणी को बेघर करने की पुरानी परंपरा है, इसमें नया क्या है? अपना सिद्धांत तो यह है कि खुदी को कर बुलंद इतना कि हर तकदीर से पहले, खुदा बंदे से खुद पूछे बता तेरी रज़ा क्या है?'' गुणवंत ने अपना जीवन दर्शन बताया।

सुनो गुणवंत ''सांप को बांबी से, सिंह को गुफा से तथा राजा को महल से बाहर कर देना तो असंभव है, हाँ मछली को जल से, गरीब को झोंपड़े से बाहर हकाला जा सकता है।''

''शहद पाने की लालच में मधुमक्खियों को क्रूर और स्वार्थीजन उसके घर याने फोल्या से बाहर कर देते हैं किन्तु ध्यान रखना कभी-कभी मधुमक्खियां भी जानलेवा हमला कर देती हैं। गरीब आदमी भी खूंखार हो उठता है।'' पंडित ने कहा।

अमेरिका में रहकर गुणवंत से हुआ पंडित का वार्तालाप उसे याद आ गया। पंडित और उसकी श्रीमती के लिए अमेरिका प्रवास स्थल तो हो सकता है स्थायी निवास नहीं। उसका घर तो भोपाल ही है? उसे सुख और शांति अपने घर में ही मिल सकती है। अमेरिका उसके लिए बच्चों के साथ रहने तथा सैर सपाटे का स्थान हो सकता है, उसकी सदा रहने के लिए जगह नहीं। रहना तो उसे अपने उसी घर में है, जिसपर गुणवंत की कुत्सित निगाह जमी है। खैर समस्या को समझने सुलझाने के लिए 'मौका ए वारदात' पर ही जाना होगा। कई बार पंडित ने बेटे से कहा, ''हमारी वापिसी की यात्रा कुछ पहले करलें?'' बेटा कहता, ''गुणवंत आपका वेकेशन बिगाड़ने पर तुला है। किंतु धैर्य रखें सब ठीक-ठाक हो जाएगा।'' क्या करें हम भी सात समुंदर पार बैठे हैं। वहां रहते तो नेताओं से घनिष्ठता बढ़ाते? पंडित की बेचैनी दिन प्रतिदिन बढ़ती जा रही थी। कई बार उसकी रात की नींद जाती रही। बहुत ही असामान्य स्थिति में ऐसा होता है।

खैर पति-पत्नी दोनों हिन्दुस्तान आये, मुंबई होते हुए भोपाल भी पहुंच गए। घर पहुंचकर स्थिति का आकलन किया। बरसात और गुणवंत के मिले जुले प्रयत्नों से घर के बाहर सामान रखने पर मजबूर हो गए। घुसपैठिया भीतर ऐश से है, पंडित बाहर क्लेश में है।

अब पंडित का गुणवंत सरीखे सर्वगुणसंपन्न से बात करना बेकार था। गुणवंत ने अपने संबंध पहलवान सिंह के माध्यम से नेताओं मंत्रियों से बढ़ा रखे हैं।

पंडित भी पुलिस के एक उच्चाधिकारी से मिला उसने किसी सम्मानित व्यक्ति का संदर्भ दिया। सौ में एक दो ऐसे परमार्थी भी रहते ही हैं। पुलिस वालों के संदर्भ में जैसी बिगड़ी छवि आम है उससे एकदम अलग हटकर यह अधिकारी निकला। निस्वार्थ भाव से वरिष्ठजनों का हितैषी।

उसने गुणवंत को थाने में बुलवाया। आधा घंटा चिलचिलाती धूप में मई में बाहर खड़ा रखा। फिर शुद्ध हिन्दी में पूछा, ''तुझे हम जूते खिला ही रहे हैं, पंडित के मकान को खाने की क्या जरूरत है?''

गुणवंत सिर्फ भीगी बिल्ली बना हुआ ही नहीं था अपने अधोवस्त्रों को भी पर्याप्त गीला करता हुआ बोला, ''दो एक दिन का समय मुझे दें फिर आपको उत्तर देता हूँ।''

‘‘जूता देखने पर तो ज्ञान चक्षु तुरंत खुल जाते हैं, तेरे ज्ञान चक्षुओं को खुलने में दो दिन लगेंगे? तू स्वयं निकल जाएगा या तुझे झाड़ू मारकर निकालना पड़ेगा। सुना है कई दिन से पंडित की छाती पर तू मूंग दल रहा है।’’

‘‘उनकी एक-एक पाई का हिसाब चुकता करना है। वह काम कर दूं फिर घर भी खाली कर दूंगा।’’

‘‘पहले तू मकान खाली कर दे फिर हिसाब-किताब करते रहना। टाउन इंस्पेक्टर ने गरज कर आदेश दिया।’’

‘‘मैं मकान खाली करने के लिए मना नहीं कर रहा पर बिजली का, पानी का, घर का एक-एक पैसा मैं पंडित जी को देना चाहता हूँ। कोई उधार नहीं रखना चाहता फिर घर भी खाली कर दूंगा।’’

‘‘हम भी उधारी नहीं रखना चाहते आज ही हिसाब किताब पूरा कर लेना चाहते हैं। तुरंत दान महा पुण्य। जूतों की उधारी क्या करना?’’ और जैसे ही थानेदार ने पांव से निकाला, कि गुणवंत के मुंह का खुल गया ताला। बोला, ‘‘आज ही खाली कर दूंगा।’’

‘‘आज नहीं अभी।’’ यदि तेरे पास सामान उठाने रखने को आदमी लोग नहीं हों तो साथ में चार छः सिपाही भेज देता हूँ तेरा सामान आराम से सड़क पर रख देंगे, फिर सामान जहां भी जाना हो ले जाना।

‘‘मुझे एक दो दिन की मोहलत दे दें साहब। मकान तो खोज लूं?’’

‘‘मकान तो बाद में खोजते रहना, सामान तो हम मिलकर बाहर रखवा देंगे।’’ जाओ चार जवान इनके साथ जाओ और इनका फर्नीचर किचिन का सामान बाहर सड़क पर निकाल कर आ जाओ।’’ थानेदार बोला।

‘‘नहीं साहब इतना कष्ट तो मुझे न दें, थोड़ी तो मेहरबानी करें?’’ गुणवंत बोला।

‘‘तू कई महीनों से पंडितजी को सुख दे रहा है, वैसा ही सुख हम तुझे देने को तत्पर हैं। इस हाथ दे उस हाथ ले। अब तुझे हाथ दूं या जूता, तू ही बता दे। तेरी ही इच्छानुसार काम हो जाए?’’ थानेदार ने पूछा।

‘‘सर! मैं माफी चाहता हूँ। मकान एक दो दिन में ही खाली कर दूंगा। आज वादा करता हूँ। कृपया मारना-पीटना न करें।’’

‘‘तो मकान खाली करके कल नहीं तो परसों तक अवश्य यहां बता देना

वरना तेरा पीछा मेरे जूते और मेरी लातें लगातार करते रहेंगे। समझ लिया कि कुछ और बाकी है।"

"ठीक है सर, घर खाली कर दूंगा। कल ही कर दूंगा।" गुणवंत ने आश्वस्त किया।

गुणवंत को कल्पना न थी कि असमय ही उसका सपना इस तरह टूट जाएगा। पंडित के छः माह के अमरीका प्रवास में गुणवंत पंडित के मकान के एक भाग को मंदिर में परिवर्तित कर देना चाहता था। फिर शासन प्रशासन गुणवंत को धार्मिक स्थल से हटने के लिए दबाव नहीं डाल सकता था। यह जगह गुणवंत की हो ही जानी थी। किंतु गुणवंत का दुर्भाग्य कि उसकी योजना धरी की धरी रह गई। दिमाग में मंदिर था और सिर पर पुलिस का जूता आ पड़ा। इस प्रकार परायी बछिया से गोदान न कर सका।

पंडिताइन पंडित से कहती ही थी, "निघरे के सौ घर", गुणवंत कहीं भी चला जाएगा। फिर घोड़ी की दुम बढ़ती है तो अपनी मक्खी आप उड़ाती है। गुणवंत को अब नए घर में घुसपैठिया बनना होगा। चार पांच बार असफल अवश्य हुआ है कोशिश करेगा तो इस बार अवश्य मकान हड़पने में सफल हो जाएगा। ये मकानमालिक भी बड़े कमीने हैं? किरायेदार को पुलिस वालों से ठुकवा देते हैं। पुलिस वाले तो खैर होते ही हैं बाल पकड़कर झिंझोड़ दिये दो चार झापड़ भी लगा दिये। अरे भाई यह मामला मकानमालिक और किरायेदार का आपसी मामला है पुलिस को क्यों बीच में पड़ना चाहिए? यदि पुलिस के उच्चाधिकारी बीच में न आते तो पंडित मकान खाली करवा कर बताता? गुणवंत स्वयं हट्टा कट्टा, पहलवान सिंह का चेला, और पंडित बुड्ढा और अशक्त। गुणवंत मकान हथियाकर ही दम लेता? पर क्या करे बलवान का हल भूत जोते। पुलिस वाले बलवान तो हैं?

गुणवंत की शान निराली थी। सपने ऊंचे थे। हमेशा मकान खाली करने के लिए पूर्व में मकानमालिक से उसने अच्छी खासी राशि खीचीं है इसको तो हड़प ही लेता पर साले पुलिस वाले बीच में आ गए? खैर फिर भी पंडित को एक लाख रुपये का चूना तो वह लगा ही देगा? कई महीनों से घर का किराया नहीं दिया बिजली वाले भी इसके घर छोड़ते ही बिजली काटने आ जाएंगे क्योंकि कई हज़ार किराया उनका भी बाकी है? वह तो हर बार सौ दो सौ रुपये देकर लाइनमैन को लाइन पर ला देता था?

वैसे गुणवंत की तकदीर और हिम्मत ने साथ नहीं छोड़ा है। भगवान ने इस बार फिर मदद की है और खूब की है। नया मकानमालिक पंडित से भी अधिक वृद्ध और बीमार है। अकेला भी है। इस बार वह असफल नहीं होगा, मकानमालिक के जीते जी ऐसी सेवा करेगा कि वह दत्तक पुत्र बनकर ही दम लेगा। किसी वकील से कागज़ तैयार करा लेगा और नए मकानमालिक से हस्ताक्षर। बस बात बन जाएगी। इस बार यथाशीघ्र तुलसीपत्र और गंगाजल का उपयोग वह कर लेगा। उसकी तकदीर भी कम जोरदार नहीं। पंडित तो बदमाश था जिसने घर खाली करा लिया। नया मकानमालिक तो बहुत ही अल्ला की गाय है। अच्छा ही हुआ उस छोटे से घर पर गुणवंत की लार टपक रही थी। अब यह हवेली भविष्य में उसकी होगी। पंडित का घर छोड़ने में अब क्या परेशानी है? तू नहीं और सही और नहीं और सही। और गुणवंत ने मकान खाली कर दिया।

जाते-जाते पंडित को दस गालियां देता गया ''ले संभाल अपना सड़ा सा मकान, अब तो वह बड़ी हवेली का मालिक होने जा रहा है।'' और चल दिया अपने पवित्र लक्ष्य को प्राप्त करने।

पंडित सोच रहा था भले ही गुणवंत को पुलिस के जूतों का भय बना रहा होगा किंतु स्वयं उसकी भी तो जूतियां घिस गईं? गुणवंत मुफ्त का चंदन घिस मेरे नंदन, पर कितने महीनों से अड़ा था? अच्छा हुआ अपनी यात्रा को छोटी कर अमरीका से जल्दी आ गया। लौट के बुद्धू घर को आए। घर बच गया तो लाखों पाये। दो लाख का चूना ही तो लगाकर गया है? लाखों के घर पर तो कब्ज़ा नहीं कर पाया? खुद के बलबूते कम मित्रों-परिचितों और खुदा की सहायता से पंडित ने तो घर खाली करा लिया। उधर गुणवंत के दीर्घ अनुभव और सोच की एक सुनिश्चित दिशा यह भी बता रही है कि जल्दी ही वह सफलता पाकर रहेगा। सफलता पाने के लिए अनवरत पन्हैया खानी पड़ती हैं। उनकी भी उसे चिन्ता नहीं।

अभी तक भले ही अस्थायी घुसपैठिया वह रहा हो, जल्दी ही स्थायी हो जाने वाला है। ''कभी तो दीनदयाल की भनक पड़ेगी कान'' की प्रार्थना करता रहा है। भगवान ने अब उसकी सुन ली है। नया मकानमालिक उसने ढूंढ निकाला है जो जीवन की सारी ईनिंग खेल चुका है अब उसका आउट होने के अलावा कोई रास्ता बचा नहीं है। सही रूप में गुणवंत अब खेलना शुरू करेगा। और

वह निश्चित ही यहां नॉट आउट रहेगा। घर में अकेला बुड्ढा है। गुणवंत की वाक् पटुता से प्रभावित सुनिश्चित बनने वाला है। अब उसे कोई रोक नहीं सकता।

गुणवंत के घर छोड़ देने के बाद पंडित और पंडिताइन सुबह-सुबह चाय की चुस्कियों पर चर्चा कर रहे थे। पंडित ने बचपन के दिनों की याद करते हुए बताया जब वह अपने छोटे से अर्ध आदिवासी गांव में बरसात के मौसम में काली मिट्टी से थापकर घरौंदे बनाता था तो माँ उसे कहती थी चूहे के बिलों पर सांप कब्ज़ा कर ही लेते हैं? कमजोर लोग अपने घरों को संभालकर नहीं रख सकते?

''माताजी ठीक कह रही थीं। वह स्वयं नहीं उनका अनुभव बोल रहा था। सांप घुसपैठिये होते हैं जो पहले चूहे को चट करते हैं फिर चटपट उसके बिल पर कब्ज़ा करते हैं। सांप के सामने चूहा भी कहीं टिक पाता है? वह तो मैं ही थी जो कई बार खतरनाक नागिन होने का स्वांग रच लेती थी इसीलिए घुसपैठिये सांपो को बार-बार खदेड़ती रही। बहुत सतर्क रहना पड़ता है अपनी जरा सी लापरवाही से उन्होंने अंगुली पकड़ ली तो फिर पहुंचा पकड़कर ही दम लेते हैं?'' पंडिताइन ने उत्तर दिया।

अब घुसपैठियों की बात चल पड़ी है तो बता देता हूँ अमरीकी लोग भी घुसपैठिया ही हैं? हम लोगों ने एरिज़ोना, मिशिगन, हवाई आदि क्षेत्र भी घूमकर खूब देखे। यूरोप और बाहर के गोरे लोगों ने अपने काले कारनामे करते हुए अमेरिका में पहले तो घुसपैठ की। वहां के मूल सीधे सादे लोगों को रैड इंडियन कहा, उनकी अच्छी ज़मीने हथियाई और उन्हें बंजर अनुपजाऊ भूमि दे दी। वे गरीब भारतीय आदिवासियों की तरह जो धातु और मिट्टी के खिलौने बना-बनाकर कोलोरेडो, एरिज़ोना में छोटी-छोटी गुमटियों में बेच रहे थे वे मूल अमरीकी हैं। उन्हें नेटिव अमेरिकन कहा जाता है, ये उपेक्षित हैं, कोने में धकेल दिये गए हैं। वे जो ठाठ-बाट और ऐश्वर्य से जी रहे हैं सारे के सारे घुसपैठिये हैं।

याने जैसे भारत में ईस्ट इंडिया कंपनी आयी, घुसपैठ की, फिर अंग्रेज़ों ने कितना लंबा राज्य किया? वही हालत अमेरिका की है। वहां के मूल लोग तो आज भी गरीब आदिवासी हैं, राज्य करने वाले तीन-तीन चार-चार पीढ़ियों पूर्व के घुसपैठिये हैं, जो अमरीकी बन बैठे हैं।

''पर एक बात तो मैं जरूर कहूंगी घुसपैठिये साहसी होते हैं। यह जानते बूझते हुए भी कि अनधिकृत सीमा लांघना जान से खेलना भी हो सकता है, वे

सीमा पार से घुस जाते हैं। घुसपैठिये न हों तो दुनिया सोती रहे। घर के मालिकों को वे सतर्क तो बनाये रखते हैं। भारत में ही बॉर्डर सिक्योरिटी फोर्स या सीमा पर भारतीय सेना क्यों सतर्क रहती है? क्योंकि घुसपैठिये ताक में बैठे हुए हैं। थोड़ी सी लापरवाही दिखायी दी कि वे भीतर घुसे?" पंडिताइन ने कहा।

''यदि इस शब्द का विश्लेषण किया जाए तो 'घूस' बड़े चूहे को ही कहते हैं जो ज़मीन खोद खोदकर सुरंग बना लेता है। भले ही उसमें वह रहे या न रहे किंतु कुतर कर जहां चाहता है वहां पैठ तो बना ही लेता है? हिन्दी में यह शब्द बड़ा सोच समझकर बनाया गया है। तभी तो घुसपैठिये शब्द का प्रादुर्भाव हुआ।'' पंडित ने कहा।

अंतिम बात कहकर उठती हूँ घर के काम धंधों में लगना है। ''घूस ने घुस-घुस कर अपनी जगह बना ली। अपने देश में एक और घूस है, जिसे रिश्वत कहते हैं उसने भी दसों दिशाओं में अपनी पैठ जमा रखी है। वह भी हर कार्यालय में, शासन में घुस चुकी है। स्पष्ट है घूस की पैठ भारतीय समाज में इतनी हो चुकी है कि वह भी हटने वाली नहीं। घुसपैठ का दायरा कहां तक नहीं फैला है। शब्द भले ही हिन्दी हो उसका धर्मक्षेत्र पूरा विश्व है।"

''किंतु हमेशा ही घुसपैठिये सफल नहीं होते। सामने भी यदि बाहुबली, घूंसाबली, चमरौंधा बली आ डटें तो घुसपैठियों को दुम दबाकर भागना पड़ता है। इसीलिए अब मैं भी ऐसा जूता ही पहिनता हूँ जिसे निकालकर हाथ की शोभा समय-असमय बढ़ायी जा सकती है।" पंडित का आत्मविश्वास बढ़ा हुआ था।

❑❑❑

www.ingramcontent.com/pod-product-compliance
Ingram Content Group UK Ltd.
Pitfield, Milton Keynes, MK11 3LW, UK
UKHW042017190726
13854UKWH00005B/2329